2018年湖南省作家协会定点深入生活项目

MAO
BAN
CHUAN

# 毛板船

袁杰伟 / 著

**策划单位:** 新化县梅山古镇开发建设有限公司

新化县楚怡工业学校

**总 策 划:** 刘元清 罗 荣

百花洲文艺出版社
BAIHUAZHOU LITERATURE AND ART PRESS

**图书在版编目（CIP）数据**

毛板船 / 袁杰伟著. -- 南昌：百花洲文艺出版社,2020.12（2021.6重印）
ISBN 978-7-5500-3881-3

Ⅰ.①毛… Ⅱ.①袁… Ⅲ.①报告文学 – 中国 – 当代
Ⅳ.①I25

中国版本图书馆CIP数据核字（2020）第210848号

# 毛板船

袁杰伟　著

| | |
|---|---|
| 出 版 人 | 章华荣 |
| 责任编辑 | 郝玮刚　蔡央扬 |
| 书籍设计 | 黄敏俊 |
| 制　　作 | 何　丹 |
| 出版发行 | 百花洲文艺出版社 |
| 社　　址 | 南昌市红谷滩新区世贸路898号博能中心一期A座20楼 |
| 邮　　编 | 330038 |
| 经　　销 | 全国新华书店 |
| 印　　刷 | 江西千叶彩印有限公司 |
| 开　　本 | 720mm×1000mm　1 / 16 |
| 印　　张 | 18.75 |
| 版　　次 | 2020年12月第1版第1次印刷 |
| | 2021年6月第1版第2次印刷 |
| 字　　数 | 207千字 |
| 书　　号 | ISBN 978-7-5500-3881-3 |
| 定　　价 | 48.00元 |

赣版权登字　05-2020-209
版权所有，盗版必究

邮购联系　0791-86895108
网　　址　http://www.bhzwy.com
图书若有印装错误，影响阅读，可向承印厂联系调换。

# 序 言

## 一部极具乡土文化特色的新史传报告

章罗生

　　湖湘文化源远流长，"惟楚有材，于斯为盛"：不说古代的王夫之、近代的曾国藩，也不说现代的毛泽东、刘少奇、贺龙等革命家与军事家，单就当代文坛而言，也群星璀璨、人才辈出——"文学湘军"继二十世纪八九十年代享誉全国之后，于二十一世纪又异军突起、再造辉煌。不过，以往是以小说等虚构创作为主，而当今则以报告文学等纪实创作为重——这一点，虽说是文学的"纪实"时代使然，但也打上了鲜明的"湖湘"印记。如"红色"题材创作就因其天时地利而走在全国前列：继张步真、赵志超、龙剑宇、杨华方等之后，余艳、纪红建、胡玉明等又将其扩展及湘西南与浏阳等红色根据地。在读到袁杰伟即将出版的新著《毛板船》时，我不觉眼前一亮：湖南的"纪实"群体中，又增添了一颗闪亮新星！

　　袁杰伟此前著有《圩程——袁杰伟自选集》（下文简称《圩程》）三卷本和"竞标"而来的"国"字号大作《随园流韵——袁枚传》，著作颇丰。于是，我一并把这些作品看完了。

袁杰伟虽历经坎坷，但自强不息，顽强与命运抗争。正是如此，在几次考研失败后，他不甘屈居贫困山区，而要去生活的激流险滩闯荡，以书写自己的独立人生。如此，他南下广州，先后在报社、学校与公司任职，也曾参与电视剧写作和拍摄。其中既有成功的喜悦，也有失败的教训；既感受到时代的躁动与人性的温暖，也体会到社会的复杂与生存的艰难。这些，在他的《圩程》第一卷《漂泊在羊城》中有翔实的记载。该作一般被人称为纪实小说，而我则认为，它更是一部真实、形象的自传。因为，它不但如实记述了作者在羊城的"漂泊"，而且通过"我"与羊城及家乡的联系反映了广阔的时代背景；不但真实记叙了自己的喜怒哀乐与爱恨情仇，而且用"袁杰伟"本名，不回避其情场波折与人性隐私等。《圩程》第二卷《尘埃落不定》为纪实散文，大多篇幅短小，内容除记述自己在羊城与娄底等地的经历、见闻与感受外，更增加了对社会世俗丑恶现象的揭露批判与对人生、历史的思考等。这一点，在《"淡泊"两字好迷茫》《记者与骗子》《记者与农民工》《教师节杂感》《"豆腐渣工程"》《狄仁杰的"另类"》《范晔为何招来杀身之祸？》《说岳飞》与《张居正为何不能成为历史名臣？》等文中表现尤为突出。当然，这一点在《圩程》第三卷《第三只眼》中更为集中。该卷被认为是杂文集，因而也的确具有杂文针砭时弊与讽刺幽默等特色。它分《漫谈教育》《文化视界》《草民言论》与《社会万象》四辑，对有关教育、文化与农民等各种社会问题，进行了全方位、多层次的揭批与思考，从中更能见出作者的正义良知、责任担当与求实精神等。

　　正如湖南师范大学文学院博士生导师蒋振华先生所评论的："大

背景、小故事""大气候、小气象"构成《漂泊在羊城》主题与情节的包容关系，"表现了作者独特的艺术构思，宏大的主题背景与细腻的生活情节的有机统一。'我'一变而有我，再变而有功，三变而有生命存在的个体价值与社会价值，由乱到治的社会个体发展规律在'我'身上显露无遗"。《尘埃落不定》与《第三只眼》则是他"后天才学气质最集中、最充分的展示"，正如评：它们"无所不包，无体不备，均能随体成文，风格多样，语言恣肆，汪洋捭阖，仪态万方，实乃当今学者兼作家之佳构也"。

正是有此厚实的思想、知识与写作储备，作为"无名小卒"的作者才能在《中国历史文化名人传记》这一国家级文化工程中竞争到《随园流韵——袁枚传》的写作。也正因为它是国家级文化工程，故要求高、审查严，作者也卧薪尝胆、全力以赴，因而它实现了作者对自身的全面超越，也使其创作跃上了新的台阶。正如他所说："在写作手法上，我也没有办法像一般的人物传记或情节很强的报告文学那样，主要以情节、细节取胜。我不善于虚构，连意象填补也很拙劣。因而在不少章节中，我采用了自己最喜欢运用的杂文随笔的写法……当然，更多的是根据所涉及的内容，综合使用了杂文、散文、随笔、故事等手法。"正是如此，作者深研史料、精心结撰，通过《漂泊在京城》《七载芝麻官》《以官易随园》和《美食与性灵》等章节，不但全方位地再现了传主的"全人"，而且突出了其独特的思想性格与精神秉赋——尤其值得关注的是，不同于一般传记，作者抓住传主作为诗人与诗评家的"这一个"，不但突出其创作才华，而且以专章形式，对奠定传主历史地位的"性灵说"等，从历史与学术的角度进行专业考证、辨析，这更显示了作者"学者兼作家"的独异与过人之处。正是如此，作品得到了专家们的高度肯定，中国作家协会《中国历史文化名人传记》文学和史学两个专家组都给予了高度评价。文学专家组组长、著名评论家李炳银，史学专家组组长、中国戏剧研究院话剧研究所研究员及博士生导师刘彦君认为作品"深入到传主思想、人品、情感深处，聚焦于袁枚的内心成长，强化了他一生信奉的平等、坦诚、正直等启蒙精神"；其"情节细节丰富生动，性格形象突出，富有情趣，畅达诗性，是走近和认识传主的简洁充盈的文学书写"。特别是在写作方法上，评价"作者没有沿袭传统的传记叙事方法，而是根据传主生活的多个侧面延伸，综合使用了多种文学手法来进行表现，字里行间能隐隐看到杂文、随笔、散文、小说等文体痕迹的融会贯通，富有实验性和创新性。各种人物在作者叙述中自由地随意穿插，可谓古今中外皆入文中。这种表达方式，不仅深化了传主的精神视野，引入了时代氛围，而且，对于文体有意识的跨界运用，也使整个传记的行文走字充满了变化，带给读者以意想不到的阅读张力，从而强化了作者与读者之间的沟通与交流"。

那么，《毛板船》的情况如何？令人欣喜的是，我们又看到了作者的创新与超越，更见识了作者的内在潜力与高远追求。这一点，主要表现在以下方面：

首先，在文体探索方面，不同于作者以往的纪实小说、散文与传记等创作，也不再如以往那样单一反映"现实"或再现"历史"，《毛板船》是报告文学，而且是联系"现实"而以"历史"为主的史传报告。也就是说，作者抛开以往的"轻车熟路"而又开始了新的体裁尝试。但这种"新",不是远离基础的另起炉灶,而是继承传统的优势互补,是充分吸收了以往经验后的综合、提升:它既有小说的人物描写与故事情节,又有散文的写景抒情与"形散神联",还有民间文学、通俗文学常见的传奇与神秘等,因而是一种具有浓郁的乡土、文化特色的"新"史传报告。

其次,在题材内容方面,作者也有新的开拓。即作者的以往创作,虽也写了新化、娄底等湖南家乡的有关人事,但主要还是写自己在羊城等地的漂泊与见闻等(《袁枚传》例外)。而《毛板船》则不但聚焦家乡新化,集中反映梅山文化、风俗与历史等,而且将视野延伸至湖北的汉口等地,而联结两地的绳扣即毛板船。而毛板船这一题材不仅重大而且独特:它为新化人首创,是世界上唯一的一次性使用的巨型船舶,且只存在于1799年—1958年的160年间;它是新化人为了将本地煤炭经资江运往汉口而"逼"出来的生存之"法器"。即该船之所以为"一次性"的"毛板",是因它至汉口后不能返回而只能当作木材处理;之所以至1958年即被中止,是因修建柘溪水电站后资江被阻断。因此,作品不但记述了毛板船从诞生、发展到消亡的160年历史,而且写了1959年后的移民与乡村经济,及"我"对毛板船"活口"的寻访,等等;不但写了新化山区的人文地理及贫困与反贫困,而且重点写了新化人——"宝庆帮"等湖南人在汉口的商贸、生存等艰难实况,包括与"安徽帮"等外地人为争夺码头等地盘而进行的各种斗争,等等。如此,作品就写到梅山武术、武师争霸、地域文化与江湖社会,也写到资江地理、洞庭风光、汉口商会与湘楚历史,还涉及清廷的新化官员、曾国藩的湘军与水师、武昌起义前后的社会形势、雪峰山抗战与日寇投降,及1949年前后的政治、经济与改革开放，尤其是通过资江航运与汉口商埠等，正面反映了中国特定历史时期的航运、商业等经济和社会面貌。因此，作品选题独特、题材庄重，视野广阔、内容深厚。

最后，在风格形式方面，作品融汇古今、"虚""实"一体，用小说笔法而不露匠气，写传奇故事而不夸张，重人物描写而不渲染，有"文化""理性"而不"掉书袋"。具体而言，在写人方面，作品不但重点写了毛板船的创始人杨海龙、先为舵手后为汉口宝庆会馆馆长的何元仑、武师游石命与"楚宝瞎子"刘春祖等，还写到刘光南、邓显鹤、李郁华、梁祗六、周先仁与谭人凤等新化籍官员和要人。在叙事方面，除详写毛板船从新化经益阳、洞庭湖而至汉口途中的艰难险阻外，毛板船从业者围绕汉口宝庆码头而与"安徽帮"等所进行的争夺，描写尤为集中、具体。如第八章的《三箭定界》、第十章的《江湖赌狠》与第十二章的《将军保驾》等，即是其例。而其中的翰林钦差李郁华巧施妙计与理发匠舍命油锅捞匕首等描写，尤为曲折生动、惊心动魄。在文化风俗方面，作品既写了梅山的武术、茶马古道与张五郎等传说，又写了汉口的沿革、风物与鹦鹉洲等地的历史典故；既写了"湘帮"的血性与义气，又记录了不少民谣与打油诗，尤其是以专章写了《资水滩歌》等。在理性精神方面，作品既总结了毛板船在经济、教育、语言等方面，以及对曾国藩水师的影响，又反思了毛板船经济的地位、意义与劳资关系等；同时，对武汉今昔、湖湘文化、新化发展与扶贫开发等，也有一定思考。总之，作品涉及文、史、经、哲等方面，知识密度大，且人物鲜明、故事生动，具有浓郁的乡土文化与民族特色。

作者基础扎实、准备充分，创作路子广、手法形式多。而这一切，又是其"大器晚成"与"可持续发展"的必备条件。既然航道已经开辟，金子已经发光，那么，我们有什么理由怀疑：升空的明星不会更亮、亮丽的鲜花不将更艳？

（章罗生，男，湖南大学纪实文学研究所所长、文学院教授、研究生导师，中国现当代文学学科带头人。主要研究方向为中国现当代文学、纪实文学与老舍研究等。兼任中国当代文学研究会纪实文学委员会常务副主任、中国报告文学理论研究会副会长、中国老舍研究会常务理事。）

# 目录

# 引 子

触动我写这本书的念头，源于一次采访。

2011年6月3日，一个叫李艳萍的武汉妇女回新化喝喜酒。这天上午，她在新化白溪镇的侄女出嫁。

农家有喜事，引得千里之外的城里亲戚回乡喝酒，非嫡亲不足以至此。

然而令人惊异的是，这李艳萍却引起了中央电视台的关注，中央电视台的记者不知从哪里打听到了她到了新化的消息，像追星族一样从北京飞到长沙，辗转来到新化采访她。

这确实太令人惊讶了！

央视，对于一个小县的百姓来说，是十分"高大上"的。县里的事引起央视的关注，那是极为鲜见的。如果商家要请央视，也只能请到央视广告部的，那得花大本钱，而且小县这样的商家极少或者根本没有。

这次来的，是货真价实的记者，而且人家是来新化"追星"的。这"星"到底是什么样的明星巨腕呀？！

她难道不知此刻已成"巨星"？淡定地千里迢迢回到新化娘家来

喝喜酒？她有何德何能，值得央视记者来追？真是奇了怪了。

央视到底又为何对这个普通城市妇女如此青睐？

这消息立马惊动了新化县委、县政府的一把手。

原来，这天晚上是法网的决赛，决赛选手李娜，正是李艳萍的女儿。而李娜是极有希望获得法网冠军的。央视记者可能要挖一点背后的独家新闻，接地气的，老百姓，特别是不爱网球的老百姓也有兴趣的新闻。于是，派了一支队伍来到新化。

原来如此。

对体育很不在行，对网球更是门外汉的我，此刻也似乎明白了法网冠军的重要性。

这天晚上，时任新化县委书记吴建平，县委副书记、县长胡忠威安排李艳萍在宾馆看决赛，并亲自陪同。一起陪同观看的还有县委、县政府的其他相关领导。

恐怕新化很少有普通妇女享受过如此殊荣。

这天晚上，大家看得很起劲，叫好声、呐喊声、鼓掌声此起彼伏。李艳萍开始心情比较紧张，在心里默默祈祷女儿能赢。

在整个比赛期间，李艳萍三次离开观看现场，一个人跑到外面放松呼吸，因为女儿比赛的激烈程度令她难以忍受。李娜赢了第一盘后，她就没有那么紧张了。她注意到李娜没有哭。她以前从不看直播，这是第一次看。

在观看节目的现场，李娜的亲戚们打着横幅，大声呼喊："娜姐，加油！"李艳萍看得非常认真，心都提到了嗓子眼。

当看到李娜最终获得法网冠军后，李艳萍高兴地表示女儿为国家争了气，为家人争了气。新化县委书记吴建平，县委副书记、县长胡忠威，副县长李劲柳几人代表新化人民对李娜夺冠表示祝贺，并赠送了鲜花。

现场观众拉着"扬国威，振人心，革命老区新化县祝李娜夺冠"的大型喷绘欢呼！

当央视记者问李艳萍准备给李娜什么礼物时，李艳萍说："我的礼物就是鸡蛋面、三合汤。"大家都笑了起来。

新化县委书记吴建平接受记者采访时说："一是激动，二是自豪，三是祝福，愿李娜夺得更多的世界冠军。"

这是中国乃至亚洲选手的法网最好成绩，也是李娜个人、中国，乃至整个亚洲首个大满贯单打冠军。（按照一年中开赛的先后顺序，网球四大满贯依次为：一、澳大利亚网球公开赛；二、法国网球公开赛；三、温布尔登网球公开赛；四、美国网球公开赛。获得其中任意一个冠军的选手都被称为大满贯得主。）这是网球运动员的至高荣誉。在此之前，李娜是2011年悉尼网球精英赛冠军，中国网球首个WTA（国际女子网球协会）顶级巡回赛的单打冠军；在2011年澳网成为第一个闯入大满贯赛决赛的亚洲选手；在2011年法网进入八强后成为四大满贯赛均闯入八强的唯一一名中国人，击败阿扎伦卡后已追平亚洲选手参加法网的最好成绩，而在击败莎拉波娃后，她已将亚洲选手在法网的最佳战绩揽在自己名下。网球与足球、篮球并列为世界三大最受欢迎球类运动，这也是中国网球选手第一次登上主流赛事的最高领奖台，在世界体育影响力上亦算是最具突破性的一次。从公共外交的角度来看，"李娜效应"非同小可，这是中国公共外交事业具有里程碑意义的重大胜利。在法国网球公开赛上"封后"后，李娜的世界排名再创新高，攀升至第四这一令人惊讶的位置。不仅如此，李娜还毫不讳言，她的目标是攀升到世界第一的位置，再创中国人的奇迹。

举国一片欢腾中，李娜的籍贯，却引发湖南新化与湖北武汉两地网民的原籍之争。6月4日下午，网友"陆家希"发帖称：中国女网"一姐"李娜是新化姑娘，并以央视采访正在湖南新化县的李娜母亲李艳萍为证。帖文称，李娜爷爷、奶奶是新化白溪人，原住汉口新化人聚居的宝庆码头。李娜生在武汉，祖籍新化。

一帖激起千层浪。在百度贴吧等网络论坛上，"娜姐"究竟是湖北人还是湖南人，成为网友争论的热门话题。

6月7日，《湖北日报》记者严运涛、姚启慧，实习生刘昂多次联系李娜本人和其母亲李艳萍未果后，到武汉市公安局做人口查询，系统显示，李娜出生于湖北省武汉市江岸区球场路16号，籍贯登记地为湖北省武汉市汉阳县（现蔡甸区）。其间，李娜的户籍登记信息中户口所在地改动过两次，分别为湖北省体工大队和华中科技大学。

严运涛等随即采访了湖北省网球管理中心主任李理仁。李理仁说，该中心存档的李娜个人档案上写明，李娜出生地为湖北省武汉市，父亲为湖北孝感人，母亲李艳萍籍贯湖南新化。据悉，1949年后汉阳县曾属孝感管辖，1959年划归武汉市管辖，随后更名为蔡甸区。

李娜到底是新化人还是武汉人？时任某报记者的我，决定将此事弄个水落石出。但我得知此事，已是三天以后，遂从新化县委宣传部打听到李艳萍的电话。6月8日上午，我电话采访了李娜的母亲李艳萍。电话一接通，话筒里传出来的是李艳萍一口地道的新化话。

我登时一愣，说："李娜是新化人，那还有假吗？真的假不了啊！"

李艳萍说："李娜确实是在武汉出生并长大的，李娜三岁的时候，我满舅（湖南方言，指排行最小的舅舅）的儿子结婚，李娜的外婆把李娜带到新化白溪，住了一段时间。李娜小时候聪明可爱，三岁时能说会唱，很得大家喜欢。"

我问李艳萍："为什么央视记者采访你时，你说送给李娜的礼物是鸡蛋面、三合汤呢？"

李艳萍说："李娜喜欢吃白溪的鸡蛋面、三合汤，李娜在新化住的那段时间，每餐餐桌上都上这两个菜。"

我又问李艳萍："你是正宗新化人，怎么去的武汉呢？"

李艳萍说："我父亲原来是驾毛板船去武汉的，后来公私合营，父亲进了长江航运公司。父亲退休后，我顶职进入航运公司，现在已从长江航运公司退休。我有两个舅舅都是新化人，大舅从益阳航运部门退休，满舅从新化县公路系统退休。"

我看到现场图片中，有一个男的与李艳萍站在一起接受了鲜花，新闻中却没有人提起这个人。

这个人是谁呢？这么重要的比赛，为什么李艳萍不去巴黎为女儿加油，却不远千里，跑到新化来喝酒呢？难道李艳萍也像奥巴马夫人一样，将家事看得重于其他事情？我正要问，又感到不便问，或许，这涉及李娜的隐私。

前不久，为了弄清这个问题，我在网上淘了一本李娜自己写的

《独自上场》。在这部自传中，一个敢爱敢恨、敢说敢做、性格鲜明的李娜映入了我的脑海。在这部自传里，李娜毫不避讳地批评了奶奶的冷血，批评奶奶有钱买衣服却不花钱抢救生命垂危的父亲，表达自己的恨意。对妈妈在父亲去世不久就有了新丈夫表达了不满，说让她找不到家的感觉。也表达了对丈夫的无比的爱与依恋，传达出一种小女人的感觉。

读了自传，我也更了解网球，原来这种独自上场的运动，每一秒钟都需要自己独自做出决定，每一秒钟都在接受新的挑战。联想到李娜接受记者采访时幽默风趣、快言快语的表达，和她对某报记者的毫不掩饰的厌恶。我感到，这真是一个个性分明的梅山辣妹子，她的性格，与梅山人的蛮、狠、辣、爽一脉相承。说她不是梅山人，或不是梅山血统，恐怕还有人不信。

我只剩下最后一个问题没弄清楚了：毛板船到底是个什么东西？为什么李娜的外公驾毛板船？为了驾毛板船到了武汉就在那里安了家？

李艳萍的回答当然满足不了我探询的要求。我决定深入地"挖一挖"。

我曾多次耳闻毛板船，但并没有引起我的关注。

这一次，我决定彻底把它弄清楚。

经过一段时间的研究，我终于知道：原来，毛板船是梅山地区独有的谋生工具，在160年里，曾创造了世界航运史上的奇迹！

但要弄清毛板船是什么，还得从梅山说起。

# 第一章　神秘梅山

"看见屋，行得哭。"这句谚语是梅山人对自己所处悬崖陡壁、坡高路险、沟深壑幽的地形地貌特征的一个形象描述。

什么是梅山呢？

单看一个"梅"字，让人想起梅花，想起美，想起美女。

这样说，你也许会说我想象太丰富了，就像鲁迅先生批评的："一见到短袖子，立刻想到白胳膊，立刻想到全裸体，立刻想到生殖器……中国人的想象唯在这一层能够如此跃进。"

其实，因梅而联想到美女，是有现实基础的。梅山人给女孩子取名字，总喜爱在名字中嵌一个梅字：丽梅、玉梅、春梅、腊梅、小梅、龙梅……有的甚至单号一个梅字，足见梅山人对梅的喜欢，也难怪人一听到梅字就想到美女。

人们如此爱梅，是不是与这地方曾经被称作"梅山"有关？要说与梅花有关，这地方的梅花我见得并不多，倒是映山红（杜鹃花）漫山遍野。

由此我想到了我生活的娄底，这地方为什么叫娄底呢？原娄底市委书记蔡力峰的解释倒是很有创意：娄，上面一个米字，下面一个女字。米，象征这地方是鱼米之乡，男耕女织，物产丰富，水草肥美；女，象征这里的人们浪漫多情、爱情甜蜜、人丁兴旺、家庭幸福。这个颇有创意的"说文解字"，现在成了很多娄底人的"共识"。这个不同于民俗学家的诠释，虽不"权威"，却解出了新意，解得娄底人皆大欢喜，解读出了梅山人对美好生活的向往。

那么，到底什么是梅山呢？梅山人言必称梅山，什么梅山蛮子，梅山性格，梅山血性，梅山传统，梅山风俗，梅山文化……

但是，你若问一个人：什么是梅山？梅山是哪座山？恐怕少有人答得出来。为什么这么"集体无意识"？难道"梅山"是一件皇帝的新衣，根本就不存在？那为什么又有"新化是上梅城，安化是下梅城"的约定俗成的说法，现在，新化还有"上梅中学"，途经安化，还可以看到"梅山加油站"，这样以"梅"命名的场所可谓比比皆是。

如果是"皇帝的新衣"，怎么会有这么大、这么广泛的影响？

凡是能流传下来的说法绝不会空穴来风，必能解读出其意义。

比如"上梅""中梅""下梅"的说法，就是梅山的上峒、梅山的中峒、梅山的下峒的简称。而这上、中、下又是如何得来？难道是地形的高低？如果这样理解，那又属于望文生义、看见骆驼说马背肿。其实，这里的上、中、下是说梅山资江段的上游、中游和下游。

梅山地区流传着这样的民谣："上峒梅山赶狗公，中峒梅山丢浮筒，下峒梅山拉胡琴。"所谓赶狗公，就是打猎，所言是上峒梅山地区崇山峻岭、野兽众多。所谓丢浮筒，就是钓鱼，就是说资江流经中峒梅山时，滩多水浅，以打鱼、钓鱼为生的人比较多。那么，拉胡琴又是什么意思呢？难道是卖艺？说下峒梅山的人长得好看，所以卖艺的人比较多？非也，拉胡琴说明生活悠闲，物质方面比较富足，到了追求精神生活的高度了。为什么这样呢？你看益阳这样梅山峒下游之地，可以不必经受放毛板船的种种风险，因为占着"外河"中转码头的有利位置，可以轻松转手倒卖从"上峒梅山"运来的种种物资，从而获得可观的利润。所以在毛板船时代就有"银铸的益阳"这样的说法。

可见，"梅山"是实有其山，而不是徒有其名的。

笔者查阅了2020年由中南大学出版社出版的《大梅山研究》（刘元清等主编），书里却解释，梅山确实只有其名，没有其山。

这真的令人百思不得其解。

还有一种说法是：梅山是古代官方对雪峰山的称谓。雪峰山这个称谓是民国以后才有的。

但这种解释知道的人不多，甚至人们听说了，也不愿相信。

我曾经将这个说法写成文章，发到梅山某县一个文化群，结果大受批判和嘲弄。须知我是娄底市民间文艺家协会主席，在各县市的基层会员之间享有一定的威望，却因此说受到群体"攻击"。

可见，人们对梅山，宁愿信其无，不愿信其有。宁愿其保持神秘的色彩，而不愿其清晰地呈现在自己的面前。

正像读了《红楼梦》的，后悔看由《红楼梦》改编的影视作品。看了之后，他们大倒胃口，或者大为不满：林黛玉怎么是这个样子的？根本不"像"。不"像"什么呢？不"像"他们心目中的想象。

一千个梅山人心中有一千个梅山。

梅山是神圣的，梅山也是神秘的。

再看什么是雪峰山。

雪峰山是指起于邵阳市绥宁县巫水之北、止于益阳市的巨型高地，是跨越湖南省怀化市东部与邵阳市西部、娄底市新化县、益阳市安化县的长形大山，因主峰终年积雪而得名。

而关于梅山的解释，《宋史·梅山蛮传》中有这么一段话："上下梅山峒蛮，其地千里，东接潭（潭州，今湖南长沙），南接邵（邵州，今湖南邵阳），其西则辰（辰州，今湖南沅陵），其北则鼎（鼎州，今湖南常德）。"

当时居住在梅山的人，由于不服王化，也就没有政府概念，没有州、府、郡、县这些行政区划，而是以"峒"为单位聚居。

"峒"也是一个难以准确解释的词语，如果解释为"山洞"，肯定也不准确。因为梅山属于江南水乡，即使在古代，也不住在山洞里。"峒"，据我的理解，就是依着山，大家共同而居。为什么要共同而居？一是人本来要群居，二是自然环境恶劣，人要与大自然中的各种猛兽搏斗，战胜野兽才能生存。山是他们生存的环境，共同居住是一种必然选择。相对聚居比较近的为一峒，梅山一共十峒，每一峒都有首领，十峒有一个总的首领。

《宋史·梅山蛮传》关于梅山范围的界定与今天关于雪峰山范围的解释是基本吻合的。所以梅山"其地千里"没有错。但人们习惯于把新化、安化两县区域叫作梅山，为了将之与"其地千里"的"梅山"区别开来，近年来，专家们把新化、安化两县区域称作梅山文化的"核心区域"。

梅山山峦重叠，连绵起伏，坡高路陡，两山之间"但闻人语响"，可以隔山喊人，但走起路来下坡上岭要走大半天，走到你要哭。

老辈说一个石蹬半升米，意思是上一个蹬要耗吃半升米的力气。这样，"鸡犬之声相闻，老死不相往来"，就成为一个不得已的事实。

传说在上古时期，蚩尤带领九黎氏族部落兴农耕、冶铜铁、制五兵、创百艺、明天道、理教化。他本和炎帝同属一个部落，而后离开炎帝自行发展，曾与炎帝大战，把炎帝打败。

蚩尤面如牛首，背生双翅，有八只脚，三头六臂，铜头铁额，刀枪不入。善于使用刀、斧、戈作战，不死不休，勇猛无比。他有兄弟八十一人，都有铜头铁额、八条胳膊、九只脚趾，个个本领非凡。他率八十一个兄弟迎战黄帝。

黄帝不能力敌，请天神助其破之。杀得天昏地暗，血流成河。双方都动用了神仙法力，风伯、雨师都来参战。最后，蚩尤被黄帝所杀，帝斩其首葬之，首级化为血枫林。后黄帝尊蚩尤为"兵主"，即战争之神。

而梅山核心区域，位于新化县与安化县接壤处的大熊山区域，为蚩尤出生地及与黄帝等北方部落征战的大本营。蚩尤部落联盟为了战争的需要引进优良马种并大量繁殖，以供运输和骑兵作战之需。此为安化及古梅山地区养马的起始阶段。

这里地处荒野，山高林密，人丁横蛮，民风强悍，"语言侏离"，"不与中国（此处'中国'指中原，区别于北国、南国）通"。

这里的人们不服当时朝廷的管制，分庭抗礼，被称为"梅山峒蛮"。他们过着原始农耕、渔猎生活，形成了带有浓厚的巫文化色彩的原始、封闭的土著文化。当时这里的居民以瑶族人和其他土著居民为主。

这里自然环境恶劣，梅山人要与大自然搏斗，于是十八般武艺便在这里大行其道，刀、枪、剑、戟、镋、棍、叉、耙、鞭、铜、锤、斧、钩、镰、扒、拐、弓箭、藤牌成为人们的手头武器。

其实人们生活中的武器远远不止"十八般"，所有的生产工具和生活工具在这里都可以当作武器使。如凳子、桌子、扁担、索子，我小时候还学过凳拳和桌拳，至于扁担，和棍拳是相通的。而索子可用于发流星。所谓发流星，也就是在绳索的一头坠一个重物，如铁砣，也可以用石头代替，甩过去，可以击中较远的目标。

这片地区历史上为什么被称为"梅山"呢？这又关系到一个传说。

传说春秋战国时期，湘中地区是楚王部众居住地，楚为芈姓，楚人居住地为芈山。而到秦汉时，梅鋗因助汉高祖灭秦有功，故被封为"台侯"，"食台以南诸邑"。台以南即台岭（大庾岭）以南。

其实，当时台岭以南已为南越王赵佗所据。故唐代罗隐有诗言："十万梅鋗空寸土，三分孙策竟荒丘。"

因没有地盘，故梅鋗率众西迁到长沙王吴芮长沙郡之西益阳县（今益阳市）境内，人们把他所据之地称为梅山。

在梅山地区，还广泛流传着张五郎的传说。

猎人张五郎到太上老君那里学法。

太上老君是谁？古梅山地区公认的道教始祖，法力无边。

如此法力无边的始祖，一般人士当然难睹真颜，只能在传说里将其传得越来越神。

而这个张五郎不但能够得睹真颜，居然还能得其亲授，并且受到太上老君的宠爱，实在也是一个了不得的人物。

梅山地区流传着许多穷小子和富家小姐谈恋爱的故事，这在现实生活中也许很难发生，而这些流传的故事，也许多属编造，但却寄托着梅山穷人们或普通梅山人对平等、真爱的渴望与追求。

张五郎和太上老君女儿谈恋爱的故事，就是这种追求最为典型的反映。

能够到太上老君那里学法，这本身就很神奇，而张五郎却和太上老君的女儿姬姬谈起恋爱来。

跟所有与富家小姐谈恋爱的穷小子结局一样，张五郎也受到太上老君的坚决反对和残酷打击。

太上老君怒吼道："快滚！"

张五郎只得慌忙逃走。

故事到这里本来可以结束了。

但如果这样，他又怎能成为梅山人崇拜的神？

姬姬就像所有敢于追求真爱的富家女子一样，她决定离家出走，与张五郎私奔。

姬姬知道，想私奔没那么简单，身为太上老君的父亲不会这么轻易成全他们。

姬姬带着一把神伞,把张五郎"收纳"进伞中,看上去就像一个人到野外闲逛一样。

但她这样怎能躲过太上老君的法眼?

太上老君追至途中,放出飞剑。

如果没有姬姬的神伞,张五郎肯定被一剑致命。

姬姬挥动神伞,将飞箭挡了回去。

太上老君又射一箭,还是被姬姬挡了回去。

恼羞成怒的太上老君顾不得投鼠忌器了,放出了第三剑。

姬姬没想到父亲会放第三剑,因为这一剑是无法阻挡的。

张五郎命悬一线,不容多想,姬姬扯下月经布,抛上了云头。

看官也许不解:这月经布和神剑有何关联?

因为在梅山人的思维中,神的一切都是圣洁的,但只要用脏东西去玷污它,它的神力就自然会消失。

其实有这种想法的并不只是梅山人。据传,鸦片战争时,清廷见到西洋打过来的洋枪洋炮,也以为是神物,不知用何物抵挡,下令各家各户将小便桶贡献出来,将小便向海中倾去,以为如此便可玷污西洋"神物",让其发挥不了效力。

梅山人认为,月经布是最脏的东西,因此,姬姬把月经布一抛,太上老君的神剑立即受到玷污,第三支神剑也就不发生作用了。张五郎的性命得以保全。

姬姬知道,太上老君不会就此放过。

为了让太上老君认不出张五郎来,姬姬将张五郎的身子倒转,让其头、手着地,两脚朝天,变得面目全非。

张五郎果然因此躲过了太上老君的继续追杀。

其实，这个传说根本不是一个爱情故事。姬姬和张五郎爱情故事没有更多的下文，更没有什么细节。后续情节是张五郎将此中得到的法术在猎人中广为传授，受到猎人的拥戴。

张五郎后来成为猎人敬奉的梅山之神，不是因为他和姬姬的爱情，而是因为他在猎人中传授了法术。这也成为梅山武术传说中的起源。

而现在，在梅山文化的核心区域新化和安化，常见人们供奉着一个梅山神坛，而在这个神坛之上罩着一块红色的"云头布"，这块神秘的红色云头布的源头就是姬姬的月经布。

梅山人敢于崇拜这么"脏"的东西，这样的"神秘"之物，可见梅山人骨子里的野性、浪漫和勇敢。

在新化县奉家镇原人大主席奉力球的家里，奉力球翻出一本明代的奉氏族谱给我看。说奉氏族人，其实是先秦时，秦献公的儿子嬴季昌为了避免兄弟王位之争，辗转湖北、湖南、广西逃到今奉家镇地方。为了不忘来源，改秦为奉。在奉家镇一带以农耕立业。

为了阻击追兵，奉姓人在地势最高的地方设兵把守。由于这个地方易守难攻，追兵终于被打退，并且不敢再来。于是，他们把设追兵的地方叫作"阻寇界"，后民间口耳相传，以讹传讹，称为"紫鹊界"。

这些传说，有些是古已有之，而"阻寇界"之类，又像是为旅游而生造的。从这些传说中，不难看出战争、野蛮、打斗、恋爱等因素。这正是古梅山人非常看重的，当然，也是生活和环境逼出来的。

"普天之下，莫非王土。"

封建王朝怎能坐视这么一个"独立王国"长期存在？

五代时，朝廷派兵征讨梅山，被一个叫作扶汉阳的带兵打退。

北宋初年，宋太宗调兵遣将，在梅山附近立梅子、七星等五寨分兵防守，临之以威，防止扶氏作乱。至北宋中期，扶氏势力一直时附时叛，朝廷难以制驭。

在北宋熙宁年间（1068—1077），也就是王安石变法期间，这片独立王国被朝廷盯上了。朝廷派一个叫章惇的来开发梅山。

这章惇来历不一般，还蛮有个性的，这个性和梅山蛮有得一比。他本是私生子（不明白为什么那时也有私生子，不是可以纳妾吗？估计是大老婆管得太严了）。成年后参加科考，中了进士，这本是喜事。可因这一年侄儿中了状元，他觉得脸上无光（这有什么脸上无光的？！），竟辞而不就。后经人劝说还是做了官，没想到还受到王安石的青睐，王安石不断提拔他，一直把他提拔到副宰相（再提就得自己退位了）。

章惇是不是因为开梅山有功而被提拔，笔者没做研究。但章惇开梅山和被提拔为副宰相都是在北宋神宗熙宁年间，让人很容易联想到其间的因果关系。

章惇开梅山可并不顺利，吃了很多败仗，梅山十峒最后一位总峒主苏甘（1040—1120）带领梅山人抵抗，章惇根本拢不得边。后来章惇改变政策，开始怀柔，任用苏甘为首领。这样王师才得以进驻。

宋神宗熙宁五年（1072），章惇在梅山置新化、安化两县。但朝廷不敢任命正式县令，县印一直握在苏甘父子手上，他们实际执掌新化县印长达54年。一直到苏甘的儿子死后，朝廷才于宋代靖康元年（1126）正式任命长沙人杨勋为县令。他是新化第一任正式的县令，而苏甘只能说是县官，最多只能说是准县令。他掌管县印，朝廷却一直没有下达给他任命的"红头文件"。苏甘的权力是他夺来的，或者说是朝廷与他妥协（或者说怀柔）的结果。这54年，可以说新化还是一个"准独立王国"。

章惇后来当了宰相，可谓北宋一代名相。他曾建议不立徽宗为帝。如果采用了他的建议，宋朝的历史也许就会改写。《水浒传》里，徽宗就是那个宠信高太尉的人。高太尉是一个无赖流氓，因踢得一脚好球，被徽宗宠信，并任用为太尉。如此昏庸的皇帝，不误国乱政才怪。

南宋建炎年间（1127—1130），金兵南侵逼近临安（今杭州），宋高宗赵构下诏全国"勤王"。

看官想想，梅山地区一直是个"独立王国"，与北宋朝廷对战多年，直到1072年才建县，建县之后有54年与朝廷处于"妥协"状态。这时，设县的朝廷危急了，如果换一个地方，也许这地方的民众正好借此机会，重归"独立"，摆脱朝廷的统治。

而梅山人不是这样的，县令杨勋一声号召，兵民纷起响应，荷戈裹粮，从新化县治白溪何家坪出发，奋不顾身，疾驰赴杭勤王。好像这个朝廷一直以来就是"亲爹"。

梅山人勤王绝不是迫于县令的所谓威权，完全是一种骨子里的血性精神使然。县令杨勋死后，人们继续北上，后把死在途中的县令归葬梅山。

至今，新化保存有三处以上杨勋的墓葬，可见梅山人对杨县令用情之深、之专。历史上，大部分情况下，只有死于非命的美人（如杨贵妃）才会有多处墓葬，因为人们希望美人埋在自己的土地上。杨勋的多处墓葬，见证了梅山人的血性。只要得到了梅山人的认可，他们便会生死不改。

　　这就是梅山人。

　　在长期相对独立的生存环境中，梅山人的生活形成了独特的"山里味"，野性而浪漫，对生殖的热爱和崇拜几乎到了赤裸裸的程度。在梅山，很多人都会唱"山歌"，这些山歌，没有明确的词曲作者，但几乎人人张口就能来。

　　我曾想，在二十一世纪的今天，社会几乎是全方位开放，到沿海一线城市打工，甚至当老板的大部分是"山民"，他们已然被现代文明"污染"了、同化了。哪里还有山歌产生的土壤？

　　的确，90后和00后爱唱山歌、会唱山歌的人是少了很多，但50岁以上的还是张口能来。在长者的耳朵里，很多流行歌曲是"靡靡之音"、噪音，而山歌才是"天籁之音"。以前，我以为强调山歌的重要性、言必称山歌是少数梅山文人的不妥。但2019年中南大学出版的《大梅山研究》三卷本中，《紫鹊界山歌》就独占一卷，不能不令我大跌眼镜。一座山的山歌就可独立成卷，看来，梅山的山歌不是缺少来源，缺少的是抢救、挖掘、整理啊。

　　有这么一首民歌《神仙下凡实难猜》，在梅山传得很广，那些个"土鳖"文人唱起来，是蛮来劲的。而且这首歌是登过大雅之堂的，由一个叫伍喜珍的歌手一直唱到了中南海，唱给毛主席、周总理、朱总司令听过。这就不能不说这首歌有点儿"牛"了。

　　郎在高山打鸟玩（hāi），姐在河边洗韭菜。哥哥几，你要韭菜拿几把，你要攀花夜里来。莫穿白衣白裤莫拖鞋，扛只小小锄头做招牌。要是那个看牛伢子碰到你，你只讲去田里看水来。你到十字街上买双草鞋倒穿起，上排脚印对下走，下排脚印对上来。我哩两个行路莫把笑话讲，坐着总莫挨拢来。有心做个无心意，神仙下凡实难猜。

还有比这更"赤裸裸"的。如船夫调情的歌：

　　清早起，到河边，河边有个走风船；男人搭船三五两，女人搭船不要钱；借你姐罗裙作风篷，借你姐十指尖尖来撑舵，借你姐蚕眉斜眼观东风。有钱难请女艄工，东风起，满顶篷，提转角索好调情。

再如对歌：

　　（男）妹妹几，我一要寻你借个糖包粉，我二要寻你借个粉包糖，我三要寻你借个鸳鸯龙凤枕，我四要寻你借只复花床，我五要寻你借块磨刀石，我六要寻你借个救命王。
　　（女）哥哥几，我郎没开糖铺，哪有糖包粉？我亲亲丈夫没开粉铺，哪有粉包糖？我的丈夫没学裁缝，哪有鸳鸯龙凤枕？我亲亲丈夫不是木匠，哪有复花床？我郎不是石匠，哪有磨刀石？我亲亲丈夫不是郎中，哪有救命王？

（男）妹妹儿，你舌子尖尖，口舌朵朵红，就是郎的糖包粉，你一对高翘奶子，就是郎的粉包糖，你一对白手把子，就是郎的鸳鸯龙凤枕，你一身四体，就是郎的复花床，你一对白腿巴子就是郎的磨刀石，少年妹妹儿，你罗裙底下就是郎的救命王。

梅山人敢爱敢恨、敢作敢为、浪漫野性的性格，听听这山歌就可以感受得到。

梅山地区生存条件如此恶劣，人称"七山二水一分田"。人类文明的发祥地都在大江大河边，因为有水，有母亲河。而梅山的水只占到二分，赖以生存的田只有一分。梅山人要想靠这些资源来养活自己，在开梅山之前也许还勉强，因为人口毕竟不多。但随着外来人口的不断迁入，当地的资源就远远不够了。

要生存，就要做"生"意。

要做"生"意，才会有"生"路。

梅山人当时有两条生路，一条是茶马古道。但茶马古道不是梅山人所独有的，梅山的茶马古道也只是漫长的茶马古道的一小段。

在古梅山核心地区的安化和新化境内的崇山峻岭和山涧溪流之间的茶马古道就是其中的一段，千百年来，无数的马帮在这条道路上默默行走，悠远的马铃声，回荡在山谷、急流和村寨上空，也成就了不同民族和不同文化的交融。

梅山人也有不少利用这条茶马古道做生意发了财的。

但顾名思义，茶马古道，主要是用马匹运输茶叶这一类轻物资。马的运力也是非常有限的。随着人口的不断增多，这一段茶马古道远远不足以消除梅山人的生存危机。

古代梅山地区，运输物资的另一条通道就是资江。

资江是长江在湖南的四大支流之一。所谓四大支流，即湘、资、沅、澧。资江有两个源头，一个是湖南城步苗族自治县的北青山，称为左源。一个是广西资源县的越城岭，称作右源。右源地处高山峡谷、坡陡流急。从右源一直到下游的益阳，因为流经雪峰山脉，沿途河谷陡峭、基岩裸露、礁石密布、流态紊乱，被称为"山河"。河道弯曲而狭窄，流速快，最大流速达每秒3.9米。

套用一句流行语"不适合人类生存"，那么资江就是"不适合人类航行"。

可是，除了供少数商人通行的"茶马古道"，这就是梅山地区唯一一条可到外界讨吃的生路了。

梅山地区山多田少、水少，被称为"干晒"，是贫穷的代名词。其中田少，更是贫穷的直接象征。何况，资水流域自然灾害发生频繁。山丘地区易发生干旱，插花性旱灾年年有，连片大旱约6年一次。

据史料记载，1900年，武冈从四月中旬起连旱100多天，田塘开坼，禾苗枯萎，荆竹乡饿死86人，逃荒的有117户。1921年春夏连旱，宝庆、武冈等处死亡尤众，丁口大为减少。1925年宝庆、武冈、新宁、城步等地5月至7月旱期80多天。1963年资水流域主要各县总计受灾面积约250万亩，成灾面积130多万亩，减产粮食约5亿斤。在一些干旱死角地区，人畜饮水都很困难。山丘区局部性和插花性洪灾，历史上几乎年年均有。较大的洪灾3～5年一次。

据《湖南省自然灾害年表》：1482年至1949年间经常发生流域性水灾，调查到大洪水年18年。1617年为特大洪水年，上至武冈、下至益阳等县均有记载。

更主要的是，由于移民，梅山地区的人口持续增长。这给经济发展带来了巨大的压力。

这样，生活在梅山地区的人，求生的本能驱使他们通过资江这条唯一连通外界的通道谋求生路，寻求发展。

最可能的生路就是想方设法吃"河米"，即通过河路从外地运来的米。

吃什么"河米"呢？

最早的主要船运就是放排。

梅山地区树多。靠山吃山。

每当秋冬天气干燥时，把山上郁郁葱葱的树砍了，剥了皮，拖到河边一层层垒起来，等来年二月涨桃花水时，把干燥了的树，用藤蔓捆扎成一个个木排，趁着发大水，推入河中，顺流而下，一天几百里，这就是放排。

排放到益阳，也可放到武汉的鹦鹉洲。鹦鹉洲被称为"排都"。

放排赚钱，但因为受水文所限，只有雨水大的春夏才可以。而且"排"的运输能力很小，更多的排是根本不运物资，排本身的木头就是唯一的物资。长途漂流，成本又高，所以排一直没能带动经济产生"质"的飞跃性发展。

虽如此，能放排吃到"河米"的人还是少数，多数人还得忍饥挨饿。

后来，除了放排，还有人搞水上运输。

到了明朝，由于郑和下西洋带动了造船业的发展，资江上除了放排的，也出现了新型的船只，如漕船、洋溪船、摇橹船、洞驳子、鳅船等。

就近客运的是摇橹的小船。这种船只需夫妻两人操作即可。

洞驳子船，载重可达五吨左右，装些砂罐子、陶器等到周边县市做点生意。

拥有这两种船的人，按照今天的话来说，生活水准就达到"小康"水平了。

鳅船就比较大了，载重可达四十吨左右，最远时也可到达汉口，如果顺风顺水，半个月左右就可以到达。因此，拥有鳅船的就是中等人家了，比一般的地主收入还高。

但风险也比地主高很多。因为顺水容易逆水难，从汉口回到益阳，因为航道宽阔，还偶尔可以借点风力。但从益阳回新化，这一段资江被称为"山河"，全靠人工拉纤。一共要经过七十二滩，航道又窄，落差又大，只能一寸一寸往上移。有时上行百把米，都要使出吃奶的劲。纤夫都是只着短裤衩，有时甚至赤身裸体，不避男女。即使这样，一天从早到晚还行不了三十里。从汉口回到新化，一般要一个月以上。运输成本之高可想而知。因此，绝大多数一年只能去一趟武汉，极少数赶上了龙船水，又动作很快的人，可以跑两趟。这种人不到十分之一。

运力如此之小，而运输的需求又极其之大。

因为梅山地区煤多。

古梅山地区（主要是新化，当时的新化包括今天的冷水江）遍地是煤，邵阳的枳木山、九公桥，新邵一带煤炭储量也很丰富。而且很多地方的煤浅露地表，掘进几尺就可以挖到。

煤在春秋战国时期称石涅或涅石，魏晋唐宋被称为石炭或石墨，明清始称煤或煤炭。

明朝时宋应星所著《天工开物》中对此有专论："凡煤炭，普天皆生，以供锻炼金石之用。"

梅山先民也早就发现煤能燃烧，称之为"火土"。只是那时地表木柴多，他们用不着去采用这种地下能源。

北宋宰相章惇开梅山后，中原文化传入，煤的使用和开采技术也传了进来。加之朝廷从江西大量移民到梅山，使本来就"七山二水一分田"的梅山耕地更为紧张。由于大片大片的山林被开垦成耕地，开垦过程中，许多浅表地带的煤露出地表，人们便对煤的使用价值加深了认识。

南宋时期，梅山地区便开始采煤。公元1260年，南宋理宗景定元年，新化产生了第一个煤矿——芦茅江煤矿，地址在乌石芦茅村。这是梅山地区第一个煤矿。

古人由浅入深，把三米以内的叫"红煤古"，往下的一层煤，叫腰炭，又叫野炭。地板是一层厚达6至10米的坚硬青岩，很难打穿，地板下还有一层煤，质量非常好，但煤层太薄，叫"八寸炭"，开采成本高，因此一般不采。

但新化本地人都烧柴，不烧煤。柴遍地都是，而采煤风险大，销路窄，梅山民间认为挖煤破坏风水，朝廷又一度禁止采煤。因此，本来只要挖数尺深就能挖到煤的古梅山地区，却少有人采煤。但移民过来的"江西老表"没有这么多禁忌，他们觉得煤燃烧的时间比柴长得多，又没有烟（烟煤是另一种炼钢、炼铁的煤），因此他们喜欢烧煤。可见文化是需要融合的，如果不是"江西老表"烧煤，梅山"土著"何时才会烧煤呢？人们常常称赞"第一个吃螃蟹的人"，却没听到过人们称赞第一个烧煤的人。

乾隆以后，朝廷放开煤禁，梅山（雪峰山）挖出了大量的煤，采煤于是渐成风气。

但怎么从大山里把煤运出来，却是一桩天大的难事。

梅山山道窄弯起伏，人挑肩扛运不出多少煤。水道艰险，逆水行舟耗时耗力，也不是个办法。

一边盛产煤炭，一边大量需要煤炭，完全可以做成大产业。

但运输成了制约这个产业的瓶颈。

强烈的社会需求在呼唤着运输的革命！

社会的需求往往产生神奇的力量！

# 第二章　汉水之口

"有钱汉口，无钱只看底。"

这是我小时候经常听到的一句新化土话。在新化话里，"汉"与"看"同音。因此，这是一句鲜明的对比语，把有钱和无钱的结局通过"汉"（看）这个音挑到了两头，形成鲜明的对照：有钱可以到汉口，没有钱，看到什么东西只能干瞪眼看。

其中"只看底"意思是"只看得"。这样解释，不懂新化话的读者可能还是不理解。这里的"只看得"绝非"好看"或"中看不中用"的意思，而是说很无助、很无奈、没有办法，甚至可怜的意思。它是与"无钱"相连，表达的主要意思是无钱的窘迫。

那么，"有钱汉口"是什么意思，它是不是像陕北民歌的信天游表达方式一样，前面是虚晃一枪，后面才是它要说的？

我小时候也是这么理解的。觉得"汉口"在这个俗语里并无实际意义。只是为了调出后面的那句话"无钱只看底"，强调了钱的重要性。相当于今人说的："没有钱是万万不能的。"

自从我对毛板船有一定的了解之后，我觉得我以前的理解是大错特错的。因为新化人并不特别爱"信天游"。这句俗语，其实是两头并重。"有钱汉口",鲜明地告诉人们,新化有钱的人都在汉口,生活在汉口的新化人,与生活在新化的新化人是两个完全不同的概念。在汉口的新化人,大概类似于二十世纪八十年代以后,一些国人心中的"外国人",至少相当于内地人心中的"港佬"吧。

汉口宝庆码头曾被称为新化的一块"飞地"。到抗战爆发前,宝庆帮人口已达5万(其中主要是新化人),而当时新化县城才3万人,宝庆码头人口和地盘皆超出新化县城,因此称宝庆码头为"新化第一县城"。第三次人口普查时,武汉市的武昌、汉口、汉阳三地,共有新化人及后裔九万左右。

所以新化人言必称"汉口",是再正常不过了。

在汉口的新化人为什么有钱?

汉口,简单地理解,就是汉水注入长江的口子。说得书面一点,就是汉水与长江交汇的地方。

汉水与长江交汇是个什么概念?

长江是我国最长的江,汉水是长江最长的支流。汉水与长江交汇,用今天流行的市场经济语言来说,相当于"强强结合"啊。

人类的文明是发源于水边的,黄河、长江是中华民族的母亲河,因为中华民族的文明是从这里发源的。水是生命之源啊。所以人类的文明不管发展到何种程度,人都改变不了本性——喜欢水。你看,在房地产业迅猛发展的今天,卖得价格最高、卖得最火的房子,就是海景房、江景房、河景房、湖景房、池塘景房、溪景房。当然有山有水卖得更好。但,"山,我所欲也,水,亦我所欲也,二者不可得兼,舍山而求水者也"是绝大多数人的选择。

中国最长的江与其最长的支流汇集之处，当然是水资源特别丰富的地方，这样的地方，想要不发达都不可能。

所以，能够到汉口来的新化人，当然有钱。新化人把汉口当歌唱，也就完全可以理解了。

但新化人为什么能到汉口来？他们靠什么挣钱，却是本书所要追寻的问题。

先简要说说武汉三镇是怎么发展起来的。

说来话长。

汉口虽然是"强强结合"，却并不是武汉三镇里建镇最早的。

建镇最早的是汉阳。

为什么叫汉阳呢？

也与水有关，准确地说，与汉水有关。

古代有"水北为阳，山南为阳"的说法，古时的汉阳在汉水之北、龟山之南，故名汉阳。

汉阳到底始建于何时，并无文字可考。

但《水经注》中有如下记载："沔（即汉水）在郤月城，然亦日偃月垒，戴监军筑，故曲陵县也。"由此可知，汉阳最早叫郤月城，但此城非彼城，郤月城是一座军事堡垒，而不是"让人类生活更美好"的城市。

那么，这座军事堡垒有多大呢？

唐朝李吉甫的《元和郡县图志》（现存最早的古代地理总志，全书创作完成于唐宪宗元和八年，即公元813年）中记载说："郤月城在汉阳县北三里，周回一百八十步，高六尺。"

换算成今天的尺寸，城高1.746米，城周长264.6米。

作为军事堡垒，这已经是相当壮观了。试想，我们今天到一个地方去旅游，如果看到一个周长近三百米的建筑，岂不惊呼连连？欣喜拍照？

如果能保存到今天，当然这是一个了不起的景点，估计都上"五星级"了。但当时它只有军事上的意义，与老百姓今天逛的菜市场、超市没有半毛钱关系。它不像我们今天的城市，能够"让生活变得更美好"。它的作用是保家卫国，让生活变得更安全。

中国的资本主义到明朝才萌芽，此时当然不可能出现以贸易为主的现代意义的城市或市场。

那么，这个郤月城建得漂不漂亮呢？可以说，绝对漂亮。

据唐李吉甫撰的《元和郡县图志》记载"以形如郤月，故名"。

用今天的话来说，就是形状像一弯月亮。大概这样才能易守难攻，可对入侵之敌形成包围之势。

据《三国志》载，建安初年（196），荆州刺史刘表任命大将黄祖为江夏太守。建安四年（199），孙策大破黄祖于沙羡，兵败之后的黄祖率部退守郤月城。黄祖在这里训练水军，以城堡为水师基地，以期与孙策抗衡。

古代的建筑质量都很好，不像现代建筑，四五十年就成为"老屋"，或者需要拆毁重建。以至有官员鼓吹要把那些老旧房子全部拆掉重建，"拆出一个新中国"。

据我所知，古代建房子用的是青砖，这砖还不是一窑一窑批量生产出来的，是老百姓在家里手工制作生产出来的。砖是由糯米、黄土、沙浆等混制而成。每一块青砖都要刻上生产者的名字，为的不是让你"青砖留名"，而是使用时如果发现你贡献的这个砖质量不合格，那是要杀头的。

我有一次在湖北荆州古城参观时，听导游介绍说了这么一点知识，再仔细看那城墙上的青砖，果然块块都有名字，始信导游所言非假。因为建筑材料有质量保证，所以如果不是人为毁坏，古代的建筑可以千年不倒。现存万里长城明朝段和荆州古城等原汁原味保留下来的古建筑，就是明证。

由此可知，郤月城可能建于东汉，或者更早。

据《元和郡县图志》记载，三国时建鲁山城，隋开皇十七年（597），在鲁山城设汉津县，大业二年（606），汉津县改为汉阳县。

至此，汉阳这个名称就正式出现了。

但汉阳成为商业港埠则是隋唐时朝，特别是在唐德宗年间，汉阳成为沔州州治，相当于民间所说的"首府"，也相当于今天所说的"地级市市政府"。政治是决定一切的，汉阳的经济因政治的带动，发展速度日渐加快，逐渐成为繁盛的商业港埠。

接下来讲武昌。我这是按城镇发展的时间先后顺序，不是按城镇的"姓氏笔画"顺序，也不是按城镇拼音的首字母排序。

武昌筑城晚于汉阳。

前面说到，汉阳建镇于东汉或更早。

而武昌则始建于三国时期。

三国时期，孙权为争夺荆州，在长江两岸屯兵集粮，兴筑军事城堡，相继营造了夏口城（武昌蛇山北麓）和鲁山城（汉阳龟山山脊）。武昌作为城镇由此发端。其实，汉阳作为百姓生活的城邑也是从这时发端。

所以武昌和汉阳作为城邑是同时起步，也几乎同步发展的。到了隋唐，特别是明朝，双双由军事重镇演化成长江流域的港埠商镇。

汉口作为长江和汉水的交汇处，为何反而起步晚于汉阳和武昌呢？

原来，汉水下游的一段河道，弯曲狭窄，两岸无山矶挟持，水无定势，左右摆动，且多河汊，历史上河水曾多次改道入江。

既然水无定势，下游的冲积平原也就无法形成，陆地都没有，何谈发展城邑？

一直到两宋时，汉水还有两个入江口并存于汉阳大别山（今龟山）南北两侧。大别山南的入江口位于汉阳县城南纪门外，由黄金口经墨水湖与郭师口梅子山两股水道汇合而成，此为夏口。

大别山北的入江口，约在今江岸区与黄陂区交界处（即谌家矶下首），称为沙口。

两个入江口同时存在，也不是坏事，如果能够稳定下来，武汉就不会是三镇，而是武汉四镇了。

但到了明成化初年（1465—1470）汉水下游连年发大水，堤防多次溃口。终于在汉阳县西排沙口与郭师口（今郭茨口）之间决而东下，发生一次大的改道。汉水从此从不稳定的多口入江，归一为从龟山北麓注入长江，形成今之注入长江之口，从此，汉水新的入长江口两岸地域都被称为汉口。

汉口虽然形成很晚，比汉阳、武昌晚了几百年。但区位优势得天独厚，而且生逢其时，此时，中国的资本主义经济已经萌芽。航运业在郑和下西洋的推动下，也大为发展。加之它的区位优势得天独厚，两江相汇，"强强结合"。入口处两边的土地，经汉水冲刷后，既占水道之便，又擅舟楫之利，四乡居户陆续移居两岸，修房设铺，人烟渐至密集。长江沿线的往来商船，为避江上恶风险浪，纷纷移泊于此。

汉口诸种便利集于一身，怎能不迅速发展呢？

不久，明朝廷在此设立税收机构和巡检司（相当于派出所），并不断提升这类机构的级别。其商业发展速度可见一斑。

据《汉正街与汉口城市》（硚口区地方志办公室编著，2017年4月武汉出版社出版）一书记载，明万历元年（1573）明廷指定湖广的衡阳、岳阳、长沙、荆州各产粮区的漕粮，均由城陵矶改到汉口交兑。湖广是国内第二大产粮区，年兑漕粮数额巨大，汉口的水运因此得到很大的促进。汉口于是成为湖广漕粮储存、起运中心。万历四十七年（1619）后，盐船改停汉口之汉水入江口上。

于是，汉口又因其便利的水运条件和能泊靠大吨位盐船的优势成为"楚商行盐"总口岸。

漕粮是国家赖以生存的主要物资，盐是人们的生活必需品，也是国家税收的主要来源。数额巨大的漕粮交兑和淮盐传输，使汉口一跃成为长江中游的重要港埠，给汉口的水上运输业、商业的发展提供了绝好的机遇。汉口盐运、盐商由此而兴。外地商户纷至沓来，农民、手工业者络绎于道，至此，汉口镇各业迅速发展。

清康熙元年（1662），清廷将汉口巡检司由汉水南岸迁至北岸，以强化日渐繁杂的汉口镇商务与民事管理。于是，北岸原来由居仁、由义、循礼、大智四坊联成的街市，因驻扎有汉口巡检司而成为汉口镇的正街（又称官街，即今汉正街）。

汉正街这个名字，容易让人理解为一条街道的名字。其实不然，就像长沙的下河街，它也不是一条街道的名字，而是以下河街为主街的一个市场的名称。长沙的黄兴路、广州的北京路、北京的王府井、上海的南京路，其实，其主街（路）的周边，都有很多"配套"的小街巷。

汉正街也是一个市场，其范围我只能用今天的命名来表述：汉正街市场东起江汉区的三民路、集家嘴，西到硚口区的武胜路，南临汉口沿河大道（集家嘴以西为沿河大道，集家嘴以东为沿江大道），北至今天的中山大道，由汉正街、多福路、大夹街、长堤街、新安街、宝庆街、三曙街、永宁巷、万安巷等78条街巷组成，占地2.56平方公里。现在设有6个街道办事处的行政区划。

至此，人们不再把汉水口的南北两岸统称为汉口，而是把汉口作为北岸地域的专称。汉口、汉阳从此在地缘上正式分离，武汉三镇的格局初步确定。

# 第三章　鹦鹉洲

## 一

说了汉口，不能不说距汉口只有一箭之遥的鹦鹉洲。

说到鹦鹉，人们脱口而出的可能就是"鹦鹉学舌"，这么一种给人逗乐的鹦鹉，怎么会成为一个江洲的名字？莫非，这个洲上放养了许多鹦鹉？

这样的联想并非弱智。有的洲就是因为某种物质而命名的。如长沙橘子洲。有一次，我跟人无意聊起橘子洲上橘子多，那人说："你想得太天真了，其实橘子洲上并没有橘子。"

他这么说，无非想说明自己深刻，联想不会这么肤浅，我便把在橘子洲头拍的成片成片的橘园给他看，他便无语了。

真的，很多事我们不必想得太"深刻"了，生活可能就这么直白。就像许多文人挖空心思想写一鸣惊人、优美动人的文章，以为把文章写得别人越看不懂便越优美、越深刻，其实，可能还不如广场舞大妈说的大粗话来得实在。

不过，鹦鹉洲的得名，还真的不是因为这里放养了许多鹦鹉。

鹦鹉洲的得名，与东汉一个叫祢衡的名士有关。

祢衡恃才傲物，屡侮权贵。曹操看不惯他，早就想把他杀了。杀祢衡实在太容易了，只需曹操一个暗示。然而祢衡是个名士，曹操不是不敢杀他，而是杀了他，天下人会认为曹操气量狭小、容不得人，更多有才的人便不敢去投靠他。曹操可是想成大事的人，他不想因为一个祢衡而损害了自己求贤若渴、礼贤下士的形象。

曹操便想了一个阴招：借刀杀人。

借谁的刀呢？

他认为刘表绝不能容祢衡。

刘表确实也容不了这个狂妄之徒。

可人家刘表也是想成大事之人，不想因一个狂徒而毁了自己一世英名。

刘表来了个"曹规刘随"，将祢衡转荐给江夏太守黄祖。

这黄祖性情急躁，想必能落实曹操的"旨意"。

可没想到祢衡到了黄祖这儿，一点也不狂，情商也高了起来，黄祖的心事他都能想到，孰轻孰重，拿捏得非常到位。黄祖非常满意。

不但如此，这祢衡跟黄祖的儿子黄射也很玩得来，两人常常在一起玩耍作乐，饮酒赋诗，成了特别要好的哥们儿。

有一天，黄射邀请祢衡到江心洲上去打猎饮酒。洲上怎么可以打猎呢？

那时的洲不是现在的洲，不但不是景点，还杂草丛生，野兽出没，自然有猎可打了。

黄射还带了一个叫碧姬的美女。看来，古人的浪漫一点也不亚于今天的有钱人。

不过，这碧姬不是一般的美女，还颇懂诗书。她给祢衡敬酒时说了些久仰大名的话，祢衡大为感动。

你想，古代的读书人本来不多，读了书的美女就更少了。祢衡压根也想不到，这美女居然读过他的诗文，酒场遇到红颜知己，甚是感动。

这时，有人将一只羽毛碧绿的红嘴鹦鹉献给黄射，黄射随手就将鹦鹉给了祢衡。祢衡在碧姬美女和哥们黄射的双重鼓励之下，雅兴大发，说要写一篇《鹦鹉赋》。

碧姬一听，马上挽起袖子磨墨。

我不知道红袖添香是不是从此而起，但美女磨墨确实让祢衡变得才思泉涌。他一挥而就便写成了《鹦鹉赋》。

其实，祢衡恃才傲物的本性并没有改，黄祖急躁的性子也没有改，只是没有遇到合适的"时机"。

后来有一次黄祖大宴宾客时，祢衡被黄祖训斥后终于"真相毕露"，对黄祖出言不逊，骂黄祖"死老头"。而黄祖也是"原形毕露"，一时怒起，下令杀了祢衡。

其实，这只是黄祖的一时之气，如果当时有个人出面说说情，黄祖完全可以判祢衡"缓刑"的。只要没有"立即执行"，祢衡的小命完全可保。

然而，黄祖的主簿一向忌恨祢衡，不但不劝，闻听黄祖下令杀祢衡，分分钟就"执行到位"了。

俗话说，宁可得罪君子，不可得罪小人。此言得之。而恃才傲物的人，一向是会遭小人陷害的。

其实黄祖也是一时之气，过后也很后悔。黄射得知消息后，更是光着脚来救。但没赶上。他气得大骂主簿，可是主簿明明是"奉命行事"，奈何不得。

祢衡死时年仅二十六岁。

黄射把他埋葬在江心洲上。

话说碧姬听说祢衡死了，非常悲伤。她身披重孝（显然是以未亡人身份），携鹦鹉来到江心洲，哭毕撞死在祢衡墓前。人们后来发现，与碧姬合葬的鹦鹉变成了一块绿色的翡翠石。后人为纪念祢衡，便借《鹦鹉赋》将他埋骨之处称为鹦鹉洲，并在洲上建正平祠，供人凭吊。鹦鹉洲由此得名。

洞庭湖的君山岛因为有娥皇、女英和舜的故事，被人称为爱情岛。同理，说鹦鹉洲是爱情洲也一点不过分啊。

只是谁也没有想到，这个野兽出没的荒洲数百年后会成为商家必争之地，成为货真价实的"商洲"。

## 二

鹦鹉洲得名后，几百年间默默无名。

鹦鹉洲成名，是因为唐朝崔颢的诗《黄鹤楼》里的"晴川历历汉阳树，芳草萋萋鹦鹉洲"的句子。因了这诗，一般人以为鹦鹉洲是在汉阳，其实它更近武昌。

后来，李白、孟浩然也有过写鹦鹉洲的诗，只是没有崔颢这首诗出名。

这鹦鹉洲除了因诗而闻名，还有它沉沉浮浮的传奇。

这鹦鹉洲，每300年就变一次。

怎么个变法呢，哎，这300年能看见它。过300年，它就沉入水中了。有时它在江北，有时它又在江南。

这正像汉水的注入长江口一直摇摆不定一样，两条巨江交汇，入江处地势低洼。科学家解释为地球自转的缘故。

但不管什么科学道理，鹦鹉洲的沉沉浮浮，还是让它蒙上了一层神秘的色彩。

1642年，明将左良玉以巨船装铁石没入汉阳沌口，致使江流发生变化，沌口与鹦鹉洲之间淤起一个沙洲。原居大江中的鹦鹉洲渐为水流冲刷，于崇祯末年（1644）完全沉于江中。

清乾隆年间，汉阳南纪门外江边，又淤出一个新沙洲，曾名"补课洲"，为了纪念祢衡，嘉庆年间将补课洲改名鹦鹉洲，并于光绪二十六年（1900）重修了祢衡墓。

## 三

随着汉口的兴起，与汉口只有一箭之遥的鹦鹉洲也迅速成为一块商业宝地。鹦鹉洲地处江中，没有常驻居民，原本不可能成为商业中心。但由于地处江心，便于排木停靠，这里便成为各路放排人的不二选择。

木排来了，老远就开始敲鼓，近了齐齐喊号子。一是亮威，震慑其他帮派，免得他们来打秋风或捣乱；二是因为排木停靠，是非常艰难的事，需要喊起号子全力应付。鹦鹉洲上接应的人，早早就放起震天的鞭炮迎接，等木排顺利停靠后，就杀猪做流水席，那是热闹非凡。

表面的商业繁荣背后，自然也隐含着商场如战场的利益之争。

益阳、宝庆等地商帮得水利交通之便，慢慢地在竞争上占了优势。但江西帮的排木生意做得最大，江西排木帮迅速兴起。

俗话说："江西人不怕辣，四川人辣不怕，湖南人怕不辣。"

这"辣"就代表一种狠劲。两帮相斗，不怕辣的当然打不过怕不辣的。你江西人只是不怕而已，湖南人则是越辣越好、越辣越过瘾。

最终，宝庆人以死拼命，站稳脚跟。从站稳脚跟，到扩大地盘。从扩大地盘，到占据鹦鹉洲最好的洲头，到最后把江西帮彻底从鹦鹉洲赶走，中间大大小小，打了不下百架，流的血也洒遍了鹦鹉洲的草木。

据《清朝第一帮：湘军源头宝庆排帮》系列文章，到了同治年间，鹦鹉洲滩地已全部为湖南商人所独占，形成了著名的五府十八帮。五府系长沙、衡州、宝庆、常德、辰州。

十八帮从鹦鹉洲头起，分别是：上安化帮、上宝庆帮、上长衡帮、常德帮、敷圻帮、白水帮、祁阳帮、辰帮、沅帮、下长衡帮、二都帮、同利帮、下安化帮、曹家帮、清埠帮、下宝庆帮、歧埠帮、洪埠帮。

这五府十八帮，每个都有自己的会馆，有的还不止一座。

宝庆帮在鹦鹉洲，又有大河帮与小河帮的区分，大河帮为邵阳人，做上宝西湖的多，小河帮为新化人，做下宝东湖为主。

湘、资两水流域所产竹木，由洞庭湖之东运来武汉，统称东湖木；沅、澧两水流域所产竹木，由洞庭湖之西运来武汉，统称西湖木。

据《汉正街与汉口城市》一书介绍，随着清廷废除实施多年的禁海令，刺激了航海帆船的大规模生产，对木材的需求空前强烈。宝庆帮等湖南"五府"木材商人，近水楼台先得月，又在鹦鹉洲木材交易市场大展拳脚。

后来，鹦鹉洲上人烟日益稠密，繁华的时候，这个小小的河洲，人口达20多万，三分之二是湖南人，其中尤以宝庆人最多。当然，这些都是指"流动人口"。为保身家财产安全，"五府十八帮"共同捐资，在鹦鹉洲的洲脊上修建了著名的鹦鹉堤，又先后修建湖南各帮会馆28座之多。武汉人因此称鹦鹉洲为"小湖南"。官府设立了竹木厘金局，专门派驻官员收税。当时登记领帖的大木行有160多家，这是一年四季，长年放排的。另外那种季节性的、零散放排的、未登记领帖的就更多了。

# 第四章　打湘帮和宝庆码头

随着航运经济的发展，码头就成了最为紧俏的资源。

也许你会说，码头就相当于今天的停车场吧。

现如今停车位已经成为各大中城市中心地区最为紧俏的资源，在一些繁华地段，很多地方都标明了"即停即走""违例拖走"的字样。我几年前到珠海，在一个酒店停车不足两小时，就被收了120元。有一次，我和友人到长沙的一家酒店吃饭，结果司机停车就用掉了一个多小时。"一位难求"真的就是大城市特别是其中心城区的现状。

码头的作用可比停车场重要得多。一个好的码头，对于货物的起运和装卸，对于生意的收益多少，意义十分重大。

我们小时候如果说一个人架子大，就说："怕你是个码头把把（新化土话，伯伯的意思）！"可见，码头伯伯是架子很大的。

我小时常听到一个词语："拜码头！"

码头有什么好拜的？当然就是拜码头伯伯，第一次到一个码头上去，首先要去拜见码头伯伯。否则，不但你办事不顺，还有随时被打、被捆，或被驱逐出码头的危险。

可见，码头和当今停车场的不同在于，停车场是公用的，只要有位置，谁都可以停车，缴纳停车费就可以了。

而码头伯伯则须当面拜见，就像一个封建"把头"。

从小硚口到汉水注江口集家嘴，地势平坦，江汉汇流，船只可以停港避风，是建码头的最佳选择。

乾隆元年（1736），汉水边上建起了第一个码头——天宝巷码头。

码头如此重要，"宝古佬"（宝庆人）们如果连码头的重要性也看不到，不打造属于本帮的专用码头，怎么可以在这异地他乡立足？怎么会成为汉口人口中的"宝古佬"呢？

说到"帮"，也值得"说文解字"一下。

前章讲到，早期漂到鹦鹉洲去的人主要是放排。在鹦鹉洲形成了"五府十八帮"，其中，宝庆府去的人就被称作"宝庆帮"。

为什么被称为"帮"呢？这与今天人们说的"黑帮"的帮还是有区别的。这里的"帮"，源于"打湘帮"。

什么是"打湘帮"呢？

"打湘帮"，最初应为"打相帮"。

因为从资江放船到鹦鹉洲和汉口，由于这一段资江有七十二险滩，加之行船是在梅雨季节，有时突遇电闪雷鸣，有时大风大雨大浪，随时都有船毁人亡的危险。这些放船的人自己既是商人也是船工，他们在共同面对的无数生死考验中结成了比血肉亲情还要牢固的友谊。因此，不论任何场合，只要是湘商与其他商人发生了矛盾，湘商肯定是不问对与错，都会不顾一切地帮助自己的人。湘商们的这种相互帮助，完全不需要任何理由，完全是全力以赴！不管生死都要

"相帮"。这也是梅山文化、血性精神的典型表现。因此，"打相帮"就成为这些湘商约定俗成的一种习惯。由于这种行为发生在湘商之间，遂演变成了"打湘帮"，这也成了湘商的一个特色：抱团、互相帮助。"打湘帮"成为了资江流域的一个家喻户晓、不论妇孺张嘴即来的"成语"。

因此，这里的"帮"最初还是有其积极意义和正能量的。

也可见，在生死攸关的利益争夺战中，梅山人并不像柏杨所批判的"丑陋的中国人：一个中国人是条龙，三个中国人是条虫！"而是很有抱团取暖、团队合作精神的。

随着汉口的发展，去汉口做生意的宝庆人越来越多，他们不再止于放排卖木材，也开始做干辣椒、煤炭、竹子、纸张、茶叶等生意，把这些东西运到汉口去卖，再从汉口贩盐、生丝等回梅山。

随着去武汉淘金的宝庆人越来越多，自然就形成了"宝庆帮"。而宝庆人则被统称为"宝古佬"。

称宝庆人为"宝古佬"有何含义呢？

这得先说说另一个俗语"天上九头鸟，地上湖北佬"。这句信天游式的俗语后面还有一句："三个湖北佬，抵不过一个'宝古佬'。"

在"九头鸟"和"湖北佬"的两层衬托下，"宝古佬"的厉害性被凸显了出来。

"宝古佬"这么厉害，他们不可能不知道码头对于生意的重要性。

什么是"宝古佬"呢？清朝的宝庆府辖武冈州及邵阳、新化、城步、新宁四县。"宝古佬"当然就是从这五州县到汉口来的人。

而"宝古佬"这个称谓,包括着汉口人对宝庆人复杂的看法。应该说,这是一个中性词。比如我们小时候经常讲"美国佬",这也是一个中性词,有肯定有否定,有赞扬也有贬抑。同时,这个"佬"字,多少有点这个人很行的意思。

如果完全是贬义,那就要说"美国鬼子"了。在我小时候接受的语言中,就有"日本鬼子"一词,而没有"日本佬"一说,可见,我们对"美国佬"是一种综合的情感,而对"日本鬼子",则只有仇恨和唾骂。

称"宝庆人"为"宝古佬",也说明汉口人认为宝庆人"厉害",成为他们这里的外来人族群里比较厉害的一"帮"。

于是,清嘉庆元年(1796),宝庆府人在龟山头斜对面的汉水边上一个叫回水湾的地方(这个地方属于汉水北岸)建立了本帮的专用码头,也就是后来专门停靠毛板船的汉正街宝庆码头。虽然建的时候还是一块不毛之地,但由于这里地理位置好,面积又最大,货物吞吐量最大,很快成了汉正街的第一大码头,是典型的"大码头",也是国际商埠的一个最大的码头。由于是宝庆帮所建,自然取名叫宝庆码头。宝庆人在码头周边建木板房居住。1949年后,宝庆人在码头附近居住的地方被设置为板厂、宝庆、永宁三个社区,可见宝庆人之多,而其中又以新化人为主。

这个时刻,距汉口第一个码头的建立已经过去了一个甲子。宝庆码头初建时,这里还是一片荒凉之地。可见,"宝古佬"最初还是比较低调的,他们秉着"和为贵"的思想,出门千里只为财。

但有谁知道,码头建立后只有三年,毛板船横空出世,带来了一场运输行业的革命性变化，码头骤然变得风云突变，码头争夺战也就不可避免地到来了。

但"宝古佬"们颇有先见之明，除了回水湾这个码头之外，还建了三个码头，分别是湖堤宝庆码头、鹦鹉洲宝庆码头、白沙洲宝庆码头。

其他商帮的码头位置怎么样呢？

当时，江浙及徽帮商人，资财雄厚，势力强大，占住了北岸最方便的港口。而川黔等地商船，只有停泊在南岸码头，起了货再送往汉口，或者汉口有货要装船，都得另雇渡船了。湖北本帮商船、江西商船，也集中在北岸港口。

汉口是"九省通衢"之地：从武汉出发，逆江而西可入川蜀，顺江而东直抵苏杭，北上可进出中原，南下能通达湘赣，而西北方向，经过襄阳可以进入关中。

码头发展起来后，各省商人更是云集汉口。

据美国学者罗威廉在《汉口：一个中国城市的商业和社会（1796—1889）》一书的研究，由于装载木材的大驳船在汉阳鹦鹉洲停泊、装卸更为便利，19世纪40年代，这个长江边上的沙洲，在地区间大宗廉价木材贸易市场中的重要性，赶上并超过了汉口沿岸。而真正让汉口进入黄金时代的，是湘军从太平军手中夺回武汉三镇后，计划建立和训练一支强有力的水师，他们需要就地采购大量的木材。据近年新宁县民间人士所作《天下湘商》一书介绍，到抗战全面爆发前夕的1937年，宝庆府各县经汉口宝庆码头运销武汉三镇的大宗物资，成交金额分别达到：煤炭120万银元、木材80万银元、纸张60万银元、茶叶25万银元。

# 第五章　毛板船

武汉属长江中下游地区，煤的储量极少，开采更少。而梅山地区是丘陵地带，煤不但储量大，而且如前所述，到清乾隆以后得到了大量开采。武汉和梅山，一方是需求旺盛，一方是产能旺盛。一旦把运输通道打通，将是体量庞大的生意。两头之间在没有公路、铁路运输的情况下，唯一的通道就是水上通道：从资江过洞庭再经长江到汉口。这条水道几千年来就有人在走，但在船没有蒸汽动力、电力动力，只靠人力划动或顺水漂的时代，只能是小船或木排，运力相当有限。小船逆水而行的时候还得靠人力拉纤，纤夫背纤是众人熟知的动人情景。

有没有一种可能，顺水而漂，就能把上百吨的货物，漂到上千公里外的地方，而且安全卸货？这也许是许多梅山采煤人的梦想。但没想到，这个梦想也有成真的时候。

社会需求永远是技术发展的原动力。恩格斯说过，社会一旦有技术上的需要，则这种需要就会比十所大学更能把科学推向前进。

嘉庆二年（1797），新化洋溪船户杨寿江、罗显章试制成吃水浅、船肚大的船，这种船利于浅滩航行，比千驾船进了一大步。因为是洋溪人发明的，所以又被称为"洋溪船"。

"洋溪船"的发明和投入使用，推动了梅山小河帮的发展。因为资水在梅山境内汇集了上五溪、中三溪、下四溪的水，上五溪指：酿溪、小溪、球溪、麻溪、中连溪，中三溪指：化溪、大洋溪、蓁溪，下四溪指：油溪、白溪、里溪、苏溪，下四溪除了苏溪与安化搭界外，其他三条溪都在新化境内。其实，这些被称为"溪"的，往往水流量很大，如"大洋溪"又被称为"大洋江"。有了"洋溪船"，运煤就方便多了。以前人们在山上采了煤，要想装到船上去，必须挑着担子，送到资江边的码头去。资江边上只有四个码头，邵阳资江码头，沙塘湾资江码头，新化资江码头（俗称大码头），游家资江码头（又叫大洋江码头）。这样才能把煤运到益阳、汉口去。

"洋溪船"的发明，使梅山人采的煤，不必远道将煤运到资江码头，因为洋溪船可以在这些溪中航行，把船停靠在溪边的码头，煤也只要挑到这些船上就行了。

经营这十二条溪水船的人，被称为"小河帮"。小河帮有的将煤从溪中运出来后，卖给了"大河帮"，也就是那些直接从资江码头发船到益阳、汉口的船商。

"洋溪船"的发明和使用，使梅山人吃"河路饭"的人猛增。用今天的话来说，"供给侧"极大地繁荣了。

但这又产生了一对矛盾：可供运到益阳、武汉的煤增加了，但运煤到益阳、武汉的运力还是没有增加。

煤，供不应求。

没过多久，罗显章和陈冬生又在"洋溪船"的基础上，制造一种重30吨的新型船，这种船叫"三叉子"，装煤专门跑益阳、长沙、汉口。

"三叉子"的发明，增加了煤的长途运输能力，缓解了供不应求的矛盾。

"三叉子"的运力小，虽然可以装煤从小河直接跑益阳、汉口，但因逆水行舟耗时耗力，一年依然只能跑一趟。

嘉庆四年（1799），洋溪上头的槎溪杨家边，一个叫杨海龙的船户跑运输折了本。回到新化后，他赊购了罗显章、陈冬生的"三叉子"船，运煤到武汉去卖，想以此赚回本钱，毕竟煤生意利润高。

这里有个新词"赊购"，所谓"赊购"，就是这个船已被杨海龙买了，只是杨海龙还没有付买船的钱。但由于是买的，不是租的，杨海龙对这条船有处置权。他要归还的是钱而不是船。

到武汉把煤卖完后，杨海龙望着那艘已经显得有些破旧的"三叉子"船，想到要请纤夫把这艘旧船拉回去，又要花费蛮多的成本，又要费个把月时间。刚赚到手头的钱又要投进去一大部分，他本来就做生意亏了本。这下他真不想再投入钱了。

怎么办？

杨海龙犯愁了好几天。

所谓活人不能被尿憋死，这话用到杨海龙身上真是再合适不过了。

急于收回投资还债的杨海龙突然异想天开：这"三叉子"船的木板都有八九分厚，汉口这地方木材又贵，何不干脆把这船拆了，当木材卖掉？卖木材的钱也够买一条新船了。还节约了时间，回去又可以运一船煤到汉口来卖，岂不是两全其美？

这个大胆的想法一从脑海里冒出来，他就有一种茅塞顿开、豁然开朗的感觉。

当天晚上，杨龙海不禁为自己的想法兴奋得睡不着觉。第二天天还没亮，他就起了床，果断地把船拆了。由于造船的木板结实，又是杂木造的，卖了一个好价钱，略添一点就可以买一条新船了。

就这样，卖了船的杨海龙轻装回乡，比请人背纤拉船返回节省了个把月时间。一到家就把"三叉子"的赊账还了。

因为时间还早，他赶紧造条新船，准备到汉口去卖这年的第二趟煤。

一年卖两趟煤，这是当时的水手们想都不敢想的。

杨海龙的做法一传开来，在梅山众多的船户中间引起了不小的震动。

有了卖"三叉子"的经历，再次造船就有了准确定位。

在造船时就定位为一次性消费的船，只要把煤运到了汉口，就把船拆掉当木材卖掉。有了这个基本定位，造船的方法也就来了大的改进。

按传统习惯，无不力求造得坚固结实。尤其是"鳅舶子"，其船帮往往是用整根木头从中锯开镶就的（俗称船腊），船越大所镶的腊越多，载重30吨以上的一般要二到三根腊。其造船所需的都是硬度高的杂木板，如柏木板、樟木板、梓木板等，而且得刨光滑。船板的相接处更是得精心研入苎麻后披上桐油石灰，如此反复三遍方可。船造好后还要用桐油反复油多遍，之后每年都要油桐油维护。这样造的船非常昂贵，耗时又多，一条船相当于一户中等人家的全部家当。

杨海龙这下对船进行了革命性的改造。不用寻找价值昂贵的杂木，在冬天枯水期里从山中伐下油松木（新化人叫枞木），砍去枝叶，削掉树皮，粗锯成毛木方和毛木板拖到了山下的河滩上晒干。就用毛木方做龙骨，船板全部用八分的枞树板子即毛木板做，不用一根条木，既不刨削，也不铆榫，不安桅，不扯帆，不挂浆，也不刷桐油石灰，还不用苎麻塞裂缝，用毛里毛糙的方头马钉钉拢来，尾上安个毛木舵，边上再加上毛木橹，十几丈长，两丈多宽，可吃水四五尺，最大载重达到120吨，是原来"三叉子"的4倍。

真是想得出啊！

简直是异想天开！石破天惊！

为了让这个异想天开的创意变成现实，开工之前，杨海龙举行了隆重的敬神仪式。先从当地请来了口碑最好的掌墨师傅（主木匠），又选定了一个黄道吉日。

掌墨师傅帮杨海龙测定时辰开斧。只见掌墨师傅先从所备材料中选出三块宽度长度相等的板子平铺在地面，并在板子下面用圆木垫起，船头朝向上游。

然后，掌墨师傅来到船头处将杨海龙备好的供品摆定。供桌上摆着一块用开水焯过的勾刀肉（即猪腰腑肉，重近四斤），白酒（或水酒）三碗，雄鸡一羽，纸钱、香烛若干。

掌墨师傅点燃香烛，按天、地、河诸神之方位插好后，一手抓起雄鸡，一手拿着斧头，口中念念有词，最终说道："此鸡不是非凡鸡，头又高来尾又低，杀了此鸡敬诸神，杀了此鸡避邪气……"然后一斧割断雄鸡喉管，将鸡血分洒于船头板和纸钱、酒、肉之上，再从鸡脖颈处扯下一把毛粘在船头板上。

仪式结束后，杨海龙给掌墨师傅封了六块银元，寓意六六大顺，掌墨师傅于是正式开工造船。

由于全部是用马钉，又没有细活，很快就造好了。

在最后安定龙头方板时，杨海龙同样备三牲供品，用于敬献鲁班先师与河神，祷祝毛板船下水后，能一帆风顺，创造财富。

毛板船造好后，围观的人群络绎不绝。议论，说长议短。也有人耻笑："你这也叫船啊？船上一根杂木也没有，经得起风吹浪打？"

"这哪是船啊？这压根就是毛木材！这样的'船'，节省是节省了蛮多，但这样的船也能下河？还能装载这么重的煤？也能吃水？"

"杨海龙，你是想赚钱想疯了吧？想出这样的歪主意。船里这么多这么大的缝，你塞都不塞，只怕你船还没到汉口，煤早就没得看的了！哈哈！"

"杨海龙，你这八分厚的毛板子，到河里要是碰到了礁石，不就等于鸡蛋壳碰到了石头———一触即散？"

一些舵工师傅、水手也来取笑杨海龙："杨老板，你这破天荒的毛板船，只怕没人敢帮你开啊？你自己一个人开吗？"

面对大家的议论、讥讽，杨海龙早就有心理准备。他知道，自古英雄多寂寞。英雄不是靠跟别人辩论出来的，而是靠自己把事情做出来，做成功。这样别人自然会敬佩你。英雄惜英雄，是不以成败论英雄的。但百姓是以成败论英雄的，只有把事做成功，做漂亮，别人才认为你是英雄。只有勇敢、孤独的远行者，才能成功。

但杨海龙也不喜欢装高冷，有什么话他就认真地跟别人解释："兄弟们，别看我这船有缝，可是不会漏煤的。煤见水后会产生一种张力与重力，而油松木浸水发胀后会产生一种张力，一齐挤压船板，就能全部把毛板之间的缝隙堵住的。"

　　旁人一听，先是一阵沉默，既而慨叹道："杨兄见多识广！"

　　"杨兄是个秀才，有学问，佩服！佩服！"

　　但船工们还是议论不休。有人问："杨老板，驾着你这样异想天开的蛋壳一样的船，在滩多水急的洪水期里走一遭运煤，不亚于穿一回生死难卜的阎王殿吧？万一触礁怎么办？资江河上可是险滩多呀！"

　　船工一问完，众人都望着杨海龙，看杨海龙如何回答。

　　杨海龙不急于作答，连抽了几口老旱烟，又慢条斯理地把烟斗的灰在石头上磕掉，这才扬起头，笑了笑："兄弟，我反问你一句，你驾着那些厚厚的用杂木造的船，莫非触了礁还有救？"

　　被问的人顿时哑口无言，现场一片沉寂。

　　杨海龙吧了一口烟，老谋深算地说："船是用来航行的，不是用来触礁的，如果触礁，任何船都是一样的结果啊！"

　　那船工顿时满脸通红，无言以对。众人无不点头称是。

　　杨海龙继续说："关键不是看你驾什么船，而是看你有没有高度的责任心，看你这个团队的协作能力，你如果掉以轻心，再多的船也不够你毁。只要你坚守一条原则，始终沿着航线不偏移，这船一样能够到达目的地，跟其他的船没有什么两样！重赏之下必有勇夫，我相信有人会上我的船！我要打造一支团结一心、专心尽责的团队，我相信我的团队一定能够规避风险，每次都能成功抵达目的地。"

不少人点头佩服，有的人赞杨海龙精明。有位老者感叹道："驾咯样（这样）的毛板船就是玩命，但要是不舍死闯出条路，煤就埋死在山里，山里人就只能眼睁睁守着天赐的宝物过穷日子，谁甘心永世守穷？所以这蛮也是不得不霸呀！杨老板有远见，有学问，佩服！佩服啊！"围观者无不点头或竖起大拇指表示佩服！

船长46米，宽达4米，高3米左右。其船头称龙头方，依次为剪子仓、将军仓、前踩仓、二踩仓、正踩仓、桅杆仓（即立桅杆的地方）、进门仓、龙仓、太平仓、斛仓（船难免会漏进水，此是用于往船外舀水的专用仓）、困仓（睡觉）、火仓（生火做饭的）、中八尺、后八尺、舵洞眼等。从进门仓到火仓用竹篷罩着。

接下来就是装煤。要让船装煤容量达到最大化，才能达到利润最大化。

马克思说，资本一来到世间，从头到脚，每个毛孔都充满血和肮脏的东西。这是从批判资本的角度来说的话。

从这个意义上来说，毛板船也逃脱不了这个规律。毛板船一来到世间，就是逐利的，就是冒险的，就是有船毁人亡的。有很多家庭因为毛板船而发了财，也有很多人因为毛板船而家庭破碎的。

毛板船装船分上下两层，两层之间用杉木板隔开。请注意，整个船体用的是枞树板。这种板是有油脂的。而毛板船装煤中间的隔板则是杉木板，杉树与枞树不是一种树，杉木板比枞树板更轻，这是为了减轻船的重量，杉木板只起隔层的作用。

毛板船停在河的正中间水深处，从岸上到河中间，架了一条简易的木桥。

装了一层后再用石硪打紧。

石硪是用石或铁制的打夯工具，呈圆盘状，近边缘处有多个孔，以穿绳。使用时多人持绳，一人领号并掌握方向，众人拉绳使其反复提起、落下，将松散材料夯实。我小时候见过的石硪都是石制的。二十世纪七十年代是新化大修水利的时候，到处可以看到人们修堤坝。修堤坝时，四或六或八个人呼着整齐的口号，抬着重重的石硪，颇有节奏地一石硪一石硪地打下去，被石硪捶打过的地面，又紧又结实，还有被石硪印过的光泽。

调动儿时的记忆，我可以想象出毛板船装煤时的情状：将煤打紧打紧之后，在船吃水线以上的平面上面再铺一层杉木板，继续装煤，再用石硪打紧。这样经过一层层夯实打紧后，大的毛板船可以装到六十吨，最重装到一百二十吨的煤。

装满煤后，先把船放到资江的向东街斜对面的塔山湾停靠避风，等到涨端午水时，再从资江放到益阳、汉口。

嘉庆四年（1799）农历五月端午节后的一个半夜里，山崩地裂的炸雷把上梅古城的人们从梦中惊醒。

杨海龙披衣起床，看着如巨龙一般的闪电一个接一个地在空中闪耀，闪耀过后便是身边的房屋瞬间垮塌般的巨响，令人心惊肉跳。门不知什么时候被风粗暴地"踢"开，碰到木墙上发出"砰—""砰——"的碰撞声，犹如焦躁的醉汉在砸锅打碗。风如龙吟虎啸，吹得皮纸糊的窗户不时发出绷裂的声响，似乎妖魔鬼怪就要从窗户里跳进来。闪电不断地从天空、从山顶上，又像就从屋顶上、从窗户上劈下来，强光闪得屋里一阵白过一阵，仿佛老天派出的强兵壮马，粗暴地进屋翻找什么赃物。

不一会儿，倾盆大雨便如注一般从屋顶上覆压过来，一会儿便听到地上哗哗的流水在响。

透过窗户远远望去，天子山上黑压压一片，就像天要塌了下来，又像千军万马在涌动。

天刚蒙蒙亮，杨海龙听人们在呼叫奔走，杂乱的脚步声和雷声、风声、雨声混响在一起。

雨下了整整一夜，直到第二天巳牌时分才稍稍减弱。

"真是天助我也！"杨海龙暗喜。

杨海龙戴着斗笠、披着蓑衣来到向东街码头察看时，只见资江河水已经涨到了十三个磴，向东街河滩上已不能去人，哗哗的洪水从山上冲下来，顺着原来水浅的河道咆哮着向前翻滚。"真是老天照应啊！"

凭着长期的航资江河经验，有这一河水完全可以放毛板船了。

杨海龙的经验后来被梅山人普遍应用。梅山地区资水两岸的人后来都习惯地把涨到七八尺以上的水叫毛板水，因为只要涨到七八尺深，就可以放毛板船了。

春夏之际雨水多，小河涨水大河满，在溪多河多的梅山地区，一般从二月涨桃花水起（即桃花开时涨水）到五月涨龙船水，这四个月之间，可以涨五至七次毛板水。足够放毛板船用了。而过了这个阶段是无法放毛板船的，因为资江滩多，一共有七十二滩，新化境内就占了五十三处，滩高水浅，即使丰水期，如果不涨毛板水也不过三尺来高的水，而毛板船吃水要达到四五尺深，因而没有涨到七八尺深的水是无法放毛板船的。过了龙船水，毛板船也就收工了。

那么，水涨得有多深，到底有什么标志呢？也是杨海龙给了同行们一个经验：以资江码头的石阶作为参照物，一个石阶叫一个磴，一个磴高五至七寸，通常河水涨上了十一二个磴就可以放毛板船了。涨到十三四个磴也没问题。但如果水太深，水势太大也不能放毛板船，船在太大的水势中很难驾驭，更无法靠岸。所以，如果大码头的水涨到了二十几个磴，毛板船也是不能放的。

这时，新化白塔对面塔山湾河滩两边的山坡上密密麻麻站满了看热闹的山民。管家早已将一张供着牛头和滴血雄鸡的供桌摆在河岸边。

接着，披着红底黑套长袍的舵工师傅此时就像一个专业祭司，他和杨海龙交换了一下眼神，就走到供桌旁，点燃供桌上三炷香，顿时青烟袅袅，舵工师傅合着双手，口里念念有词。他的身后，站着英气十足的十七岁的外甥何元仑和两排赤裸着上身、胸前贴着符咒、手上端着酒碗的船工，他们黑红的脸上庄重肃穆。

三声惊天动地的火铳响后，何元仑端着一碗船工递过来的酒走向了翻滚的河水边。

看热闹的山民中有几个在窃窃私语："这豆芽菜一样的伢子，掌舵，成吗？"

"怕什么？有杨老板啊！"

"别看何元仑这伢子年轻，人家十二三岁在船上漂，是个老把式了。"

这时，捧酒船工和山坡上的所有山民都唰的一声齐崭崭跪下："天地菩萨，山灵河神，保我商途，佑我船民！"何元仑把酒倒入了河里，船工与山民虔诚的祈祷声则颤颤地飘向了远方。

"喝酒，上船，砍缆！"何元仑清脆的嗓子一声大吼，船工们一齐仰脖把酒喝光，把碗重重地摔在了地上。这叫打煞。

何元仑带头登上了毛板船，坐到舵工舱里，神情肃穆地注视着远方。

接着，杨海龙和船工们从跳板上鱼贯登上了毛板船。随着嘭嘭的斧头砍缆声，毛板船脱缆飘动，岸上则响起了一片哭声、喊声与祷告声。

风萧萧兮资水暖，壮士一去可复还？

这一壮怀激烈的告别，谁知道究竟是暂别还是永诀？

毛板船一出河，就成了河道里的庞然大物，有惊世骇俗之感。闻讯的资江两岸山民沿途追着围观，直到这条毛板船随着波涛汹涌的巨浪完全消失在人们的视线外……

# 第六章　"骑风破浪"

只不过几分钟的时间，毛板船的人已经把天子山抛在视野之外。

梅山从来没有出过真命天子，怎么会有天子山呢？

原来，北宋中期，一个猎人在资江河畔的天子山（原名已被人遗忘）上寻猎时，听到一位地理先生叹道："此乃天子地也！"为验证真假，折了一根树枝插在地上，对同行者说，"如果明天生了根，则是真天子地无疑。"

猎人暗喜，待地理先生走后，悄悄走到插树枝处，拔掉树枝，换上草叶。

第二天地理先生来看时，看到草叶长得很繁茂，树枝却不见了，知道被人做了手脚，于是咒道："此地不发，是无天也；此地若发，是无地也！"

那到底是发还是不发呢？这就是天机了。

话说猎人看到草长得繁茂，知道这必是真天子地无疑。为了得到此地，他回去后将母亲谋杀，葬于此地。

不久，猎人的妻子怀孕了。为了让妻子的天子孕不被人知晓，猎人一年四季关着大门，偶有人来，也只能从小门进。

传说，天子要孕三年六个月。猎人的妻子怀到第三年时，猎人的妻舅来看外甥女。猎人要妻舅从旁屋进，妻舅认为外甥郎小看了他，执意要从大门进。猎人无奈之下，只好一开大门。结果门刚一开，一支锋利的箭矢从家主牌位上射出，这支箭就像着了魔一样，一直往前飞飙，一直飞到金銮殿，往当朝皇帝的额头正中射去。皇帝大惊，头一偏，箭射到金銮殿照壁上，堂堂作响。

皇帝回过神来，知道世间出了新的真龙天子，派人四处寻访，欲将其扼杀于摇篮之中。

军师一算，说："真龙天子还在一个扛蓝旗的孕妇肚子里。"皇帝马上派人寻访，正遇猎人的妻子在后园子里锄完地，因天热，将一蓝色上衣挂在锄头柄上休息。这不就是蓝旗吗？皇帝派来的人一剑就刺向了猎人妻子的肚子。还差六个月才孕满的真龙天子赤裸裸地从母亲肚子里跳了出来，用手指着皇帝派来的人说："要是我吃了母亲三口奶，定要与你们大战一场！"说毕倒地而亡。

天子山的传说神乎其神，其实它只说明了一个简单的真理：人要真诚、善良才配有好命！罔顾人伦，利令智昏，纵使有做天子的机会也会破灭。

毛板船一路北来，在游家湾河段打了一个回旋，河面开始变得开阔，何元仑一眼就望见了辇溪码头。

辇，是指皇帝坐的车。难道皇帝还与游家扯上了关系？

还真是的。

原来，赵与莒本是北宋皇帝远亲，但由于太"远"，生活本已与平民无异。因偶然结识皇帝近臣，才得以被封为邵州防御使，大概相当于今天的公安局局长吧。但邵州还不是个"地级市",升为宝庆府后才是正式的"地级市",此时也就是个"副厅级"吧。那么,邵州防御使也顶多是个"正处"了。

但赵与莒只当了两年防御使,由于宫廷内斗,赵与莒突然被迎回朝廷。赵与莒从邵州出发,坐了一天的船,才到了游家湾。赵与莒和随从住在游家湾一个普通的客栈里。后来游家人才知道,这个叫赵与莒的年轻后生,成了当朝皇帝,改名赵昀,史称宋理宗。新皇帝将登基的元年改元宝庆,将邵州升格为府,赐名宝庆府。于是,当地亦将赵与莒停靠船只的码头,改名辇溪码头。

杨海龙的毛板船上有十一个人,舵手是何元仑,他自己担当扳招的长守(后又称长水,一船由老板的至亲担当)。

招像木牌一样,绑在毛板船的船头,有五六尺长,是用一根完整的杉树削成的。伸出船的前面,末端钉块木板,用来划动水面借水力转移方向。它的作用仅次于舵。

一个扯榷的,榷和桨的形状差不多,只是比桨粗大一些,比桨要长两尺左右。还有八名桨手(也称"褡褙子")。

十一个人全都是精壮汉子。其中,舵手是只有十七岁的少年何元仑。何元仑是杨海龙的外甥,他十二三岁就跟着舅舅杨海龙在波涛里翻滚,练就了一身好功夫。虽只有十七岁,却走南闯北,对资江的每一个细节比对他身体的每一寸肌肤还熟悉。

每到过滩的时候,何元仑都要发出有规律的呼叫声:

*咿噢哟——咳——咿噢哟*

咿噢喂——咿噢喂——咿噢咳咳

咿噢噢咿咳咿噢咳咳

　　这是给船工鼓劲，集中船工精神的调子。何元仑每吼一句，船工们也呼应一句，就像是小组合唱。

　　但这调子有点苍凉，还有点恐怖。是船工们为自己壮胆前行。说实话，与梅山人为人送葬的调子也没明显区别。

　　生与死本来就只有一条线的区别。甚至可以说，他们只是死了没埋的人。

　　梅山人讲挖窑的埋了没死，驾船的是死了没埋。真的十分形象，十分"毒"。

　　我小时候听人吼过类似的调子，如果是在夜间，真的有些恐怖，令人毛发战栗。

　　游家湾境内有一条支流叫大洋江，水深河宽，最宽达320米。从大洋江汇入资江的船只叫作"小河帮"。

　　从溪里汇入的称"大"，从"江"里汇入的称"小"，真是颇有意趣。

　　不管驾什么船，关键在舵手。水手是好找的，资江两岸的人，从小在水边长大，熟悉水性的水手，随便一抓就是一大把。但舵手就很难找。从一般水手熬到舵工，需要七八年的时间。何元仑各种船都驾过，什么摇橹船、鳅船、洞驳子，都像手中玩物，从没出过事。跟着舅舅杨海龙下益阳，去洞庭，到汉口，见多识广，黑白两道都打过交道。杨海龙大胆让十七岁的外甥当舵工，可谓知人善任，也是大胆用人啊。在此之前，资江河里没有一个舵工不超过三十岁的。

如果舵工一不小心，船从暗礁上驶过，船就会像剖鱼一样，一剖两半。船毁人亡的事经常发生，是常态，而不是偶然。因此舵工必须非常熟悉河道，对河中的礁石，就像熟悉自己手掌的纹路一般。还要眼观六路、耳听八方、手脚并用、配合协调、精神高度集中、不容有丝毫松懈，否则，无异于拿自己和全船的生命财产开玩笑。

从新化到益阳，三百六十公里的旱路，但由于河道弯弯曲曲，水路就有一千多公里，这一千多公里的河道就是水手们的教科书，每一个标点符号都不能错。

十几二十几年上百次的航行，每一处都要用心地观察、识记、研判，再加上多次死里逃生用生命换出来的经验教训，还要水手自己的天赋和刻苦，这样才能炼出一个舵工。只有身经百战，从来不出事故，才能成为红牌舵工。

红牌舵工的"证书"官府是不会给你颁发的，即使颁发了也不算数。老百姓的"口碑"也做不得数，只有滔滔的资江说了算，只有隐藏在江面下的礁石说了算。归根结底，只有自己的真功夫说了算。

红牌舵工虽然没有证、没有碑，但一旦背上这个美名，就是百分之百的足金。

在和险滩恶浪的生死搏斗中，船上的每一个人都是同生共死的患难兄弟，是货真价实的生死之交。

毛板船启航后，只见江中上上下下，尽是满载的大船，前不见头，后不见尾，满江满江的白帆。只有杨海龙的毛板船没有帆，它全靠水力前行。它个子又大，格外惹眼，帆船上的人不时往毛板船上看，见这条船不但没有扬帆，而且不精致，毛边的板子与那些用桐油油得油光发亮的板子显出不一样的光泽，在阳光下没那么刺眼。当毛板船被浪推到波峰的时候，给人的感觉是马上就会散架。而其他的船只则让人感觉紧箍得多。

坐在船中间亲自当"长守"的杨海龙明显感觉得到从其他船上投来的异样目光。

显然，毛板船上的人都感觉到了这一点。但洪水滔滔，稍微不慎就有船毁人亡的危险，他们哪有工夫理会。

何元仑担心水手们分神，不停地叮嘱道："兄弟们只顾专门划船，我们只要走得航道，不偏不倚，就一定能平安到达汉口。"

桨手们用"嗨哟！嗨哟！"代替了回答。

何元仑远远望去，见这些船吃水都很深，船身只现出浅浅的一线，好像只有船篷罩的船舱浮在水面上似的，每只船上都挂着满满的风帆，就像满江漂流着数不清的半边蛋壳。

再看看自己掌舵的这条偌大的毛板船，船壳的厚度只有八分厚，按船的比例来说，实在就像蛋壳那样薄。如果在岸上，根本等不到装满一船的煤炭，船早就会被撑得散架了。但因为船是在水里时装的煤，随着煤炭的增多，船肚子吃水越来越深，水就把船箍住了。船内由于有满船的煤炭撑着，也就抗住了外面的压力。

杨海龙也在想，炭是撑，水是箍。在撑与箍之间，借着水的力量求得一种平衡，这跟汉口街头那些要杂技的走钢丝时，借助一把伞的力量求得一种平衡又有什么区别？

这真是一种生命的冒险，这种险，很多人是不愿意也不敢冒的，可是，借助大自然的力量来冒险，其实是多么地快乐啊。可这种快乐又有几人能体会得到？嗨，自古英雄多寂寞，我们这些冒险的人又是多么寂寞啊。

杨海龙望望江中，又望了望自己的毛板船，不觉又自嘲般地笑了起来：不就造了一条破船吗？也敢私下来自许英雄？在茫茫资江白帆点点中，我只不过是一只小虾。

读过几年私塾的杨海龙不自觉地又吟起了苏轼《前赤壁赋》里的句子：

> 逝者如斯，而未尝往也；盈虚者如彼，而卒莫消长也。盖将自其变者而观之，则天地曾不能以一瞬；自其不变者而观之，则物与我皆无尽也，而又何羡乎！

江上飘荡着水手们粗犷的号子声，江边两岸重重叠叠的峰峦，雨后翠碧如洗，有如一列一列的画屏。随着船的快速行驶，两岸风光不时变化，令人目不暇接。号子声在峰谷间、江面上回荡，汇成一支雄壮豪迈的航行曲。桨手们一面划桨，一面高喊："嗨哟！嗨哟！"

资江在万山丛中弯弯曲曲地奔流，碰到岩山闯不过去，就转个方向另寻出路，那些挡住河道的岩山因亿万年激流的冲刷，形成了一列列陡峭的悬崖，而其对岸则由于泥沙的淤积，成了一小块一小块的田地。

船行资江，往往一边是长满苍松翠柏与各种杂树的岩山峭壁，一边岸上则是田畴村舍。榆柳围村，桃李绕门；人耕于河畔，鸡鸣犬吠于村中。大水放船，水急舟疾，两岸是一幅幅风光秀丽的江南水墨画。

资江号称七十二滩，新化境内就占了五十多条，每隔几里就有一条滩。一般的滩，涨大水时礁石都淹在水下。

船一进滩，就像驶进了一大锅沸水之中。船在惊涛骇浪中升高降下，有如腾云驾雾。船头撕开浪花进入汹涌的激流，船舷擦着高高的浪峰而过。有一处奇险的地方，老远就看到前面有一座岩山，船奔流着直冲山脚，到岩下转了个急弯。那岩山的脚跟是朝里头斜凹的，好像一个巨大的洞穴，又宛如一头怪兽张开着血盆大口。势如奔马的江流把毛板船裹挟着直朝这大口冲去，如果不在岩前及时转舵，哪怕只相差那么一秒钟，船就会被冲荡的激流塞进"大口"，瞬间变得粉碎。

何元仑牢牢正正地掌好舵，一声低低的喝令："着力！"水手们便都小心翼翼，齐心划桨，不敢有半点疏忽。何元仑紧张地望着毛板船，只见水手们脸上汗爬水流，连吃奶的劲都使了出来。何元仑掌着舵，目不斜视，紧张到了极点。

随着何元仑一声"哦嗬——"

毛板船冲过了那条滩。

杨海龙紧张的心情暂时得到了缓解。

随之而来的是一段水流较平缓的河道，这叫平河，平河水都较深，没有礁石，水手们迎来了短暂的惬意、放松的时刻。杨海龙悠然地吧嗒着旱烟。水手们则一边划桨一边聊天扯淡。何元仑不抽烟，轻松地掌着舵。

有一个水手突然扯开嗓门唱了起来：

"三伏同郎上高坡，手板捧水给郎喝。我郎吃了我的手板水，天旱三年不口渴。

　　"郎是蜜蜂飞半天，姐是蜘蛛结网在屋檐。蜜蜂子飞进我姐的蜘蛛网，郎要抽身姐要缠，叫郎难打（呃）——脱身（咧）拳！

　　"竹枝打水细细飞，河边洗衣不要捶。细石磨刀不要水，我俩结亲（咧——嗬——）不要——媒。"

　　歌声充满野性的纯真和火辣辣的热情，回声在峭壁和山野间回响。

　　资江的激流冲击着水下的礁石和星罗棋布的沙洲，水面卷起一圈圈的漩涡。

　　毛板船前面二十多丈远有一只鳅船，何元仑心焦地看到那条船的舵扳早了一点，船没到岩下已打横，结果冲不出那股急流，被水带着直朝岩底下冲去，"嘭——"的一声巨响，船尾扫在岩壁上，整条船一下子散了沉入水中，随后在下游涌起一片黑浪，黑浪上漂着抱着舵招和桨片的水手和一些散乱的船板与杂物。

　　容不得多想，毛板船就冲到了岩前，何元仑沉着老练，不失时机猛地一转舵，毛板船刚好避开那条魔岩，然后如鲤鱼跃龙门般顺流漂了下去。毛板船骑着巨浪，稳稳当当地跃过了险岩，但却无法对前面的沉船施救。

　　何元仑随即看到，岩下的渔村边两只划子迅速离岸去救人了。

　　救人是资水岸边熟悉水性的人的一种职业，他们时刻盯着这个险岩，一看到出了事，就立马出动。救人不但功德无量，会受到被救者的千恩万谢，酬劳当然也是比较丰厚的。

毛板船就这样闯过一个个险滩，把沿岸的崇山峻岭、村庄与市镇一一抛在后面。他们中途没有停泊，在快天黑的时候，顺利地结束了第一天的航行，到达润溪（今安化境内）停泊。

后来，这里成为新化县城下来第一个湾毛板船的码头。

何元仑叫一声："湾船！"用力一扳，把船头转向河岸，八支桨用力划动，在激流的冲带下缓缓地傍近了岸边。毛板船傍了岸，桨手们都放下桨，操起篙子、挽子用力抵住河岸，刹住了船头向前的惯性，船身很快贴靠河岸。

这时，何元仑拿着木桩和缆绳，从船头纵身跃上岸边，趁势朝上游跑了几步，迅速俯下身去，把削得尖尖的木桩斜楔进泥土里，缆绳的末端先就系紧在木桩上，小何又双手紧握木桩，同时用肚子顶住木桩用力往土里楔进。这时船已往下漂流，缆绳一紧，小何借缆绳的拉力，顶着木桩把它深深地楔进土里，一下就把船固定了。

这一手干得非常漂亮，行话叫"兜犁"，能扳招和"兜犁"，就会被公认是出色的水手。水手们称之为绿毛鸬鹚，那是一种在任何水域都能叼上鱼的鸬鹚。那些较笨的鸬鹚叫麻肚婆。水手中业务差而又贪懒的通常被人笑为麻肚婆。

杨海龙对何元仑伸出了大拇指，说："元仑，后生可畏，前途无量啊！"

何元仑憨厚地笑了笑。

大家到一户农家（相当于今天的农家乐）用了晚饭。

晚饭后，何元仑用两根茶杯大小五尺来长的杂木条子把舵柄连同舵柱夹住，紧紧绑在一起。

大家正准备洗洗睡，明日早开船。突然，毛板船上冲上来五个膘肥体壮的汉子，眼睛露出凶光。杨海龙明显感觉到这几个人来者不善，顿时有点紧张，似乎能感觉到他们的衣袖里藏有暗器。为头的那个满脸麻子，毫无表情地大声说："借白米三斗。"

杨海龙和众水手顿时一头雾水，不解何意。但也明白他们跟强人差不多，所谓借当然是老虫借猪——有借无还。但就是不知怎么办。有一个姓李的水手见过世面、黑白两道都打过交道，口才也较好，他走上前去，谦卑地说："各位，我们驾毛板船首航到贵宝地，因天色已晚，只得借贵宝地过夜，船上仅剩几斗米，是我们二十几个人的口粮……"

麻子不耐烦地打断了老李："你少跟我啰唆，什么口粮不口粮的，拜码头是江湖最起码规矩，起码规矩都不懂，亏你们也敢出门跑江湖！快点快点！"

这时，何元仑不慌不忙地接过麻子的话说："各位，你们借三斗白米，用什么装呢？"说着，何元仑向另一个水手使了个眼色，让他把船上盛米的箩筐提过来。

"有褡包装。"麻子从腰间解下一根白土布长条。

杨海龙对这长条很熟悉，只见它两头是两个鱼口（抽绳束口），中间呈圆筒状。一来可以搭扣拴绳拉纤，二来将鱼口两头系紧后，可以用来盛物。水手们称之为"褡包"，也叫"褡褙子"。

此时，麻脸已将褡包的鱼口撑开，等着盛米进去。

正在这时，只见何元仑对那几个汉子做了一个手势，对方也回了同样的手势。何元仑接着伸出右手小拇指，用他那足有半寸来长的指甲，在盛米的箩筐里舀一下再往麻子的褡包里倒进去，如此连续三下之后，麻子便收紧鱼口，将褡包背到肩上，说声："打扰！"就打个拱手走了。

看到这戏剧性的一幕，杨海龙有点丈二金刚摸头不着。

但有惊无险，他还是比较镇定，问："元仑，这是怎么回事啊？"

何元仑笑道："舅舅，实话跟你说吧，我常年跑江湖，是入了帮的红帮兄弟。今天要是没有我在这里，大家就遇到麻烦了呢！"

"那是的，这到底是什么奥妙，能否跟大家说说？"杨海龙来了兴趣。

何元仑说："我做的手势是向对方行拐子礼，他做的是三把半香的手势，中指、尢名指、小拇指三个手指头直伸，食指屈着把食指尖扣紧大拇指。三个伸直的手指代表三把香，食指代表半把香。大拇指代表龙头大哥（或龙头大爷）。帮会兄弟见面行礼时，双手做三把半香的姿势，对方回同样的姿势后，说明同是帮中兄弟了。因而以小指甲当斗，舀三下表示一个意思，就把他们打发了。"

杨海龙说："元仑，你蛮厉害啊，还懂这个。这一路就全仗你了！"

何元仑说："舅舅，我对天发誓，我之所以加入红帮，完全是为了好干活。没干过损人利己的事。"

杨海龙说："也曾有很多人拉我入帮会，我也知道加入帮会组织有好处，但我还是不敢。我只想自由自在做点生意。进了帮会，怕不自由。身在江湖不由人，不自由啊。江湖规矩又多，说不定稍不小心，就坏了规矩，要吃苦头。"

何元仑说："舅舅说的没错。不过，不入帮会吃大亏的也不少啊。"

杨海龙给每个人装了一杆旱烟，饶有兴趣地说："何不给大家说说看，也好长点见识。"

何元仑介绍说：

正如舅舅所说，所谓盗亦有道，帮会中确实有很多规矩，但有一条最重要，帮会中人绝不会搞自家兄弟。不管到哪里，只要遇到的是自家兄弟，就可逢凶化吉。有一回，我跟我堂哥去划船，船到下河的神湾水域时，天色已晚，只好停下来过夜。我堂哥的船停好后，先后有两条鳅舶子也靠了过来，与我堂哥的船形成"川"字状。我堂哥的船停在最里边。堂哥担心地说："今晚在这里过夜怕是不得安稳了。"堂哥是个老实人，胆子很小，他也知道那地方经常有强人出没。没办法了才到那里过夜，只好求上天保佑不要遇到土匪。

但世事往往如此，你怕什么，偏偏就遇到什么。而土匪劫船有个不成文的规矩：如果数船并排，往往从最里边的船开始劫取，会留下最外边那艘船的货物不动。强盗以为数船并列时，数船是一伙的。此所谓不赶尽杀绝，做事留有余地，给船老板们留下点盘缠。而船老板们之所以爱结伴停泊过夜，是想到可以相互照应，再就是可以给土匪造成人多势众、不得妄取的威慑感。再说，万一被劫，事后向货主交代时，也可以有个旁证之人，要货主减免损失的赔偿。堂哥那艘船停在最里面，被抢的几率是最大的。若真的被抢，那可一辈子都赔不起。堂哥越想越感到不安。见堂哥担心害怕的样子，堂哥聘请的长守张师傅却若无其事，他拿着一只洗脸用的小木盆走到船头，将木盆倒扣于将军柱（用来拴船的，状如丁凳，高约四十厘米，直径二十厘米左右的立柱）上，说："不要怕，我包你今晚无事。"

说来真的很怪，第二天清早，只见外边的两条船都被洗劫一空，而堂哥船上的货物丝毫未动。而且整个晚上都没听到什么声响。

我堂哥的奇遇被水手们疯传。于是，另一个老板到神湾过夜时，如法炮制，将小木盆置于将军柱上后，就进舱高枕无忧地睡太平觉去了。没想到三更之后，从山上下来一伙强盗，将他所装布匹、洋纱、大米、干红枣等全部掳走。临走时还颇有气地说："原以为你有多大的本事，竟敢将木盆敞口向上，这不是瞧不起我们吗？"

原来，这个老板不是帮会中人，不懂帮会的规矩。他不是将木盆倒扣于将军柱上，而是将盆口向上摆在将军柱上。这一正一反，其意完全不同。木盆倒扣，表示"我是帮会的人，今在兄弟这里过夜，请兄弟多多关照"。反之，就有不信邪的意思了。

杨海龙叹道："真是长见识了。江湖规矩多，大家小心从事。早点睡吧，明天还要过最险的两滩。"


第二天吃过早饭就开船，因为这天要过灵滩、洛滩，那是山河中最危险的一段航程。航道狭窄，只能一条船一条船相跟着鱼贯而过，类似于今天城市公路的"单行道"。早一点开船就能抢在前面。

远望灵滩，只见江中的礁石大部分已被水淹没，只露出"冰山一角"的礁石尖尖，远看只是几个黑点。但它的"下体"庞大、尖锐处很多，资江被这礁石一堵，在它的外侧就形成一个巨大的漩涡。

千百年激流的冲击洗荡，把礁石下面的江底越刷越深，看上去，漩涡的中心部分明显凹陷下去，上游漂下来的草树杂物，都被很快卷进漩涡之中，顷刻就被吞没，沉入水底，直到很远的下游才重新浮出水面。

小船如果被卷入漩涡，立马就会被卷入水底。毛板船是巨型船，如果被卷入漩涡，虽不至于被卷到水底去，但会被漩涡团团包裹着打转转，出去不得。这情景就像新化农村唱菩萨的"老师"敬神时，口中念念有词，身子团团转一样。所以也被水手们称作"唱菩萨"。

毛板船如果进入了漩涡，是无法出去的，那就只有等死的份了。一旦船头或船尾触碰到礁石，船就会被撞得稀巴烂。毛板船必须巧妙地避开漩涡，加快速度，才能顺流而去。

这种"唱菩萨"的情况有时一天能发生好几次，沉船很多，因此灵滩岸边有许多人专靠抢险救人与捞取沉船上漂散的东西为生。

后来，沿资江河有两句流传甚广的谣——"灵滩、洛滩的人不种田，一年四季靠翻船。"

何元仑看到，有几条鳅船在灵滩的上首靠了岸，因为舵工认为自己没把握过这条险滩，特地停船请当地人掌舵过滩。

灵滩、洛滩都有一批专送船只过滩的临时舵手，他们把船送下滩去，得到一笔可观的酬金，自己在下游上岸再步行回来。枯水季节过滩凶险很大，而凶险越大，他们的收入越高。

杨海龙的毛板船驶近灵滩时，岸上就有人远远地朝他们招手打手势。问他们要不要请人。更有许多堂客和妹子到江边来看稀奇。"哇，这么大的船。""这是什么船呀，油漆都没有上，板都没刨光！""他们真厉害，看，他们根本不需要请人。"

灵滩越来越近，江边看热闹的人越来越多，何元仑和水手们心无旁骛，也清楚地看到了那巨大的漩涡以及漩涡边的惊涛骇浪。

当毛板船接近漩涡时，漩涡中心正有一只巨型木排驶入，木排从支流进入资江后，就把一搭一搭的散排扎在一起，层层叠叠扎成一只长方形的巨筏，这巨筏足有一个篮球场大，上面有板屋，有的还在上面种有蔬菜。因为木筏吃水浅，一般不与船舶争航道，过滩时一般都在主航道的侧旁漂过，彼此互不相碍。

这次事发突然，如果这种庞然大物此时陷入漩涡之中"唱菩萨"，毛板船就根本没有回旋的余地。而江水滔滔，毛板船的速度如箭一般无法控制，无法避开漩涡中心那个巨型木排，如果两船相碰，哪怕是轻轻一触也会让两船碰上暗礁散架。驾船十多年，还是第一次遇到这种情况。

何元仑站了起来，心怦怦地狂跳，他的心提到了嗓子眼。但他为了不让水手们乱阵脚，故作镇静，实际上内心就像热锅上的蚂蚁。

巨大的木排在漩涡里团团打转，丝毫没有脱困的希望，时而这只筏角在礁石上挂一下，时而另一只筏角撞在礁石上，幸亏扎得结实，一时还没散架。木排上的人也急得前后乱跑，用扳招、篙子死命去抵住礁石，以此减轻碰撞的损害。

已经只有几十丈远了！眼看毛板船就要与那庞然大物相撞。

何元仑大喝"扳右招！""架势靠到排上去！"

水手们心领神会，齐齐放下木桨拿起了篙子，杨海龙也操起大招一扳，配合着何元仑用力一划，后面又有老王和长守奋力扳舵，船头迅速转向，恰好在离木排一丈多远处打横，船身迅速靠向木排。一条扳招、八匹篙子齐齐伸去，咚！咚！咚！都顶在了木排上，缓冲了船的冲力，毛板船像靠码头一样和木排贴在了一起。

这真是奇迹！

何元仑放松了绷紧的脸，与水手和排上的人相视一笑。继续命令："大家伙听着！船头转到朝下游时，挽子着力抵开木排，扳招要快。"说时迟，那时快，毛板船的头已转向了下游，杨海龙大喊一声："开！"全船的人一齐攒劲，篙子、扳招、舵一齐用力，借着水势，毛板船倏地离开了木排，桨手们飞快地放下篙、挽，摇起了桨，毛板船终于顺流而下。

毛板船离开木排之后，木排由于毛板船离开时的推力，船身又阻了阻漩涡的水势，漂到了漩涡的外围，在排上人的努力划动下也随着漂出了漩涡。这样，后面的船只也解除了危险。杨海龙、何元仑和水手们都喜出望外。

过了灵滩，下游最险的就是洛滩。这里河床开阔，但江中礁石密布，就像密密麻麻的地雷一样。而且落差很大，水势十分湍急。滩中有一道丈把高的陡坡，江水到此陡然跌下，激起一丈多高的巨浪。波涛翻滚，直扑前方五百米处的一块巨大的礁石。而航道则在礁石前面拐弯。船过滩时，一定要经过那道陡坡，然后船就朝礁石冲去，这是别无选择的。必须在船头将要撞向礁石的前一瞬间，马上转舵，让船身贴着礁石旁驶过，避开水下的暗礁，才能顺利过滩。

为了便于船工辨识，枯水时节时，杨海龙曾捐钱，让人在那块大礁石上用巨大的玛瑙石砌成一个高大的石墩，即使水涨得再大，石墩也会高出水面很多。这石墩成了洛滩的标志，也是船舶不可少的航标。这是当地有名的玛瑙石。

涨水时的洛滩看上去不像枯水时节那么凶险，大水把满江森列的礁石都淹到了水面下，水面上只见一个个漩涡和水涌，只有熟练的舵工才能记住航道的位置、辨识水纹、避开暗礁。如果稍有差错，船撞入暗礁丛中，就完蛋了。

在杨海龙的毛板船到达洛滩前，洛滩已经吞噬了好几条不幸的船，岸边许多人看热闹，下游漂浮着许多船板杂物。

毛板船在何元仑熟练的操纵下，顺利地过了暗礁群，驶进陡坡那股巨浪之中，杨海龙只觉得船身猛地往下一沉，接着一片白花花的浪头朝他们劈头盖脸地扑来。桨手们顺着号子奋力划桨劈开波浪风驰电掣般闯出了浪涌地带。

水手们还没喘过气来，毛板船以极快的速度朝玛瑙石直冲过去。何元仑叫声："着力！"杨海龙早在前面操起大招，用力一摆，船头猛地急转了九十度，毛板船顺顺当当傍玛瑙石左侧驶过，把凶险的洛滩抛到了后面。

过了洛滩之后，又过了几条滩。但后面的滩和灵滩、洛滩相比，已经是小巫见大巫了。水手们也有一种"曾经沧海难为水"的感觉，心情放松了不少。船舱里顿时洋溢着欢乐的气氛。很快就到了益阳。

新化各种船只要到了益阳，统统被称为"新化帮"。

益阳是资江下游靠近洞庭湖最大的口岸，东联长沙，西通常德，水陆交通十分方便，是资江流域进出口货物的集散地，商旅云集，樯橹如林，热闹非凡。毛板船到了益阳，山河航行就结束了。

洞庭湖，古称云梦、九江和重湖，处于长江中游荆江南岸，跨岳阳、汨罗、湘阴、望城、益阳、沅江、汉寿、常德、津市、安乡和南县等县市。洞庭湖之名，始于春秋战国时期，因湖中洞庭山（即今君山）而得名。洞庭湖北纳长江的松滋、太平、藕池、调弦四口来水，南和西接湘、资、沅、澧四水及汨罗江等小支流，由岳阳市城陵矶注入长江。

洞庭湖古代曾号称"八百里洞庭"。现为中国第二大淡水湖。洞庭湖是长江流域重要的调蓄湖泊，具强大蓄洪能力，曾使长江无数次的洪患化险为夷，江汉平原和武汉三镇得以安全度汛。

何元仑将毛板船在益阳市街对河的鳊鱼山停泊下来，进行短时间的休整。

鳊鱼山紧挨着会龙山，资江绕过这两座山脚的巉岩后，河面突然开阔起来，可以痛快地直奔洞庭湖。

资江南岸，包括会龙山，古称"下梅"，也就是梅山峒蛮的下游之地。这里生长着许多春梅，春梅形似桃树，开花时间和朵儿形状也相似，只是果子小而酸涩，人们便将其做成干果。

资江分为"山河"与"平河"，也叫"内河"与"外河"。山区河流流急、水道狭窄，落差大，称为"山河"。山河又有上山河、平河与下山河之分，从枞树弯至筱溪佝偻门被称为"上山河"，筱溪至润溪为平河，润溪以下被称为"下山河"。山河也就是内河全长三百六十多公里，如果算上弯道，从新化到益阳有一千多公里。但小船航行，如果顺利的话，一天可以到达益阳。日行千里是活生生的现实，也可见资江山河段水流速度之快，是不亚于今天高速公路上小车的速度的。

这里也是新化到汉口的中转站，从这里开始就要进入外河航行了，外河与内河的水文特征完全不同，还要过洞庭湖，内河的水手到了这里不辨方向。杨海龙尽管与兄弟不舍，但为了安全起见，还是更换了水手，只留下何元仑，租用了桅杆、帆具、铁锚等划船工具。

水手们在益阳歇一晚之后就回去，舵工薪水高，年纪相对较大，一般是坐轿子回去。桨手们一般是走路回去，三百六十多里，走二十多天也是常事，对于身强力壮的水手来说，也不算什么，何况还可以沿路看风景呢。走这一趟益阳，可以赚两石多谷，走回去也感觉很有奔头。

但有些水手不是马上就回去的，他们会在这里多住几晚。因为他们在这里有"干亲家母"，也就是相好的。她们不同于妓女，是与某个水手保持相对固定的关系的。水手们有钱，身体又好，见多识广，人又大方。很多姑娘和他们互赠信物，情意缠绵。当然，也不排除姑娘们有"一拖二"或"一拖多"的情形存在，毕竟水手们来一次并不容易，并且有些水手来一次之后，可能再也等不到了。

我一直闹不懂为什么要叫"干亲家母"。"亲家母"属于长辈，而这些女人明明是年轻漂亮的姑娘。也许，"干亲家母"最初之所以被使用，是因为这个词可以作为挡箭牌。但我又想，也许是今天的文史爱好者把这个词弄错了，"干亲家母"是给这些水手介绍女孩子的妇女，而不是姑娘本人。只是本人对此缺乏研究，在此存疑。

休整了几天后，何元仑又要开船了。由益阳进洞庭湖，有十八条河道滩涂，但必经之地是临资口，这段河道由于围湖造田，弄得狭窄弯曲不好航行，不过江水和湖水齐平，流速极缓，水手们熟悉航道，船有时摇橹，大部分时间扯帆走风，顺利地出了临资口进入洞庭湖。

资水排名湖南四水第二：湘水最宽，资水最陡，沅水最长，澧水最清。嘉庆年间，洞庭湖上游的长江南岸决堤，在洞庭湖西边冲开三个口子，长江水自西洞庭、南洞庭、东洞庭复入长江归大海。资江下游正是南洞庭，被冲得像济公的扇子，千疮百孔，于是，流于南洞庭、东洞庭的资水，在这一片河湖港汊中找不到主航道。只有非常熟悉水情的水手才能过湖。

洞庭湖号称八百里，一望无际，水天相接，但船并不穿湖而过，而是傍着湖岸不远处航行。只见水面上白帆点点，许多南行的船只与毛板船交错而过，同一方向北行的船则好像显得停滞不前，点点帆影在白云下时隐时现，沙鸥在湖上成群飞翔，它们有时掠过船旁，有时互相追逐，有时紧贴水面，有时从水面跃起斜飞上天，就像一群可望而不可即的天真少女，真是美极了。船身侧着风帆，受风疾驶。水手们只需坐在舱里乘凉，惬意极了。

在洞庭湖行船，如果刮北风，船要朝北开，就朝西偏北方向走，侧着帆受风，一样能走得快。走了一段湖之后，转过来朝东偏北方向走，又朝前走了一段。这叫走"之"字，连着走"之"字，船就从原地向北开过来很远了。所以在洞庭湖里，只要有风就能开船，当然风太大了不行，那才是真正的阻风。这些是资江上游的人所不懂的，即使明白这个道理，也不知道如何把握。只有那些"洞庭湖的老麻雀——经历过风雨的"的水手才能奈得何。这也是为什么船到益阳后要换水手的原因。

驾船的常说："斗米也过湖，担米也过湖。"过洞庭湖全靠走风，没风走不动，风大了也不敢走。湖上的风大，一起风就呼呼啸响，岸上折树掀屋，湖里波浪滔天。船在这时只能停泊在背风的港湾躲避，这叫阻风。刮阻风时，半月二十天也动不了。

杨海龙在一个背风的港湾里躲了十八天之后，终于西风乍起。但风力并不大，船以中等速度稳稳前进。浩浩洞庭湖，茫茫八百里，一望无际，烟波浩渺。好在益阳换的舵手也是老江湖，能辨准方向。

突然，"咯嘣——"一声，毛板船上的桨桩断了。

包括舵手在内，一船人的脸色变得煞白。

水手们无语，把眼睛望着远处，看有没有人来救。

怎么回事？

原来，毛板船不是帆船，不能借风力行驶。全凭水手划桨。桨叶与桨桩是用桨绳固定在一起，组成驱动船只前行的动力装置。但有时因为木材的关系，或因用力不当，或因磨损，或因紧急避险，桨桩会突然被折断。那时，船在茫茫八百里洞庭中，就会叫天天不应，叫地地不灵。这种情况是有可能发生的。

毛板船在原地打了一个转！

这时，一艘千驾船驶了过来，舵手问："兄弟，有没有多余的桨桩？"

船老板狡黠地一笑："刚好有一副，不过，要这个数！"

只见船老板伸出三个指头。

"三块光洋？"

船老板意味深长地摇了摇头。

"三十块？"

船老板微微笑了。

三十块光洋？有没有搞错？三十块光洋可以买几亩良田，可以建一栋好房子，到了洞庭湖上，就只能买一根木棒？

可是，没有这木棒还真不行啊！

这时，船上的人一齐把目光聚在了杨海龙身上。

突然，只见何元仑不慌不忙，用右手往煤堆里一插，从里面抽出了一根结实的桨桩！

众人惊得目瞪口呆！

原来，为了防止意外，何元仑事先备了三套桨叶与桨桩。

一船的人不得不佩服：何元仑岂止是少年老成，简直是神机妙算啊！要不然，洞庭湖上买桨桩——为难啊。

三天后，船就离开了岳阳楼驶向城陵矶。

城陵矶是洞庭湖汇入长江的出口，官府设有厘金局，所有的船舶都要在这里停下缴纳了厘金（税款）才能通过。

杨海龙早就准备好了"好处费"，开出税单和税金就放行了。这些人是行家里手，按货收钱，若得罪了他们，单是延挨时间就可以叫商贾吃不消。到了查验货物的时候，叫你把一船货物全部翻过一遍，更是苦不能尽。

毛板船装的全是煤炭，别的货物不好混载。加之有好处费在先，杨海龙填写好税票就交钱放行。那些人还盯着这条毛板船看了好久，赞叹不已。

船进了长江，航行的方向是斜向东北，顺风顺水，可谓一帆风顺。数天之后，毛板船就到了汉口。

船到了汉口，不管是宝庆府来的还是从宝庆府新化县来的，统统被称为"宝庆帮"。

毛板船一接近宝庆码头，岸上已经人山人海，欢声雷动。当地人扶老携幼，争着目睹这个从宝庆府漂来的庞然大物。

"毛板子！毛板子！"

人们欢呼着。

这欢呼声里，有从此以后可以从宝庆府运来更多煤炭的惊喜，有对宝庆人居然发明出这种毛板子的惊叹，有对这种毛板子居然能漂流几千里，闯过险滩暗礁，平安抵达汉口码头的惊讶！

其实，中国的造船业此时已经很发达，从明朝郑和下西洋就可以想见，大船已能载数百人，平安驶过太平洋、印度洋，抵达红海沿岸与非洲东海岸。

但大型船只还远远没有进入商业运输，特别是河道运输的领域，在河道运输普遍使用小吨位船只，逆水行舟普遍用人力背纤的时代，这艘大吨位、完全凭借水流力量行进，而且是一次性使用的船只的发明和成功航行，会给人带来怎样的震撼，是可想而知的。

杨海龙的这船煤很快就销售一空。

# 第七章　铁打的宝庆和汉口的正街

毛板船的首航成功，极大地刺激了梅山大地心怀梦想的人们。杨海龙和何元仑的故事，被传得神乎其神。

好在那时没有专利权的约束，毛板船的造船技术迅速被能人们"高仿"、传播。梅山大地迅速掀起一股毛板船的航运热潮。

很快，新宁、武冈、邵阳成为了毛板船的造船基地。用今天的话说，这些地方成了毛板船的"上游产业"，或者说成了毛板船产业链的第一个链接点。

为什么把造船基地搞得那么远呢？

因为此三地在新化上游，而且木材储量丰富，漫山遍野都是枞树，简直砍之不尽。不知是不是受其影响，我家乡新化县科头乡棠村四周的山上，枞树也占了百分八十以上。我小时候经常到山上拾枞树菇、捡"枞毛胡子"引火或当柴烧。枞树的叶针一般大小，五六寸或七八寸长，干了之后变黄，就像人的胡子，我们小时候就称之为"枞毛胡子"。

"枞毛胡子"一层层铺在山地上，便是农家上好的引火或烧火材料。我小时候，常常从山上一担一担地捡回来。那是取之不尽的。但那时我根本不知道，枞树是造毛板船的木材，是它成就了梅山地区的支柱产业——毛板经济。

新化境内产煤，毛板船造好后，顺流放空到新化县的沙塘湾（现在冷水江市内）、上梅古城塔山湾、游家大洋江，再从这三个码头装煤而下益阳、汉口。

这也是为什么后来到汉口的以新化人为主的原因。毕竟，新化产煤，船是新化放出去的。而同属宝庆的新宁、武冈、邵阳主要"任务"是造船。

邵阳毛板船的制造基地就在今雪峰大桥南端，基地的第一个钉坪，就在雪峰桥南端的西头，第二和第三个钉坪是连在一起的，准确位置就在樟树垅出水口子和雪峰桥南桥墩之间。因为毛板船造好之后，从这里下水非常方便。

铸造毛板船需要大量的马钉，所以在制作毛板船的沿岸，十几里路都是铁匠铺，叮叮当当响成一片，很多铁匠铺通宵打铁。晚上打铁时，风箱拉得呼呼声格外响，炉火通亮，从资江里的船上老远就可以看到这十几里的铺子"红红火火"。于是，便有了"铁打的宝庆"一说。

毛板船造好后，一不刨削，二不铆榫，不安桅，不扯帆，不挂桨，也不刷桐油石灰，不用苎麻塞裂缝，只用方头铁钉钉拢来，尾上安个毛木舵，边上再加上毛木橹，十几丈长、两丈多宽、一丈多深的毛乎乎的家伙，就这样被推下水。

毛板船下水一般在春季涨桃花水的时候，也就是二月桃花盛开的季节。人们把先年就特意浸到水底下的木板打捞出来，经过长时间的浸润，木板上已经长满了青苔。人们把这些长满青苔的木板垫在下水的地方。

为什么要这样呢？因为这样的木板滑溜，便于毛板船滑下水。

但人们还担心木板的滑溜程度不够，还要从河中捞出滑溜溜的淤泥抹在木板上。

把这些准备工作做好后，再想办法把船头对准河里，这时，船尾翘得老高。几十个人喊着号子，将毛板船一点一点撬上事先铺好的滑溜溜木板。

这时，船工师傅留了一点小窍门，在毛板船上系几条绳子。不让毛板船"扑通"掉下水去，而是让船稳住在木板上。

放毛板船的老板，也就是买这个毛板船的老板，开始举行祭祀仪式。司仪先将筷子插在事先准备好的已经煮熟的猪头上，再宰杀公鸡，将鸡血涂到船身，然后举起酒杯，将酒泼洒到地上、河里。

随着司仪张开嘴巴，一声大吼"起——"，众人齐心协力使劲最后一撬，"嘭——"的一声巨响，毛板船如一条蛟龙钻进资江，掀起一丈多高的巨浪，若不是拽住事先系好的绳子，船头顺着惯性可以一直冲到对岸的山坡。

一条空的毛板船下水都如此壮观，那又是如何给毛板船装上煤炭的呢？就此，笔者于2019年春季在冷水江几位朋友的陪同下，专程到冷水江沙塘湾采访了一位放过毛板船的老人。老人八十多岁了，在这春暖花开的季节，居然穿着棉大衣，在灶旁烤火。

我对这次采访是充满期待的，镇政府也非常重视，还特意安排人陪同、接待。但采访的收获令我有点失望：因为老人只在1952年放过唯一一次毛板船，而且放到新化塔山湾码头时，毛板船就被打烂了。他的吐词又有点不清，围观我采访的文友又多，老人可能又有点不愿被打扰，只谈了一个小时，谈得断断续续。我也是多半没有听懂。但老人有一点是讲清楚了，就是在给毛板船装煤的时候，要从岸上修一条简易的木桥，木桥与毛板船之间用粗大的缆绳绑着。挑煤的人从码头上挑了煤，从桥上走到船上去。装满煤之后用砓打紧，再在毛板船两边各安装一块夹板，这样可防止浪大时，浪花冲走船上的煤炭。装满一船后，把缆绳解开，随水漂到前面，再靠木桩用缆绳把船绑起来。再把另一艘毛板船"放"到桥头。

老人还说到，毛板船是在冬天就放到河里去的，让船浸一个冬天的水，船的"耐水性"就更好，毛板船是用枞树做的，不怕水浸。毛板船被用竹子削成的篾条一排一排绑着，沿河吊一两里路长，多时吊到三四排，一直吊到主航道边上，被称为"吊帮"。"景色"甚为壮观。很多人都喜欢到河里看这样的"风景"，闻闻毛板船散发出来的幽幽的枞木香。

这些河湾，就相当于今天的"停车场"吧。船湾在河里，也不妨碍小船航行。

其实这也是两个很重要的细节，我觉得即使就了解到这两点，也不虚此行了。

毛板船到益阳后，有的就把煤炭在益阳卸下来卖了，也是先卖煤，再卖"船"。

益阳商人卖煤的价格远远高于"进货"价，利润巨大。有的益阳商人还利用新化毛板船商不熟悉"外河"航运的特点，大量收购从新化运来的煤炭，将毛板船进行改造。由于"外河"水道宽阔，因此，益阳商人改造的毛板船最大可载重两百吨左右。

益阳商人也有做其他生意的。早在毛板船发明之前，益阳商人就转手倒卖从资江上游运来的竹子、土纸、茶叶、龙牙百合、薏米、渠江薄片、玉兰片，以及锑之类，还有五花八门的手工业品，因为宝庆府诸县市是手工业重镇。这样，益阳商人收获了巨大的财富。益阳十五里麻石长街，两边都是琳琅满目的店铺，下雨都不要打伞。所以有"银铸益阳"一说。

有三种物产我觉得是值得一提的，一种是渠江薄片，一听这名称，我开始还以为是一种什么小吃。原来这是一种茶，从唐朝就开始有了，作为贡品进贡皇帝。我对茶是外行，也不太好喝茶，所以也说不上这种茶有多好。但我多次去过渠江薄片的产地，现在被叫作"渠江源"，那真是山高壑险、水清雾重。这薄片到现在还在产。不说别的，一个产品能够绵延一千多年，保持一个名称不变，一直做下来，肯定是有它的道理的。

玉兰片也值得一提。一听这名称也云里雾里，原来玉兰片就是笋片，据说是一个名叫玉兰的人（有说刘玉兰，有说张玉兰，可见没有文人记录下来是可惜的），觉得笋是个好东西，但能吃的时间太短，于是将其煮熟后加工，做成干笋片。于是笋就能够存放很久了。因为做这个干笋片的人叫玉兰，后来人们就将其称作"玉兰片"。这东西到现在还是新化的特产。

还有一个产品是锑，这东西在明朝便开始开采了，只是当时人们不知道是什么东西，以为是锡，便把开采锑的这片山叫成"锡矿山"。后来发现这不是锡，是锑。但名字已经叫得朗朗上口，就还是叫作"锡矿山"。这里锑的储量和产量都占世界的百分之七十。尽量锑的用量很少，而且多用于制造武器。但由于这里锑的储量和产量占比较高，也还是要不断输出。靠什么输出？锡矿山当时也属于新化，也是梅山范围，输出也是靠唯一的水路。当然，和煤炭比起来，锑的量小，可以不"坐"毛板船，而"坐"其他的商务船。

当年由于毛板船产业兴起，宝庆、益阳一时商业繁华，把长沙这座省城都比下去了，省城长沙徒有虚名，因此又有"纸糊的长沙"一说。

在毛板船的销售终端汉口，兴起了一种新型商业：船板拆旧业。因毛板船用的是枞木板，这种木板不怕水浸，因此拆掉后并不影响它"第二次"销售，敲掉马钉，船板还是新木板，色泽没变，并且依然散发着淡淡的枞木香，所以销路很畅。

毛板船间接带动的便是汉口的"房地产业"了。枞木板用来做家具显然不太合适，板上有许多钉孔，对于做精细的用途还是有一定的影响。当时汉口的经济地位，是"全国四大聚"之一，"外来人口""临时工"陡增，这些人也要有地方住啊。哪有那么多房子可租？于是，用木板造房又成了一个新型产业，这种房子就是板房，专门建造这种木板房屋的厂子就叫板厂。

后来宝庆码头的六街十八巷，全都是用木板造的。1949年后，汉正街以新化人的后裔为主的三个社区永宁、宝庆、板厂中，"板厂"社区的命名，让人很容易想到这些房屋的来源。"宝庆"就不用说了，而"永宁"体现了人们对这里长治久安的一种美好向往，因为这里曾经不得安宁，打闹不停。

船板拆旧盛行于湖广总督张之洞兴建汉阳铁厂之后，毛板船运煤来汉供应铁厂，并在月湖堤河沿设立湘邵帮毛板公所，由公所司事务人员凭卖煤税票代客卖船。这样，毛板船拆解卖钱便有了一道流水般的程序，方便快捷。一些在汉的湘邵籍人凭同乡关系，专门以买船拆板为生。当然，汉阳铁厂和日后的汉阳兵工厂的建设，也进一步拉动了对煤炭特别是对焦煤的需求，进一步刺激了毛板船产业的发展。

毛板船成就的另一个群体，就是"坐贾"。

俗话说"行商坐贾"。也可以理解为：小商人做行商，大商人做"坐贾"。毕竟，坐着做生意是需要本钱的呀，否则，做四处转悠兜售的货郎担子（行商）好了。

毛板船商崛起后，一些暴富了的船老板或船工便在汉口置业定居，由毛板船商改为坐商。不能说汉正街上全是宝庆商人，但他们占了很大一部分，而且绝大多数是因为毛板船改的行。他们被称为宝庆帮，是当时汉口最有实力的一支湘商队伍。

当时新化流行这样一首歌谣："头顶太阳，眼眸邵阳，脚踏益阳，身落汉阳，尾摆长江掀巨浪，手摇桨桩游四方。"这就像一幅描写毛板船工的生动的漫画像，可见这些"宝古佬"们的活跃、勇敢、自信、自豪、潇洒！

随着板房和坐贾的增多，汉正街的商业市场不断繁荣，人口越加稠密。到汉正街创业、打工、寻找发财机会的"汉漂"每天都随着毛板船和各类船只在码头的停靠而增加。

由于市场的繁荣，沿河码头搬运货物也越来越专业化。有药材码头、石灰码头、棉花码头、粮食码头、水果码头，甚至还有专门买卖粪便的粪码头。

街道也不断趋向专业化，有以"新安书院"为名、新安市场为特色的新安街，有专门生产铜器的打铜街，有以"宝庆"命名的宝庆正街，有以匹头业、棉纱业为主的黄陂街、有以娱乐业为主的花楼街，有以经营药材为主的药材大巷，有以经营餐饮为主的升基巷。

以汉正街为主轴，相继建起了庙宇、书院、会馆、衙署、商铺、民居，其中，会馆、商铺、民居类建筑构成了汉口镇市廛的主体。

汉正街万商云集，百业俱兴，行商（行栈）、批发商、零售商都十分火爆。此外，汉正街槽坊甚多，其上段硚口不到一里的地段，就拥有大小槽坊数十家，所以汉正街也有槽坊之称。民间也有"爱喝酒，到硚口"的俗语。

汉正街的流动小贩也非常多，他们兜售的东西，从日用百货，到风味小吃，应有尽有。他们或高声吆喝，或借响器招徕，千姿百态，点染一路繁华。

卖油条的嘶哑的嗓音断断续续，令人感到些许悲怆苍凉："饼子泡油饺（油条）回火热油饺。"而卖麻花的，则有点像表演绕口令，生动而有趣："糖麻花、盐麻花、徽子枯麻花、金牛酥麻花。"

沿街挑担叫卖凉粉的挑贩，衣履整洁、年轻力壮，一色的"小鲜肉"。一副面担用桐油鬃得白里透亮，栗木扁担两端镶着黄铜云头，显得金光闪闪。担子一头反扣一盆洁白晶莹的凉粉，上面加盖几层崭新的白毛巾，另一头是锃黄的油汁、蒜水、香醋、味精、胡椒粉、虾米、蜇皮、绿豆芽，外带榨菜、红萝卜、大头菜三样切成的碎丁。一句话，"小鲜肉"所挑的东西样样鲜，谁见了能不馋涎欲滴？

加上麻利干脆的动作，俏皮乖巧的口才，所以只要一吆喝，往往摊担边上就围了一圈人。

"东西南北中，发财到汉正（街）。"

"汉漂"如此之多，没点真本事怎能立足？正如一首流行歌曲唱的："都市的柏油路太硬，踩不出脚印。"

一些真正厉害的人，在汉正街不但立住了脚跟，而且创下了品牌。

有一个叫蔡玉霞的安徽休宁人，因嫁作汪姓人妾之后，改姓汪。她于汉正街灯笼巷口经营安徽茶叶，兼卖糕点。不几年，蔡玉霞去世，其夫无心打理，将此店转租给一山东人经营。后被其长子赎回，由于重视质量，做鲜卖鲜，很快声名鹊起。后成为汉正街一大品牌，曾开设当铺36家、农庄72个、食品油号28家，总共拥有店铺136个。

长沙人苏文受，幼年从师学制伞，技艺渐精，后逃难至汉口，以修伞为生。他发现汉口的伞在质量上与湖南的伞相差甚远，便萌生制伞念头。他利用晚上时间按湖南制伞方法制伞，白天便摆在伞担上出售，品牌定为"苏恒泰"。由于质量甚好，渐渐供不应求。

为保证伞的质量，苏文受首先原料求精：做伞骨的竹子一定要湖南茶陵产的，因其肉厚质坚，不走弯边；伞柄采用质地坚实的湖南益阳树木；桐油则非常德的不用，因其纯度高，光泽好；皮纸则选用陕西的，性韧坚牢，不易磨损；柿油则必用罗田的，汁清透油，黏性强而耐久。

这样做出来的苏恒泰伞质量非常好，据说：一人撑开后从楼上跳下，伞不坏且人不伤；在伞面上投以小石，小石能在伞面上弹回来而伞无损。一把伞可用8至12年。以至于汉口形成了一种风俗：女儿出嫁时一定要买一把苏恒泰伞做陪嫁。不过对此风俗我是颇表怀疑：因为梅山地区嫁女很忌讳伞的，因为伞与"散"谐音。所以结婚送礼物人们都忌讳送伞，也没有谁会蠢到这一步。也许，汉口这地方没有梅山地区这样的风俗吧。

湖北黄陂人曹月海自幼家贫，长大后学得铁匠手艺，便来汉口谋生。起初，他与侄子一起架一盘红炉，打制屠刀、菜刀等刀具，自产自销。由于质量过硬，生意渐有起色。

后来，曹月海叔侄二人在河街的集家嘴附近搭起作坊，专门锻制家用菜刀，因时值正月，又盼生意兴隆，故取标记为"曹正兴"，常年走街串巷的销售经历，使曹月海对汉口普通人家的生活习惯了然于心。根据湖北人喜欢煨汤的习惯，他对菜刀的锻制工艺进行改进，锻打出一种前薄后厚、前切后砍的锥形版式菜刀。这种多用途的新型菜刀一经面市，就备受欢迎。后来，曹正兴菜刀声名远扬。

物质产品的发达，必定刺激精神产品的需求和生产。

歌舞和戏曲是汉口最早繁盛的艺术品类，汉剧和楚剧成为主要的地方戏剧。汉剧是湖北的主要剧种之一。但令我大跌眼镜的是，2018年我去新化县田坪镇采访时，了解到当地每年都在演汉剧，汉剧成为当地主要的一种"传统"文化。就我所知，新化县众多乡镇，只有田坪把汉剧作为他们的"传统"文化。

无独有偶，令我不解的是，杨泗本来是新化人传说中的水神，人称"杨泗"将军，新化船家是经常要祭祀的。但在武汉鹦鹉洲，每年最热闹、最隆重的"传统"活动之一就是"杨泗会"。也许是毛板船为媒，已经将两地的文化融合到了一起，也许本来这两种文化就没有明显的区域划分。但我更愿意相信前一种说法。

那时，汉正街是冒险家的乐园，也是财富的象征，还是每一个"汉漂"圆梦的地方。

但在汉正街，也流传着一个"财即是空，空即是财"的故事。这个故事与《红楼梦》中"色即是空、空即是色"达到了同样的哲理高度。据说这个故事很可能有真实的原型。

故事的主人公叫沈元喜，他是从湖北黄陂逃荒到汉口的，在汉口以拾荒谋生。

但他运气特好，用十个铜子收的糊满泥巴、乌漆麻黑的锈铜块子，回家一擦，发现竟是块金砖。接着又收了三四块。

于是，他买房子、买铺面，成了一个老板级人物。不久，他还得到了一个美貌如花的老婆。妻子、票子、铺子、房子、面子，他都有了。他的人生真是完美了，他真的可谓人生赢家了！

可是，月圆则缺。

他生的儿子腊狗是个傻的。腊狗干的全是败家的傻事，娘活活被他气死了。沈元喜也没法，在他归天之前，把钱都借给邻居，唯一一个条件，就是腊狗缺吃少穿时，邻居轮流管他的饭。临死之前，沈元喜把腊狗叫到跟前叮嘱道："放账莫收账，无钱打和尚，九如莫改名，家庙是祠堂。"

沈元喜去世后，腊狗成天躺在九如桥上混日子。饿了就到邻居家吃饭。当他得知父亲与邻居订立条约的内情时，竟挨家挨户去讨债要息。于是，邻居都跟这个"讨账鬼"断了往来。他开始变卖家产，又疏于管理，慢慢地沦为一个乞丐，悲惨地死去。

在新化，也流传着一个与此非常类似的故事。

故事的主人公叫作"应公子"。

这也是一个有真实人物原型的故事。

故事说新化有一个叫张大报的，曾官至四川按察使，民间传说他是个大贪官，在职期间，大开杀戒。曾误杀一个老和尚。老和尚临刑前曾发下毒誓："我来世一定要让你家一贫如洗！"

这真是要"大报"啊！

这和尚死后投胎到张大报夫人腹中，十月怀胎后，张夫人生了一个儿子，就是故事主人公应公子。

应公子长大后又傻又呆，干了许多荒唐事。

应公子想吃包子，就打发人去买几担，注意，不是几个。他要怎么吃呢？让人把包子从上游放下来，他躺到下游的竹排上张开嘴等着。结果一个也没吃着。别人问他为何不用手拿，他说："流到嘴里是自己的福气，没流到嘴里就是不该自己吃的。"

"应公子吃鱼水"简直成了新化的一个成语，这故事也是妇孺皆知。

应公子嫌吃鱼有刺，就要吃鱼水（新化人把鱼苗叫鱼水）。他叫人买了几担鱼水来，捞上来还不够一碗，他一餐就吃了个精光，说："好吃。"可他嫌这样吃不过瘾，又将吃包子的办法故技重演。自然是一个鱼苗也吃不着。

应公子每天晚上都要到河对面去嫖妓，嫌喊渡船不应急，他要修一个长码头，直达对岸。别人要他修桥，他说："我偏要修长码头"，到临死，这码头也没修成（怎么能修成呢？）

最后是吃铺子。

张大报知道儿子保不了家业，担心他日后的吃饭问题。便买了三百六十五个铺面，免费"租"给别人，只要租客每年供应公子一天饭。应公子每吃一天，便大书一个"舍"字。一年以后，张大报的家业便全被应公子败光了。

这不是一个育人故事，而是一个"报仇"的故事，但同样可以读出"财即是空，空即是财"的"哲理"况味。

1989年，我第一次到汉正街。

当时是陪一个亲戚去的。我那个亲戚开一家小百货店，每年都要到汉正街进几次货。我那时已经参加工作，但由于我是在娄底读的大学，毕业后又在新化工作，没有出过远门。听说要我到武汉去，我就觉得这是一个出远门的好机会，一口答应了。那时的我，是多么渴望出远门增长见识啊。

我们是晚上十点多钟到的，亲戚舍不得住宾馆，住到汉正街一个新化老乡家里。房子全是木的，呈黑红色，很小。沙发也是木头做的。那个老乡约七十岁，话不多，但还是感觉得出有乡情，与我那亲戚也有话说，而且说的是新化人、新化事。我顿时产生了疑问：难道天下是以新化人为中心的吗？当晚，我和亲戚还有那个老乡挤在一张床上。老乡的两个小孩不怎么跟我们说话，只是点点头而已。当时我没有采访的概念，如果有，我想那是多么好的一次深入"宝古佬"家中采访的机会啊。

在这多年以前，我一个游手好闲的表哥经常往武汉跑，他每次回到我的老家棠里村，我的堂兄妹们都称他为"大城市"的。表哥是我姑姑的儿子，是我姑姑和她的前夫生的。原来我姑姑的前夫就是一个跑毛板的，1949年后在汉口注了册，他多次"勾引"我的表哥去他那。突然有一天，我的表哥收到了来自武汉市公安部门的"红头文件"，文件通知我表哥落户汉口。

这份"红头文件"在棠里村引起的轩然大波，一点也不亚于1983年我收到大学的录取通知书。

从那以后，我的表哥就真正是一个"大城市"的人了，再也没有来过我们棠里村。长辈们谈起他，都骂他是"黄眼狗"。在新化话里，"黄眼狗"是骂人的话，指无情无义、见利忘义、没心没肺、过河拆桥、转眼不认人的意思。

第二天早上，我陪亲戚到汉正街进货，天啦，放眼望去，视野里全是人，挑担子的、提袋子的、背包的、拖车的、推车的，两边是琳琅满目的货摊。

我的左胸上戴着一枚毛主席像章，这在我们新化是非常普遍的事，很多人喜欢戴毛主席像。直到现在也是这样。我见到戴毛主席像章的人就感到特别亲切。但在这里却显得格外打眼，甚至有点儿"另类"，不时有人把头偏到我胸前看一秒，然后露出不知何种意味的微笑。

我和亲戚紧紧相跟着，生怕一转眼就找不到人了。

这么人挤人，我还是第一次见到。第二次是若干年后的重阳节，在广州白云山，那也是人如蚂蚁。再就是若干年后的一个中秋节，我在上海的南京路步行街再一次遇到过这样的人群爆满。都说长沙的黄兴路和蔡锷路、广州的北京路和上下九、北京的王府井人多，但凭我个人的感觉，那要和我第一次在汉正街见到的人来比，简直是烂眼皮打架（新化话，意思是不能相提并论）。

新化的南门弯里和东门凼里也是人很多的。新化俗话说：南门弯里，屌崽（指男性生殖器）都挤弯了；东门凼里，屌崽都挤断（在新化话里，断与凼谐音）了。这当然极尽夸张之能事，也表现了新化人的野性和浪漫。但在我的印象里，南门弯里和东门凼里的人，也没有这么拥挤过。

当时的汉正街，就像若干年后的大上海，是冒险家的乐园。只是这里的冒险家来自国内，主要是徽商、晋商和"宝古佬"，而大上海的冒险家则是洋人居多。

# 第八章　三箭定界

一

毛板船的发明引发了一场运输革命，梅山地区每年要发近2000艘毛板船到汉口，极大地搞活了梅山地区的经济。

毛板船产业的迅速发展，使码头成为各行各帮争夺之地。正是由于位置特别重要，划界分疆，就成为码头上铁定的行规。码头一旦划定，外帮船只就不能进入了。在码头上，无论是起坡卸货，还是下坡装船，都是各行其道，不得越雷池半步。一旦有外帮船只停靠码头，就被视为来者不善。红白喜事走错码头，都极有可能引起争斗，最后只能破财才能消灾。

当时来汉口的"外来人口"中，以徽商最多，达8万之众，其次是"宝古佬"，有5万多人。远的从陕西、山西、河南、山东、安徽辗转而来。人文性情也各不相同——江浙人惯充和事佬；江西老表是"钱精"讲求效益，"时间就是金钱"的观念深入骨髓。行业利润的丰厚也有差别，广东的百货，山西、陕西的皮毛烟叶赚头较大，缴纳码头停泊费只是"毛毛雨"。这些人之间很难发生正面冲突或利益争夺。而湖南宝庆帮和徽帮皆民风剽悍，最后，码头争夺战在"汉漂"人数众多、民风剽悍的湖南宝庆帮和徽帮之间激烈展开。一年的码头械斗纠纷达1000来起，平均每月发生80多起，每天将近3起。

历史的车轮已进入1807年（嘉庆十二年），何元仑已由一个十七岁的少年成长为一个二十六岁的青壮汉子了。

在何元仑心中，去年发生在数千里之外的一件事却时时让他一想起就心潮澎湃。

嘉庆十一年（1806），世界历史上发生了一件大事：刚刚称帝两年的拿破仑将法国的附庸国巴达维亚共和国改为荷兰王国，拿破仑的弟弟路易·波拿巴任国王。何元仑钦佩拿破仑，自己为自己加冕，以示权力出于自身。是啊，拿破仑的权力是他自己奋斗得来的，不需要教皇的加冕。这是多么自信，多么打破常规！有一回拿破仑过阿尔卑斯山，说："我比阿尔卑斯山还要高！"这何等英伟！

拿破仑能够占领多国，横扫欧洲，而且他的名声也并不坏。小小汉正街，有几个徽商，我怎能就怕了呢？我何元仑七尺男儿，仪表堂堂，凛凛一躯，誓要为宝庆老乡干点事，争点气，混出个人模狗样来。即使前面有刀山火海，又有何惧哉？

他希望当一个拿破仑式的英雄。

拿破仑可不是草莽英雄，他相信读书改变命运，他酷爱学习。因贫困辍学的他，常常一个人坐在闷热的房间里，废寝忘食刻苦读书。后来每次行军，他都带着一个随军图书馆。所藏书籍全都是他亲手挑选的。在海上航行晕船，拿破仑无法读书，他就躺在床上，让人为他大声朗读。1807年法俄之战处于相持阶段时，拿破仑曾因在前线无书可读而大发雷霆，他写信质问巴黎有关人员，命令他们把所有新出版的书籍和新书预告迅速送来。拿破仑一生指挥了近60次战役，几乎每次都带着一个随军图书馆参战。

所以拿破仑的胜利，几乎可以说是知识的胜利。

何元仑在家排行老大，也是少年辍学，十二三岁就跟着舅舅杨海龙驾洞舶子走南闯北，敢于打斗。但他也酷爱学习。他风里来、雨里去、浪涛里翻滚，但他随身都带着各种书籍，一有片刻闲暇就双眼盯在书籍上。

新化有个大儒叫邓显鹤。新化的读书人无人不知，没人不崇敬他。一般的人想去拜访他根本没有机会。

但何元仑就多次登门求教，每次去，邓显鹤都是热情接待，视若自己的门生。与之论道，各抒己见，还可以与之争论，说到创新之见，必受显鹤先生首肯。因此，每次行船回新化，何元仑第一件事就是去拜访邓显鹤。

何元仑爱学习的热情与在万里之外的拿破仑真是有得一比。

让何元仑记忆深刻的是，有一次登门向邓显鹤请教时，他看到有一个人看上去年纪比邓显鹤还要大一点，看上去也像个饱学之士，但他仍执弟子之礼，恭敬有加，言必称"先生"。这一则是那人谦虚，二则也可见邓显鹤名声之大。

经邓显鹤介绍，何元仑得知，这是一位朝廷命官，名叫刘光南。

何元仑在惊讶之余连忙施礼："在下真是有眼不识泰山！"

刘光南当时就夸道："小伙子不错，船家子弟这么爱学习，这样的人不多啊！真是难得！"邓显鹤点头说："是啊，小何真算得上能文能武，前途无量啊。"何元仑得到两位饱学之士的夸赞，兴奋得满脸通红。

现有资料显示，邓显鹤（1777—1851），字子立，一字湘皋，晚号南村老人，湖南新化人。生于乾隆四十二年（1777），卒于咸丰元年（1851），年七十五岁。少与同里欧阳辂友善，以诗相砥砺。嘉庆九年（1804）中举，官宁乡县训导，晚年应聘主讲邵阳濂溪书院。除自作诗文外，他一生致力于对湖南地方文献的搜集整理。邓显鹤校勘并增辑周圣楷所作《楚宝》；搜集整理王夫之遗作，成《船山遗书》；编纂《资江耆旧集》《沅湘耆旧集》；参与《武冈州志》《宝庆府志》的修纂。湖南后学尊他为"楚南文献第一人"，而梁启超则称他为"湘学复兴之导师"。


一晃就是好几年过去了。

这年的四月初八，按梅山地区的习俗，这一天是牛诞节，家家户户要把牛栏打扫干净，帮牛洗澡，喂牛嫩草，这一天牛不劳动。村老们对全村的牛评头论足，并告诫各家要爱护耕牛。家家蒸制五色糯饭，用枇杷叶包裹喂牛。有的地方还在堂屋摆上酒肉瓜果供品，由家长牵一头老牛绕着供品行走，边走边唱，以赞颂和酬谢牛的功德。这一天，各家各户先把牛喂饱，然后全家人才吃节饭。

这个节日本来是苗族人的习俗，但梅山地区是苗、瑶和汉族人混居，所以汉族人也过这个节日。

梅山地区还有给物品过生日的，如扫把节。

太阳照东窗，起床换新裳，家堂君亲天香点，祖宗尊像挂中堂，九子果盘装齐整，预备客人来来往往，今朝叮嘱用人莫扫地，小儿吃饮莫淘汤。

这是大年初一流行的一首民间歌谣。大年初一是扫把的"生日"，不能动用扫把，否则会扫走运气、破财。即使非要扫地不可，也要从外往里扫，备一大桶盛废水，不往外面泼。说这些都是"财禧"。

何元仑这个跑毛板跑了多年的人，早就把这些老规矩忘了。这一天最让他兴奋的，是听说嘉庆皇帝的侍读学士刘光南将要来到汉口，他此行的使命是考察中南河运。

何元仑几年前在邓显鹤处见过刘光南。得到这个消息，何元仑兴奋得几天没有睡觉。

当时，"宝古佬"和徽商们几乎天天斗，斗得没完没了，斗得天昏地暗。徽商把宝庆码头的地盘占了大半，真是怄气得很。如果能够借刘学士的手，将失去的地盘夺回来，岂不是为宝庆老乡们做了一件大好事？

俗话说：朝里有人好做官。上面有后台，官就好做了。现在，我不但朝里有官，而且这官就要到我身边来了！这样的好机会真是千载难逢啊！

何元仑盼望着！

当时，侍读学士以五品以上官充任，雍正时升为从四品。

朝廷四品官员来汉口，这对汉口来说，当然是件大事。何元仑当然想抓住这个机会，扩大宝庆帮在汉口的势力范围，把宝庆码头的范围正式界定。

何元仑心想，刘光南虽然比邓显鹤年长，但那次去的姿态也是请教。这样论起来，我和这位侍读学士还攀得上同门"师兄弟"呢！何元仑马上被自己内心深处这个近乎狂妄的想法逗笑了。

刘光南，字景衡。关于他的生卒年代，有两种说法，一说是清乾隆（1736—1795）年间，一说是清乾隆二十年（1755）到嘉庆十三年（1808）间。但两种说法都肯定他与谭爱莲同年。笔者从武汉出版社2017年4月出版的《汉正街与汉口城市》一书中，得知刘光南到汉口在1807年。故此，笔者采信后者。

刘光南著有《大学中庸训解》《中庸图说》，曾与谭爱莲所著《周易经蕴汇解》及《翼传质疑》并呈督学卢文弨。文弨为之作序，称其书"平易切实""多与旧闻相合""一本于自然。而初非私意小知之所能为也"。为之作序的卢文弨（1717—1795）是乾隆十七年（1752）一甲三名进士，授翰林院编修、上书房行走，翰林院侍读学士。是刘光南的前辈，此说应可采信。

侍读学士，通俗地说就是陪皇帝读书、解皇帝质疑的人。从这个官位的设置，可见皇帝是很注重终身学习的。

上一年，杨海龙捐了二十亩湖田，成立了毛板公会，杨海龙让陈冬生当了会长。但毛板公会设在益阳，主要管从新化到益阳一段的事。杨海龙因为年纪大了，钱也赚够了，两年前就不再跑毛板船了。

但毛板船在汉口的争夺远比在益阳激烈。

全国各地来汉贸易的商船货物，按传统在各自所属帮派的码头停靠。这里面帮派林立，界限分明，不能随便逾越，因为它们都是

"打下来"的码头，利益攸关，弄得不好就要"死人翻船"。"码头大小各分班，划界分疆不放宽。""横冲直撞途人避，第一难行大码头。""打码头"分两种类型，一种是各种地域性商帮之间争斗，一种是各把头之间或秘密社会内部的倾轧。而最激烈的是宝庆帮与安徽帮的争斗。今人学者罗时汉曾在介绍武汉的码头文化起源文章中有此介绍。

康熙、乾隆年间，"无徽不成镇"，一个地方如果没有徽州人，便形不成市镇。这句民谚即说出了到处都有徽州商人的事实。几十年后，"红顶商人"胡雪岩的崛起，就更加为这句话提供了有力的佐证。

汉口一直是徽帮商人眼中的"天下第一大码头"，他们在汉口开辟了新安码头，但并不满足，因为宝庆码头才是最好的码头。如果能占住宝庆码头，那么，他们"首尾联络，势若蛇蟠"的载满淮盐的船只，起运货物就变得极为方便。

徽州的盐商在汉口把盐销往湖北省九府一州，盐商们利用淮盐产销地区差价，牟取厚利，成为商业资本最为雄厚的一个"先富"群体。

徽商不差钱，他们差的是码头。

兴盛时期的汉口，徽商从业人数达8万之众（含流动商贩），店、铺、馆、所、庄、厂（场）等8000多家（个），汉正街的商人一半是徽商，黄陂城内的人一半是安徽人。徽商在汉口，主要以经营食盐、粮食、布匹、茶叶、药材、竹木、文房四宝等为主干，丝织、杂货、典当、酒楼、银庄、珠宝兼而有之。

汉口徽商会馆、书院，也成为历代徽派名人雅士驻足、会友、讲学、献艺的场所。乾隆、嘉庆年间，徽班几次进京，汉口徽商踊跃捐资助行；京剧鼻祖程长庚到汉演出，徽商万人拥戴，旬月不息。

想当拿破仑式英雄的何元仑非常苦恼：都说"宝古佬"在汉口强势，真正强势的还是那些徽商啊。

说起来，"宝古佬"还是差钱，如果不差钱，没放毛板船的那些个月份，也花钱请人把守码头，不就没徽商什么事了吗？你闲的时候把码头放到一边不管事，忙的时候又来和徽商抢，"宝古佬"啊"宝古佬"，你这不是自找麻烦吗？

何元仑烦恼的时候，也在心里怪罪自己的老乡。

但刘光南来汉口的消息让他看到了赢的希望。他决定去拜访刘光南，依靠官府的力量将码头夺回来。他相信，刘光南还会记得他这个只有一面之缘的"同窗"的。

## 二

刘光南正在客馆里看书，忽然，门"噔噔噔"响了三下，是随从刘三保。

刘光南低喝一声："进来！"

"大人，新化船民何元仑求见。"

"何元仑？"刘光南迅速在脑子里搜索了一遍：没见过这人，"什么人？"

"他说是放毛板船的，新化人，他代表放毛板船的求见老爷，他说还跟大人同过学呢！"

刘光南呵呵地笑了：这年头，套近乎的有时连谱都没有。我有几个同窗，几个同年，难道我不记得？这个也能假冒？

刘光南本来想说："不见！"

但刘光南是个老乡观念极强的人，一听说是新化人，又能得知他到了汉口的消息，还能准确地打听到他的馆舍，说明也不是个一般的人，且肯定有重要事情。

便说："让他进来。"

刘光南踱到一张面对着门的红木太师椅上坐下，端着盖碗茶，揭开盖子，一阵热气喷了出来，把他的头脸笼了个云山雾罩。

他刚欲把茶杯盖盖上，门外走廊上响起了铿锵有力的脚步声，随即这脚步声就到了门口。他把茶杯盖"砰——"的一声盖上，一个高大健硕的男子"砰——"的一声单膝着地："新化船夫何元仑叩见乡贤前辈！"

刘光南从太师椅上站了起来，双手将何元仑扶起。何元仑抬起头来："大学士还认得小人么？"

刘光南端详了几秒，继而高兴地说："是小何呀！你不是在新化跑船么？怎么到汉口来了？快起来快起来，都是两个新化老乡，不要兴咯多咯礼性，坐着慢慢港（讲），老乡见老乡，两眼泪汪汪，只要做得到咯呢！说起来，我们两个还都是邓显鹤的弟子，是同门师兄弟呢！"

何元仑听到刘光南讲一口新化土话，还主动说起他内心里引以为傲的一件往事，主动承认是同窗，开心得很。他就知道这个老乡有家乡观念，不摆架子，心里一块石头落了地。他最怕那些官不大、架子却蛮大的人，见了老乡也讲着一口半生不熟的官话，一副公事公办的样子，那就完了。

何元仑清了清嗓子，想把打了很久的腹稿一一讲来。毕竟刘光南是侍读学士，皇帝身边的人，见上一面可不容易。

他说："前辈，是这样的……"刘光南打断了他："你别急，慢慢来，我今晚刚好有时间。"

何元仑憨憨地笑了。

"你是新化哪里的？"

"前辈，我是白溪何思的，您老家是曹家的吧？跟邓老师是一个地方的？我家隔您的老家不远呢！"

"嗯，好久没有回老家了，父母亲都住到了京城，听说老家现在有很多人在资江里放毛板船，每年要放一两千只到汉口，是不是？"

"是啊，前辈，实际上每年从邵阳、沙塘湾、塔山湾、游家湾放下来的毛板船，要超过五千只，但是能放到汉口的，只有一两千艘。"

"其他的呢？"

"都在中途触礁打烂了！每年要死好多人呢，吃我们这口所谓活水饭，真是死了没埋的。"

"你们好勇敢呢，几千里水路，顺水漂下来，了不起！了不起呢！"

"谢大人夸奖！做我们这一行的，也是把脑袋安在船板上呢！"

"我听说你们中间还有人给你们写了一首诗，你记得么？"

"当然，我们经常唱呢！要不要我唱一遍给前辈听？"

何元仑想，难得前辈如此有兴致，只要聊得开心，提个要求，不怕前辈不答应。如果干巴巴地提要求，亲爷老子也未必答应得那么爽快呢！我今天就要陪前辈聊个开心。

于是放开嗓子唱道："驾船要驾毛板船，骑风破浪走江天。一声号子山河动，八把神桡卷神鞭。船打滩心人不悔，艄公葬水不怨天。舍下血肉喂鱼肚，折断骨头再撑船！"

"好个舍下血肉喂鱼肚，折断骨头再撑船！"刘光南跷起了大拇指，"你们放毛板冒这么大的风险，也还有钱赚吗？"

"前辈，无利不起早，钱肯定是有赚的。我们毛板船的货物重量只看看吃水深度，也就是码子，看雇请的舵师管技术定码子。规定"大码子"（大约相当于现在的70吨以上）派8名水手，"小码子"（大概相当于50吨及以下）6名水手。放一艘毛板船到汉口可获1500～2500两银子，出售枞木板可获1000两银子，这样，每艘毛板船可获利2500～3500两银子。如果打烂九艘，那就要赔老本。如果打烂七艘，还是有点赚头。"

"利还是可观，对地方有什么改变没有？"

"有啊，前辈，现在人们都说铁打的宝庆，银铸的益阳，纸糊的长沙。益阳是个中转站，驾鳅船的，驾千驾船的，放毛板的，都要到益阳中转。有的直接把货物运到益阳去卖，所以益阳最有钱。长沙是个省会，只是徒有虚名，所以叫作纸糊的长沙，它那顶省会城市的帽子只是像纸糊的高帽子一样，实力远远比不了益阳。新化沿资江，铁匠铺绵延十几里，都是给毛板船打马钉的。"

"那就好，就是要带动家乡发展。"

"那些到毛板船上当水手的，都是签了生死合同的。老板不管生死。但还是很多人争着当啊。从当桨手到当舵工，至少要熬个十年八年的。虽然危险，虽然辛苦，但这些人还是蛮自豪、蛮喜欢的。

　　"我们的巨无霸毛板船，可以从八百里洞庭跃入滚滚东逝的长江，掀起滔天巨浪，而这走四方的巨无霸毛板船，靠的不是别的，只是我们手里的小小桨桩……"

　　"好，好啊！"

　　刘光南不觉叹道。

　　两人聊了个把小时，聊得非常开心。何元仑想，该抓住机会提要求了。

　　何元仑正准备开口，刘光南说："放毛板毕竟太危险了，能不能干点别的挣钱？"

　　"没办法啦，前辈，新化那地方干晒、封闭，没么子赚钱的门路，驾船算是最好的活路了。"

　　刘光南点点头。

　　"你们不错，生意做得这么大。以前新化人只晓得做着胯底下两丘田过日子，我们小时候经常听人说：细人子盼着过年，大人盼着插田。因为要到过年才有肉吃，细人子以为过了年就有肉吃了。而大人担心的是如何弄到饭吃。唉，新化田少啊，七山二水一分田。新化的农民吃死亏啊。你们能吃这碗活水饭，算是有本事的人了。"

　　闲聊至此，何元仑知道该转入正题了，否则，前辈要休息，一声"有事明天再谈，送客！"那就完了。那我怎么向那么多等着我回话的船民们说呢？

何元仑说："不瞒前辈说，我们目前遇到了困难，而且是天大的困难，只有前辈能为小人们做主啊！"

刘光南说："说说看，只要在朝廷允许的范围之内，只要我刘某做得到，老乡的事就是我的事。"

何元仑说："有前辈这句话，晚辈就大胆说了。宝庆码头原是一块不毛之地，称回水湾，当时是船民公用放帆之处，随着汉口商业的繁荣，民船渐渐来此停泊，逐步形成了一段无风浪侵袭的黄金地段。嘉庆初年，我们宝庆人占据龟山头斜对面，在回水湾修建码头，命名为宝庆码头。可是徽帮趁我们干季无人管理，把我们的码头给占了。问他们要，还强词夺理地说本来就是他们的。放毛板，无非要个好码头。没有好码头，船没地方泊，在码头远的地方停下来，那挑煤的脚力费，就要翻几番。那就赚不到钱啊。有个姓张的，放了一毛板煤下来，没地方泊，到距宝庆码头五里多外的地方找个偏僻地方泊了。结果煤卖了一多月才卖出去，脚力又贵，还了脚力的钱，血本无归。投河自尽了！"

刘光南大惊："竟有这样的事，他为什么不把船泊在宝庆码头？宝庆码头，顾名思义，那是宝庆人的码头啊！"

"是啊，前辈，那是我们宝庆人自己建的码头，现在被徽帮占了，我今天来，就是请前辈为我们做主。"

刘光南站了起来："你们几万人在汉口，一个码头也守不住吗？俗话说'死人也要守副棺材呢'！"

刘光南非常生气道。

刘光南回过头来，满脸溅朱："你们只到锅子争肉吃，你们几万人都守不住，我一个人怎么抢得回？难道我是哪吒，是孙悟空有七十二变？"

何元仑望着震怒的刘光南，不敢作声。不过他深深知道，刘光南如此生气，正因为他对家乡有一片深深的爱，这种脾气，是怒其不争，正像父母对待不争气的子女一样。如果是不肯帮忙，如果是隔山观虎斗，那他完全可以漠然以对，有一千个不管的理由。聪明的船夫看到了夺回码头的一线希望。但也仅仅是一线而已。

良久，何元仑才说："前辈息怒，听我解释一下。"

何元仑见刘光南没有作声，便说："我们一年只有在端午节后能放一个月的毛板，放一个月之后，码头没人把守。而徽帮人做的是盐、茶叶这些生意，是常年需要码头的，久而久之，就把码头给占了。"

刘光南说："既是这样，抢回来又有何益？等毛板水一过，不又是别人的了？难道年年涨毛板水就抢码头？"

何元仑说："前辈说得好，我们正在组织毛板商会，只要这次把码头抢回来，以后由商会出钱，长年守住码头。毛板子们有什么困难，也由商会出面解决。包括小孩读书，我们商会自己建学校。"

刘光南瞅了瞅何元仑，见这个年轻人目光炯炯，是个干事的人，不是什么奸诈之徒，便决心要帮他，帮一帮处于困境中的老乡。但他也没有想出个好法子。

刘光南说："码头现在归人家占着，你们当初也不过是占着，没有官方契据。总不能要我这个朝廷命官，去扮作强人，帮你抢回来吧？师出得有名，否则我不成强人了？我当强人，还打不过人家呢！"

显然，刘光南是愿意出面了。但怎样出面，却是一个问题。

这个码头本无姓，宝庆人占了叫宝庆码头，安徽人占了，可以叫作徽商码头。别的什么商见了，也可以叫作别的什么码头。

何元仑忽然灵光一闪："前辈，这徽帮，不但不准我们宝庆的毛板子停靠，还不准别的所有船停靠，我听徽帮的头头曾经扬言'纵使皇帝老子的船，也不能到我们的码头停靠！'"

"反了！"刘光南一拳砸在茶几上，那只盖碗茶杯被震得滋滋滋响。

显然，何元仑的话也深深激怒了他的这位老乡前辈。

三

此后一天，大清侍读学士刘光南的官船到武汉三镇巡游了一番后，来到了汉口汉正街宝庆码头，意欲从这里登陆上岸。

所谓"普天之下，莫非王土"，朝廷命官的官船，哪个码头不能停靠？哪个敢阻挡？那真是活得不耐烦了！

可刘光南的官船一靠近岸边，刘光南从船窗里望去，只见码头上徽帮如临大敌，数名着短衣的大汉手持长长的撑篙守在岸边。船长张包身着官服、头戴官帽走出船舱，大声喊话："宝庆码头上的人让开，这是朝廷侍读学士刘大官人乘坐的官船，马上靠岸，请让开！"

码头上的汉子答道："这是我们徽商的商用码头，刘大官人的船请到官用码头去停靠。"

侍从提高了声音："大胆狂徒，岂不闻'普天之下，莫非王土，率土之滨，莫非王臣'吗？你们胆敢阻止官船停靠，就是谋反！你们不要命了吗？"

"我们不是阻止官船停靠，刘大官人是宝庆人，他到这里停靠并非官事，其目的是想帮'宝古佬'抢我们徽商的码头，我们坚决不能让！"

官船上只有十几个人，官方保卫人员只有四人，虽持有火枪，但显然不到开枪时候。并且一旦开枪怕发生意外。

刘光南下令："泊船！"水手们于是有的拿锚，有的拿缆绳，准备往岸上抛。可官船一靠岸，守在岸上的徽帮水手持长长的撑篙，硬是将官船撑开了。

刘光南沉住气，低声喝令："再泊！"船长张口欲言什么，刘光南不看他一眼，只低声又喝了一声："泊！"于是官船向岸边快摇了一把，水浪让官船颠簸了一下，刘光南桌上的盖碗茶里的水漾了漾。只听岸上一声喊："撑！"三支撑篙又一次牢牢地抵在了官船上面。

"好，我看你徽帮有多大势力！"刘光南鼻子里哼了一声。

刘光南下令："转泊集家嘴码头！"

官船离开宝庆码头的时候，刘光南看到码头上几个人跳起来欢呼："'宝古佬'跑了！"

刘光南狠命地在茶几上一拍："真是反了！！"

## 四

汉阳知府陈炳庆获悉刘光南的官船在宝庆码头被撑开，情知势态严重，无论如何，这都是他不尽责。如果刘光南到嘉庆皇帝那里参他一本，他这个知府是吃不了兜着走的。

无论如何，也不能在他的辖区内发生这等忤逆朝廷大员的大事，弄得不好，他这个知府也是可能被杀头的。

他正准备到集家嘴码头去接的时候，刘光南和几个随从已到了知府大院。

陈炳庆忙跑出来，翻身便拜："让刘大人受惊了，请大人恕罪！"

在知府议事大厅落座后，陈炳庆召集知府几个主要官员到了议事大厅，他们一个个神态严峻，却又各自心怀鬼胎。

陈炳庆说："刘大人在我们汉口泊船受阻，这是我们汉口的耻辱！也是我们这些职事人员的严重失职，首先，我代表汉阳对刘大人一行表示深深的歉意！"说着站了起来，其他的官员也都站了起来，好像是发生了死人事件一般，向刘光南鞠了一躬。

刘光南欠了欠身，双手平举，做了个请大家坐下的手势。

陈炳庆坐下来，继续说："现在我们要商量一个解决的办法，徽帮这样横行下去肯定是不行了，一定要严惩，到底如何惩罚，请大家出出主意。"

司马应声说："我看把那几个撑篙的抓起来，打入死牢。胆敢对抗朝廷命官，就该严办！"刘光南看了他一眼，司马马上垂下了眼睛。

刘光南知道，这人看似尊重朝廷命官，实际上是想偏袒徽帮。官商勾结，还不知有多少府里的官员是徽商的后台。利益纠葛，千丝万缕。汉口这个江湖可能比他这个京官想象的复杂得多。

显然，司马他想抓几个人了事，绝口不提码头的归属问题，避重就轻。

刘光南想，人固然要抓，但那几个人也罪不至死，顶多关几年了事。这对徽商无伤无损，码头还是徽商的。

当然，通常情况下也只能这么处理了，算是对上面有个交代，上面的官员也好就台阶下坡。

刘光南不作声，示意下一个发言。

典史说："我倒有个意见，人固然要抓，这个很简单，也不是关键问题。据我所知，宝庆码头原是宝庆人出钱建的，那里原是一片不毛之地。现在那码头重要了，徽帮就趁宝庆帮不在的时候，把码头占了，这是赤裸裸的打抢。这也关乎宝庆帮一干人的稳定问题。现在宝庆帮在汉口有几万人，一旦闹起来，那也麻烦蛮大的。"

刘光南点了点头，表示认可。

与会的官员就都知道刘光南真实的意图了。

司马立即发言反驳："这个与码头归属无关，我们指着盘子管肉，不要扯远了。现在徽帮的几个水手，武力阻止朝廷的官船靠岸。我看关键还是抓人，严惩犯罪分子。把他们的嚣张气焰打下去。"

司马说得滴水不漏，但就是不顺着刘光南的意思走。

刘光南就知道，这司马肯定不是什么"好鸟"，而是徽商利益的代言人。

典史说："司马此言差矣，如果不从根本上解决问题，类似的事还会发生。今天之所以发生这样的恶性事件，就是因为徽帮非法强行占领宝庆码头，他们神经过敏，生怕官船一靠岸，宝庆帮的船也可以靠岸。刘大人是宝庆府人，他的船一靠岸，码头就改姓宝庆了。他们这种神经过敏，正是今天阻挠官船这样恶性事件的根本原因！"

典史一针见血，高屋建瓴，颇有针对性，完全把司马的话给顶了回去。刘光南以为他是个"宝古佬"，可又说着一口不知是哪儿的地方腔。他为什么要帮"宝古佬"呢？

刘光南后来才知道，原来这个人是"宝古佬"的"郎牯子"（湖南方言，女婿）。

司马高参气得面红耳赤，鼻子里"哼——"了一声，说："你有什么证据证明宝庆码头是宝庆人自己建的？"

典史说："我是掌管文史档案的，对此我当然清楚。"司马高参正想还口，陈炳庆说："你们两个别争了，听听其他人的意见。"

剩下几人有的微笑，有的点头，有的说："还是听听刘大人的意见吧！"

刘光南说："好，我谈个意见。刚才两位发表了不同意见，我都认真听了。大家都是从维护朝廷利益出发，我觉得很好。典史的意见说得很好，徽帮胆敢作乱，其根本目的在于想长久占住宝庆码头，做贼心虚。如不让宝庆帮收回码头恐怕两帮争斗会很严重，后果不堪设想。当官不为民做主，不如回家卖红薯。我的意见，把那几个闹事的人抓起来，严加审理，决不容许徇私舞弊的事发生。明天就将宝庆码头还给'宝古佬'，划好地界，明确界权，以免以后生事。"

会场死一般寂静。

司马几次欲言又止。但他明白，如果公开得罪了皇帝身边的这位侍读学士，是不会有什么好果子吃的。何况，典史已将道理讲得那么透彻。再争，就明显是偏袒了。

陈炳庆说："那就这样，以刘大人意见为准。至于地界，我想也劳刘大人亲自划定，以射箭的方式确定。刘大人到码头中心点，向东、西、北各射一箭，以箭落点为界，如何？"

刘光南大声说："好！"

## 五

人间四月天。

宝庆码头上，长江的风阵阵从江面上吹过来，把人的头发吹得飘飘欲飞，煞是凉快。码头上人山人海，有来乘凉的，有来找脚力活的，有来散心的，但更多的人是来看大官的。听说皇帝身边的侍读大学士要来亲自搭弓射箭，确定码头地界，都想一睹侍读学士的风采。当然，码头上更多的是宝庆帮人，何元仑起码组织了六七百人，还有一支龙队，一支锣鼓队，吹拉弹唱，蹦蹦跳跳，甚是热闹。更多的是水手，他们身着短衣，一个个显得健壮有力，他们散在各处，一堆一堆的。他们一来高兴，二来也是为了防止徽帮闹事。不过，徽帮没来什么人，只有十几个家属，他们眼含不满，等待着见证即将发生的一幕。码头上还站了很多团防局的人，他们身着官服，手持火枪，排着笔直的队伍，一个个目光炯炯。那些不满的徽帮水手，远远地望了望就走了。

团练人员全副武装，排成两列，江风吹得他们深灰色的服装猎猎作响。上午十点左右，刘光南和陈炳庆等的马车先后在汉正街的街口停下，两列团练人员两边的民众人声鼎沸。领头的团练人员大声呼叫"长官好——"，陈炳庆做了个"请——"的姿势，刘光南气宇轩昂地走在了队列之间，就像检阅军队一样。两边的民众一个劲地欢呼"学士好！""学士万福！"

看着欢欣热闹的民众，刘光南内心微微地激动，民众是爱皇帝、爱朝廷的，身为朝廷官员，应该多深入民间、深入百姓啊。自己居庙堂之高，虽也忧国忧民，又有几次与民众零距离接触了呢？他不断地向两边的民众挥手致意，只要他目光所及，就都是热情的笑脸。

他满面春风地朝前走着，一会儿便走到了宝庆码头临江处。那里有一张四方桌，四方桌上摆着一把弓、三支箭。他不觉心里有点儿紧张，不为别的，只为他牵挂的遥远的梅山，为了他心中的"宝古佬"。他们不远千里，历尽九死一生，来到这里谋生不容易啊。如今这三箭，可不是一般的三箭，是决定"宝古佬"们生存范围的三箭啊。

陈炳庆双手压了压，提高嗓门说："各位民众，各位乡亲！经郡府研究，今天汉口郡府正式划定宝庆码头的边界，以刘大学士的三箭落点为界，界内为宝庆码头范围，由宝庆商人管理。不得再起纷争，违者严惩不贷！下面，请刘光南大学士射箭为界！"两边民众中响起了热烈的欢呼声。

刘光南额头上微微沁出汗珠，他打了个拱手，向四面八方转了一圈。然后拿起了弓和箭。

何元仑早就安排好了人，配合郡里的公人守在三个角落。此时，他看到刘光南拈弓搭箭，心顿时提到了嗓子眼。

这真是一箭定乾坤啊！

只见刘光南将弦张得满满的，可能由于过度紧张，手心微微冒汗。"嗖——"的一声，离弦之箭向北飞了出去，箭头在不到两百米的地方掉了下来。但还有很多人喝彩。刘光南有点遗憾地摇了摇头。

　　他再次拈起弓，张满弦，只听"嗖——"的一声，箭簇就像带了动力一般向南飞呀飞，一直飞到板厂区，落到一个板屋顶上。守在那里的"宝古佬"顿时欢声雷动，两个公人匆匆赶来，用石灰画了线。

　　刘光南第三次拈起弓，此时，他的额上、脸上沁出了细密的汗珠。他顾不得去擦，把弓头对向西面，把弓张到最大满度，似乎要把弓拉断，又仿佛这位侍读学士真的把吃奶的力气都要使出来。猛然间，最后一支箭离弦了，向西飞去、飞去，所有人的眼光都聚在天边那支飞行的箭上。那支箭足足飞了几百米，才像耗尽了体力的鸟儿栽倒在地下。"宝古佬"们腾地欢呼！咚咚咚仿佛要把地壳跳破。几个公人带石灰划好线、打好了桩。因为公人打的是木桩，"宝古佬"们生怕有变似的，在木桩旁边又加了一根两丈多深的铁桩。几个人轮番下锤，直打了半个多小时才将铁桩打下去。

　　刘光南放下弓箭，拿起毛笔，饱蘸墨水，在三块木牌上各写下"宝庆码头"四字，每一块都写正反两面。刘光南书法遒劲有力，围观官员无不称奇。在官府人员的见证下，何元仑命人将三块木牌界碑埋入箭落地点深土层内。从此，宝庆码头的势力范围划定了。

　　"宝古佬"们高兴得就像过节一般。

　　杨海龙知道此事后，特意从益阳去汉口看望何元仑，他竖起大拇指赞道："后生可畏！后生可畏呀！你为汉口的'宝古佬'立下了千古功劳！宝庆帮是不会忘记光南学士和你的。"

此时的杨海龙早已发了大财,在洋溪买了四百多亩田,后来定居益阳,在益阳买了四十多栋铺,几百亩湖田。

嘉庆二十三年(1818),已在益阳建了五进两层房子、定居益阳多年的杨海龙举行了隆重的七十大寿生日宴。十多个房间里,每间屋子里摆四桌,还在屋前的坪地里摆了二十多桌。乡亲邻里、放毛板的同行、地方乡绅、地方官等都来祝贺。鞭炮声从前一天下午响起,一直到生日的当天上午,除了晚上的时间,几乎就没有断过。院子里搭起了戏台,戏班子百十号人,轮番上台表演节目,一时间热闹非凡,一个人的生日成了众多人的节日。陈冬生带了一班兄弟从新化专程赶来祝寿,正儿八经、毕恭毕敬地行了祝寿之礼。何元仑带领已在汉口定居的几十个毛板兄弟专程赶到益阳给舅舅杨海龙祝寿。另外也有人专程从宝庆府赶过来。

宴会开始之前,在何元仑的主持下,杨海龙发表了讲话:"各位父母官、各位乡绅、各位乡亲、各位水上兄弟,大家中午好!"

宴会现场响起了热烈的掌声。

杨海龙接着说:"我从二十岁开始水上漂,风里浪里,雨声涛声,摸爬滚打,坎坎坷坷,九死一生,凡五十年。这五十年,是梅山航运飞速发展,产生了世界性变革的五十年,也是梅山经济,包括上梅和下梅发展最快的五十年。五十年来,梅山地区的老百姓由填不饱肚子,由一部分人卖儿卖女,发展到大多数人有饭吃,很多人吃得饱,一部分人吃得好、过得滋润。我们七山二水一分田的梅山,用一分田养活了这么多梅山人,这是个奇迹!这个奇迹的产生,归功于资江航运,并不夸张地说,很大程度是归功于毛板船的。"

会场顿时响起了一片欢呼声、尖叫声，"杨公威武！""杨公伟大！""杨公是梅山的骄傲！"

杨海龙微微含笑，摆了摆手，说："现在，梅山的资江航运整体形势大好，特别是毛板船，打烂船的比率越来越小，死亡率越来越低，每年放到益阳、放到汉口的毛板船不断增多，梅山地区的经济总量也越来越大，我们的日子越来越红火、越来越平安了！"

会场又响起一片尖叫声、欢呼声，"托杨公的福！""杨公长命百岁！""杨公再活五十年！"

杨海龙又微笑着摆了摆手，说："世界上没有不死的人！人生七十古来稀，我杨海龙托各位的福，活到了今天，七十岁了，我很知足！但是，仅仅我个人满足还不行啊，资江航运是我们梅山人共同的事业，这个事业做不做得好，关系到我们整个梅山地区的父老乡亲有没有饭吃或者吃不吃得饱的问题。搞航运，特别是放毛板有危险，但是自古以来，坐车搭船三分命，何况求财？自古以来，财富险中求。只是，我们要尽量熟悉资江的水文特征，行船要胆大、心细、手脚快，只要我们用心、用力，风险也是完全可以规避的！我杨海龙五十年来，身经千战，现在不是活得好好的吗？"

会场又是一片欢呼和尖叫，"向杨公学习！""学习杨公好榜样！""祝杨公身体健康……"

有一桌的一个人说到一句话的时候，"扑哧"一声笑了起来，全桌的人也都捂嘴而笑。

那人小声说："祝杨公身体健康！屌崽梆硬（新化土话，硬和康的韵母都是ang，所以这句话在新化土话里是押韵的）！"

一桌的人都乜斜着那个说话的人："这样祝贺杨公，也太不尊重了吧？"

那人一本正经地说："如果杨公的屌崽还能够梆硬，那难道不是身体健康的一个重要标志吗？"一桌人有的鬼笑着，有的点头表示认可。

杨海龙继续充满激情地说："我们的资江航运，除了要注意安全，现在最重要的，是要注意相互帮助，拧成一股绳，抗击风浪、抵御外侮！现在，毛板行业越做越大，每年放到汉口去的毛板船有千多艘，放到益阳的就更多了。为了让大家互相帮助，共同把生意做大做好，我今天正式提议：成立梅山毛板公会！我杨海龙将把益阳的十二个铺面、四十亩湖田捐出来，作为毛板公会的基金！"

这时，所有的人都站了起来！水手们一拥而上，抬起杨海龙。室外鞭炮齐鸣，戏班子吹起了鼓乐！宴会的人们，情绪到了狂热的程度。

水手们把杨海龙放了下来，杨海龙顿了顿，说："我举荐两个人负责毛板公会，陈冬生当会长，抓全盘工作，主要负责益阳毛板船，何元仑为副会长，主要负责汉口毛板船。"

人们又是一阵欢呼！

从此，毛板行业与从业的船工水手有了组织，对行业的发展与员工的福利保障起到了很好的作用。一种新型的资本家与员工的关系有了形而上的协会制度层面的保障。

# 第九章　丙辰盛会

一

自刘光南以射箭的形式划定宝庆码头的界线之后，特别是毛板行会基金成立后，"宝古佬"在汉口过了一段相对"安稳"的日子。但面对"肥沃"的码头，徽帮商人怎能安坐如山？围绕着码头，两帮商人的打斗依然不断。

这时，已过了古稀之年的何元仑，身体依然硬朗，他谋划着再次借官府之势，打压徽帮。

咸丰六年（1856）农历六月中旬的一天，一个令人振奋的消息传到汉口宝庆会馆。

这天午牌时分，毛板船大佬之一的曾河帮兴冲冲地来到宝庆会馆，一把推开会长何元仑居室的门，何元仑等七八个人正在讨论如何对付日益逼紧的徽帮。何元仑一抬头，看到兴冲冲的曾河帮，正要发问，曾河帮开口了："会长，好消息！"

"什么好消息？坐下慢慢说。"

靠门边的那几个人挪了挪座位，曾河帮就势坐了下来，说："刘长佑和曾国荃这个月要路过汉口。"

"他们是来打石达开的吧？"何元仑问。

"莫非是专门来给我们宝庆帮撑场子的？"何元仑笑道。

"是途经汉口，到江西去援助曾国藩的。"

"消息确切吗？"

"你看，这是我堂弟托人带给我的信，我堂弟曾海帮在刘长佑手下当副营。"

刘长佑（1818—1887），新宁县人，字子默，号荫渠（也作印渠）。于道光二十九年（1849）获得拔贡后，受曾国藩的影响，在家乡办团练。1852年以拔贡随江忠源率乡勇赴广西镇压太平军及天地会起义。次年春因扑灭浏阳征义堂会众起事，擢知县，旋升同知。江忠源战死庐州后，1856年1月刘长佑任补用知府，镇压文东天地会起义军余部于湖南临武后，官加江西按察使。

刘长佑和曾国荃为什么要去救曾国藩呢？

原来，1851年太平天国运动爆发后，清廷无力应对，令各地在籍官员组建团练，就地狙击太平军。1853年，在家丁忧的曾国藩，被咸丰任命为团练大臣。曾国藩先组建湘勇，不久，咸丰突破不能让汉人拥有兵权的"祖制"，令其将湘勇改为湘军，正式让曾国藩掌握兵权。1854年，曾国藩率一万七千余人，踌躇满志与太平军首战靖港，结果惨败后想自杀，被部下救起。

1855年，曾国藩率水师进军江西湖口，再次惨败，而且湘军水师又遭到偷袭，连船上的管驾官、监印官都阵亡了。曾国藩仰天长叹，再次跳江要自杀，又被部下救起。

咸丰六年，石达开进攻江西，这时罗泽南卒于军营中，曾国藩坐困南昌。

湖南巡抚骆秉章即命刘长佑率萧启江等军五千楚勇由湖南入江西，准备援救曾国藩。而从湖南走水路到江西，必经过汉口。

何元仑大喜："真是天助我也！"

刘长佑率五千楚勇到达汉口的当天晚上，何元仑备着厚礼去拜访刘长佑。

双方相见礼毕，入座。刘长佑热情地说："长辈在汉口为宝庆帮操劳，劳苦功高，又建设学校，扶贫济困，德高望重。有什么需要晚辈出面的，尽管吩咐，不必客气，晚辈当尽犬马之劳。"

何元仑此时虽七十多了，头发花白，但精神矍铄，目光炯炯。他打了个拱手，客气地说："咱们宝庆帮是一家人，在将军面前我就不讲客气了。"

何元仑望了刘长佑一眼。

刘长佑说："先生只管讲。"

何元仑说："实不相瞒，我们与徽帮到了水火难容的地步。当年刘光南学士背靠汉水，以三箭划定了宝庆码头的势力范围，我们过了几十年好日子，建了宝庆会馆，协助汉口湖南商会办了旅鄂中学，我们自己办了旅鄂小学。宝庆帮人士在汉口可以立下足来了。但徽帮怀恨在心，时时觊觎着得而复失的码头，妄想将宝庆码头再夺回去。实话跟将军说，我们宝庆人最不怕的就是打了，那些个水手，个个有一身蛮力，有一身武功，三五个人拢不得边的。有的人打架就像吃腊肉,隔三岔五不打一架还手痒呢。要打,我们肯定不怕。但是,我们出门千里只为财,并不想开杀戒。将军来了,听说曾国荃将军过两天也会到,如果您和国荃将军能屈尊光临我们宝庆会馆,让徽帮人看一看,将军威武,我想徽帮人也会看之胆寒。所以,老朽此番打扰,意在请将军您和国荃将军光临寒馆,为宝庆人一壮声威!"

刘长佑狠命地吸了两口老旱烟,抬起头说:"前辈啊,你的想法我能理解,但我的队伍是奉湖南巡抚骆大人之命,去江西打太平军的。如果不打太平军,倒帮你打徽帮去了,传到朝廷,或者只要传到骆大人那里,我还有命吗?何况,徽帮有个重臣李鸿章,可是皇帝身边宠臣,他也决不会坐视不管。如今太平军匪患厉害,朝廷难以对付,所以才允许私人练军杀敌,但朝廷对我们这些私人武装是又要用,又要防。我们是不敢轻举妄动的。朝廷只希望听到我们打败太平军的消息,一旦听说我们作乱,或参与地方派系斗争,势必对我们赶尽杀绝。所以,前辈,什么忙都好帮,唯独这忙帮不了啊。"

刘长佑讲得在情在理,令人难以强人所难。一般的人听了这话,定会知难而退。可何元仑想,如果三两句就把我打发走,那我还当什么会长,当什么"宝古佬"的头啊?还怎么为几万在汉口的"宝古佬"服务啊!况且,两路老乡将军会集汉口,实乃千载难逢之机会,不能错过,千万不能错过。纵使不能借力,借借势也好啊!

何元仑沉吟了片刻,说:"将军啊,说白了,将军只需帮我们站站台、撑撑腰,并不敢劳将军的队伍亲自动手。只要让徽帮知道我们有这么强大的背景,来个不战而屈人之兵。我们也就满足了。"

刘长佑抖抖烟管上的烟灰,颇为疑惑地问道:"前辈,怎么个不战而屈人之兵？只要你们在打架，只要打架时我的队伍到了你们打架的地方，徽帮的人就可能告状，说我的军队帮着打商人。一旦受到皇上怀疑，我就性命难保。前辈，伴君如伴虎，我们这样的地主私人武装是一点乱子也不能出的。"

何元仑没想到刘长佑如此谨慎，胆子简直比读书人还小，想得比妇人还细、还周全啊！这样的人居然还能带兵打仗？又想想，也许正因为如此稳妥，才节节高升吧。

何元仑抽着闷烟，把烟袋子抽得吧嗒吧嗒响，没有作声。

刘长佑望着何元仑，也不作声。显然想不出办法来。

何元仑忽然把烟筒戳到地上，说："这样吧，将军也不用带兵去，就你一个人单枪匹马到我宝庆会馆坐一坐，这难道也不可以？难道徽帮也会告状？只要将军来了，难道我宝庆会馆不会眉毛长三分？"

刘长佑点了点头，说："长辈是想长三分眉毛呢？还是想达到什么实质性的目的？如果只是长长眉毛，我看就没必要了。如果想达到什么实质性的目的，我再想想这样做有没有用。如果有用，那么晚辈当然在所不辞。"

何元仑又抽了两口老旱烟，说："老乡面前不说假话，嘉庆十一年（1806）农历五月十八，距今已整整五十年了，那时，我还只是一个二十多岁的小伙子，初出茅庐，我去请路过汉口的刘光南学士帮忙。刘学士背倚汉水，向东、南、西三个方向各射了三箭，划定了宝庆码头的地盘，并亲书界碑，让宝庆码头重新回到了宝庆人手中。这是刘学士的大功大德。可惜，只过了两年，刘学士就因病去世。刘学士去世后，徽帮再起拱子（湖南方言，捣乱），以界线不分明为由，经常在我宝庆码头边界挑起纠纷，三天一小打，五天一大打。争吵从来也没有停过。五十年来，每年要死个把人。我想只要将军肯光临宝庆会馆，我们宝庆帮人一定会精神倍增，趁势稳固地盘。"

"何会长真是老当益壮！可敬！可敬！"刘长佑说，"前辈的精神真让晚辈佩服！这样，过两天曾国荃到了汉口，我立即跟他商量！如果他答应，就我们两个一起来。他人很爽快，应该问题不大。"

刘长佑声如洪钟，何元仑听得额头发亮。

何元仑旋即露出疑惑的表情："曾国荃这几天可到？"

刘长佑说："应该过两天就到了，他也是奉骆秉章之命，赴江西援助他哥哥曾国藩的。"

原来，湖南巡抚骆秉章还命曾国藩的弟弟曾国荃弃文从武，援助哥哥曾国藩。

曾国荃（1824—1890）字沅甫，是曾国藩的胞弟。在家中排行第九，五岁即入其父所执教之私塾，十七岁进京在曾国藩身边学习，后又师从湘军统帅、大儒罗泽南。湖湘文化独特的理学传统和经世风气，以及曾国藩的言传身教，都对曾国荃政治理念的形成起到了极大作用。

曾国荃"自谓是笃实一路人"，把治国经邦作为人生追求。但是他的科举之路却很不顺意，咸丰二年（1852）刚刚被选为优贡，就碰到太平军打进了湖南。曾国藩被要求在长沙组织团练，对付太平军。在曾国藩"道途久梗，呼救无从，中宵念此，魂梦屡惊"之际，曾国荃受湖南巡抚骆秉章之命，投笔从戎，招募三千湘勇，正要赴江西援助兄长，也是走水路途经汉口。两军即将相会。

何元仑一听，心想：这曾国荃真是一员猛将啊，区区三千湘勇，就敢千里奔波去打长毛，真是勇气可嘉、可敬啊！

何元仑听得唏嘘再三，感叹说："真是天助我也！"

## 二

据《汉正街志》（湖北人民出版社2009年12月出版，陈佑湘主编）记载，道光二十八年（1848），湖南新化籍商人何元仑主持在正街南侧、汉水岸边（即后来的板厂二巷）建宝庆会馆。

宝庆会馆的前身是何元仑的宝庆旅店，由于何元仑为人慷慨，名为旅店，实际上常常免费接待宝庆府来的老乡，管吃管住。多少初来乍到的"汉漂"，从这里迈开了发财梦的第一步。

有一次，一个新化秀才搭毛板船来到汉口，那时，只要有熟人，搭个把人到汉口是不收钱的，不但不收钱，还可以免费跟着一起吃饭。毛板船上伙食不错，有鱼有肉，还有鸡。客人其他菜可以乱吃，就是吃鸡要讲究一点，鸡头只能是舵工师傅吃，尽管有的人不喜欢吃鸡头，但吃鸡头在船上象征着一种地位，如果吃错了，舵工师傅可以把你赶下船。如果是水手吃错了，那你别想再干这个行当了，因为你连起码的规矩都不懂。

这个秀才还算懂规矩，没在船上穷吃饿吃，一路颠簸，受尽惊吓，总算平安到达汉口。但他身上只带了二两碎银子。入住宝庆旅店时，见他用新化话一再问房间的价格，知道他囊中羞涩，便免费安排了一间房子长住。秀才本是想到汉口来"找工作"的，结果这里"工作"不好找，大量需要的工种是从码头上挑煤炭上岸的挑夫。可秀才肩不能挑，手不能提，一直住了一个多月也没有找到工作。何元仑便安排他教孩子们认字读书。

新化人都认为汉口有钱赚，一些有点关系的便不断搭乘免费的毛板船来到汉口。凡是来求住者，何元仑一律免费安排吃住，不管住多久，都一样热情接待。

甚至有举人进士也搭"便船"。当然，他们到汉口后，会受到何元仑热情接待。

随着来汉人数的增多，何元仑干脆将旅店捐献出来，同时发起募捐，建成宝庆会馆。

随着来汉人数增多，还出现了一个新的问题：子弟上学问题。毛板公会对家乡耆宿提出的办学请求，一律予以支持。然而，有很多在汉口出生的宝庆后代，求学无门。

何元仑想，必须聚众人之力，办一个会馆，把学校也办在一起，一揽子解决旅汉宝庆人的后顾之忧。让大家在汉口找到家的感觉。

于是，何元仑以毛板公会的名义，邀请在汉口的毛板新"土豪"，他们是新崛起的汉口上流社会人物，还邀请了其他行业的宝庆"成功人士"，举行了一次募捐大会。

何元仑是毛板公会汉口负责人，众所周知，他还是刘光南学士"三箭定界"的主要谋划者，慷慨仗义，在汉口的宝庆人中，可谓德高望重。因此，他一呼吁，立即得到了众人的积极响应。

他用自己的钱，办了三十桌酒席。酒席开始前，何元仑做了鼓舞人心的动员。

毛板兄弟们、来自宝庆的各位乡亲：

我们不远千里，从家乡宝庆，"骑风破浪"来到汉口闯天下。现在，我们宝庆人在汉口少说也是"三分天下"，乐观一点估计可能占了半壁江山。我们在汉口的人数，比新化整个县城的人数还要多。这是梅山地区从来没有过的辉煌，这注定在梅山的历史上，要写下光辉的一页。航运事业是我们梅山地区古已有之的事业，但自从毛板船发明以来，我们梅山地区的航运事业，就一直在书写世界航运史上的奇迹。哥伦布航的是海，听上去比我们牛！麦哲伦航的是海，听上去比我们牛！郑和航的是海，听上去也比我们牛！但是，请兄弟们想想，他们造的是什么船？他们用的是谁的钱？我们造的是什么船？我们用的又是谁的钱？我们全部是凭自己的力量，用我们自己的钱！这还不算，他们的船装了什么？装了人，装了瓷器，装了大米，装了吃的用的，我们的船装了什么？装了几十吨，甚至一百多吨的煤炭！如果他们的船也装这么多煤炭，那他们试试？因此，我们同时在书写梅山历史上的辉煌，我何元仑可以说句吹牛的话，梅山的历史上，从来没有今天这么辉煌过！兄弟们！乡亲们！你们难道不感到自豪吗？

会场响起了一阵热烈的、经久不息的掌声，有的把礼帽抛到了空中，有的把礼杖（其实也是拐杖，因为是有钱人所挂，又做得比较漂亮，就被称为了礼杖）丢到了空中，有的甚至脱掉亮光光的靴子抛了起来！

会场沸腾了！

何元仑微微一笑，接着说：

在家乡，只要周围有几千人的同姓，就要修一座祠堂，因为有了祠堂，才能立规矩，有了祠堂，才好订规矩，有了规矩，才有一个好的秩序。祠堂的作用实在是太重要了，它是同族人惩恶扬善的依托之所。现在，我们在汉口宝庆同乡已有数万人之多，可是我们还没有一个地方聚会。来汉口的宝庆人五名杂姓（湖南方言，五方杂处的意思），我们不建祠堂。我们是为了共同富裕，为了梅山人都有口饭吃，才到汉口来了。我们的根相同，脉相近，目标一致。如果按照老家的规矩，我们这么多人，建十个祠堂也不算多。但我们只建一个，不建祠堂，建会馆。并且要把那汉口最豪华、功能最齐全的会馆，建成我们宝庆人的家，建成我们宝庆人的脸面！

会场又是一片欢呼雀跃！所有的人都使劲拍掌，很多人站了起来，向何元仑伸出了大拇指。

建宝庆会馆，也是为我们的后人立业。我今年六十二岁了，如果死了也可以称得上是"老大人"了（笑，众也笑）。但毛板事业是子子孙孙要做下去的事业，我们很多在汉口的宝庆人是要在这里安家立业的。所以我们要像建设家乡一样建好宝庆会馆。为了建好宝庆会馆，我带头把整个宝庆旅馆全部捐出来给公家，我也希望在座的各位也献出自己的一片心意！我代表在汉口的几万宝庆人向各位鞠躬致谢了！

说完，何元仑向大家深深鞠了一躬。

会场顿时响起了热烈的掌声！

"我捐一千两！"

"我捐三千两！"

"我捐八千两！"

…………

大家纷纷举手，响应何元仑的号召。

建宝庆会馆的资金筹集非常顺利。

两年后，即道光二十八年（1848），是农历戊申年（猴年）。中秋节这天早晨，何元仑步行来到刚刚落成的宝庆会馆。六十四岁的何元仑头发乌黑，就像原始森林一样浓密发亮。他中等身材，走起路来，踩得地咚咚作响。双目炯炯有神的他，看上去只有五十多岁。

宝庆会馆主体建筑前后三进，设有议事大厅、办公楼，及旅汉学堂，是当年汉口最气派豪华的商帮会馆之一。

旅汉学堂比一般的私塾大得多，可以容纳两百多人上学。在学堂就读的以童生为主，从几岁到三十多岁的都有。在学堂教书的都是家乡的秀才，还有少量的举人。

从宝庆府来，路过汉口的举人、进士也被邀请讲学。还有少数考武举的，宝庆会馆不时邀请梅山武术名师来汉口保家镇宅，同时，也请他们教考武举的学生习武。

望着新落成的这座立于汉水边上的宝庆会馆，何元仑心潮澎湃，感慨万千：成千上万的宝庆人终于在千里之外的汉口有个家了。

他感到身上的压力不小，要与全国这么多商帮在这九省通衢的汉口争食，分得一杯羹吃，没有几分蛮劲可不行啊。不做几桩恶事没人怕，不做几桩好事无人奉。与外帮斗，要敢做恶事，内部管理，要多做好事，要能为船民做主。何元仑家里三兄弟，他排行老大。三兄弟从小以放洞舶子为生，他十二三岁就开始跟随舅舅杨海龙闯天下，开始沿资江、洞庭湖、长江摸爬滚打，有四十多年的经验，可谓是洞庭湖的老麻雀，经过风雨了。他在老家还经营着三条洞舶子，每年放三十几艘毛板下来，积攒了雄厚的资本。现在，会馆建成了，大家要选举他当会首，他也不想谦让，如果谦让兄弟们也不会答应的。

"老大好！""何老大好！""何老大好！"……会馆门前，已经来了不少在汉口赚了钱定了居，却依然有一颗新化心的"宝古佬"。他因为在三兄弟中排行老大，大家也都顺着称他"何老大"，既有尊称他为宝庆府在汉口的老大、领头人的意思，也有把他当作兄弟，称为老大的意思。他对这个称呼非常接受，觉得恰如其分。

一共两层的宝庆会馆，屹立在汉水边上，像一座豪华的私人别墅那样优雅安静。也像是远在新化县城之外的另一个县政府，统领着漂泊在汉口的成千上万，最多时达五万之众的新化人口。它是宝庆人在汉口的心脏。

一步一步踏上二楼的议事大厅，何元仑觉得有千万双眼睛在注视着他，千万颗心脏与他紧紧相连。他觉得肩膀上的担子千斤重，但他也觉得这份责任无上荣光。六十四岁的何元仑觉得自己不是正在步入人生的暮年，而是一步步迈入人生的佳境。

会议开始了，一百多名宝庆籍财绅身着长袍马褂，或头戴花钱捐来的顶子，或嘴衔全银、全铜做的烟斗，或双手交叉在背，满面红光、大模大样地来到了议事大厅。虽是普通的中秋节，却比春节还热闹、隆重。与何元仑的名字一样，这是一个开纪元的日子。

在成立大会上，何元仑发表演讲。

毛板兄弟们！宝庆老乡们！

宝庆会馆今天终于落成了！这是我们梅山历史上的一件大事，这标志着古老、封闭的梅山大地孕育出来的人，自从宋朝被王化以后，几百年来，梅山人终于走出梅山，在千里之外的汉口，拥有了一块"飞地"。

我们这块飞地，不是和尚信口说出来的。一个印度的和尚跑到杭州，看到一座山峰像印度的，就说是"飞来"的，于是把那座山取名"飞来峰"。

我们的这块"飞地"，却是我们几代梅山人风浪里摸爬滚打，在群雄争霸的汉口，在一片荒凉的地方，自己开辟出来的，从"虎狼"的嘴里夺来的。我们不但在这里立了足，而且很多人在这里发了财、建了房、娶了妻、生了子。在这里，我们有一个共同的名字——宝古佬。我们也可以骄傲地说："我是'宝古佬'！"但是，我们不能忘记，梅山永远是我们的家乡，是生我们养我们的地方，家乡的发展是我们共同的愿望，家乡的富裕繁荣是我们共同的荣光！"

会场响起热烈的掌声！

　　在外面糊口，我们要时时守住底线，守住我们最根本的做人经商的原则，只有这样，我们才能立于不败之地。

　　我们要以礼待人，不管对待何帮人，不管男女老幼，不论贫贱富贵，我们首先要待之以礼。哪怕是来者不善，我们也要先礼后兵，能够做到"以礼服人"，不战而屈人之兵，那就是最高的境界。

会场又一次响起热烈的掌声！但因为何元仑神情严肃，大家听得津津有味，入心入脑，会场并没有出现欢呼雀跃的场面。

　　我们要以武为帮。码头是用我们的双手打出来的，只讲礼是讲不出来的，有时一箩筐好话，不如一马棒！因此，武是我们立于不败之地的法宝，在这群雄争霸的汉口，没有武也是不行的。我们被称为梅山蛮子，我们不怕打。梅山武术源远流长，我们一定要发扬光大，不管考不考武举，我们都必须天天组织训练。训练也是一种宣示：梅山人是不怕打的，不怕死的你就打过来！

会场响起雷鸣般的掌声。一些年轻人还忍不住尖叫了起来。

　　我们要以智谋事。梅山人虽然武术高强，但我们好武却并不好斗。俗话说，争强好斗必穷，打架是要成本的，而且需要很高的成本。因此，武，只是我们最后的保障，要成事，还得靠智。以智谋事才是最聪明的。因此，凡遇事我们多在脑子里转几圈，不要仗着拳头硬，三句话喊打。今后，不管与哪帮，只要是先挑起打架的，我们要严惩！

　　总之，礼要服人，武要制人，智要取胜。胜者荣也，败者耻也。

会场响起经久不息的掌声。何元仑继续说：

　　我们的同乡要做到以勤持家，以业致富，以助为乐，以学为进。这些我相信大家都懂的，我就不展开讲了。

　　最后我强调一点：我坚决反对在我们同乡中产生不良习气，惰者耻也，盗者耻也，赌者耻也，吸鸦片者耻也！

财绅们相互望了望，有的笑了笑，有的伸了一下舌头。大家还是热烈鼓掌。

何元仑讲话虽然不长，却句句精辟，为宝庆商会、为"宝古佬"们定下了行事做人的底线和基调。

从此以后，在汉口的数万宝庆人有了一个规范化、制度化管理的"家"。

会馆统管"应山会""甲班公会""乙班公会""丙班公会"，还有"青红帮"。应山会负责管理会馆的收支。

据《汉正街志》记载，宝庆会馆的收入主要有会馆房产出租的租金，以及码头卸货的过磅费、码头管理费等。附设同乡互助会，集资入会，五块大洋为一份入会费，负责同乡间的互助借贷，每年清明聚餐一次。会馆的支出包括办公费，招待费，资助缺少路费的过境同乡，办学，救贫救孤，安葬鳏、寡、孤、独和路死街头者，节庆活动。争码头的开支大，是临时由会馆募捐的，不够时也由应山会开支。

甲班公会，负责各栈行装卸，所以甲班工人赚钱多。加入公会，叫买条扁担，要一百块大洋。进了甲班的人，就有钱吃鱼吃肉，打牌赌博，不赌的人，就是小康之家。

乙班公会，负责装卸纸张等，赚钱比甲班少些。加入公会，要五十块大洋买扁担。

丙班公会，负责装卸煤炭等脏活，赚钱也少。加入公会，不但不收扁担钱，公会还招待三天伙食。丙班工人挑煤一担可得六十文（六个铜板），当时流传一个顺口溜，叫"二米、三酒、六肉、十满足"，说的是丙班工人，一天挑两担煤的钱够买一升米，挑三担煤就有多的钱买一壶酒，挑六担煤就有钱买半斤肉，挑十担煤基本就够一家人的基本生活了。

三班工人经常因为争活路和外帮工人打架，会馆一般不参与，甲乙两班的买扁担费都用作打架时的经费，丙班工人打架靠的是人多势众。如遇外帮争码头械斗，则是全帮人齐上阵。

宝庆码头是老汉口众多的码头之一，从宝庆码头的史话，折射出老武汉码头文化的一个方面，今人可以从中发现老武汉人谋生的不易和武汉坚毅强悍性格的由来。

会馆是宝庆帮的管理机构，也是历次打码头的组织者。如果模仿今天的类似机构，可以将其命名为"梅山驻汉口办事处"，可简称"梅办"。

会馆聘请有庶务一人，管总务；管账一人，管财务；文牍一人，管合同契约、往来函件等。

值得一提的还有宝庆会馆的厕所。厕所不在会馆内，而是在会馆的旁边。厕所平时是不上锁的，向社会公众开放。

宝庆会馆有这么一条：不管何帮人士，不管有无姓名，只要是死在宝庆码头的地界上，就由宝庆会馆出钱安葬，这笔钱列入宝庆会馆的"财政开支"。当时有很多"汉漂"，衣食无着，老无所养，死无葬身之所。何元仑为怜惜这些鳏、寡、孤、独，制定出了这个"政策"。于是，有些外帮人士将一些将死之人，送到宝庆会馆的厕所内"方便"，就不管了。有些老病之人，拼尽最后一点力气，也要挪到宝庆会馆的厕所，以便自己老有所终。据史料记载，宝庆会馆每年要为这些人"买单"三百多人次，相当于平均每天一次。宝庆会馆的"财政"负担加重了，但其社会美誉度却大为提高。

打仗必须打正义之仗。所谓得道多助，失道寡助。这个世界上究竟谁怕谁？只有道高者、众助者才会占着心理上的优势。

现在，七十四岁的何元仑老当益壮，决定率领宝庆帮兄弟与徽帮决一死战，收复失地，扩大地盘。每天组织水勇操练，伺机而动。

三

咸丰六年农历六月的一天，曾国荃率领三千湘勇到达汉口。刘长佑与曾国荃会面后，即向他讲了何元仑邀请一事。

曾国荃说："老乡在这千里之外有困难，当然要去帮忙。怕个鸟，我曾国荃做事不喜欢前怕狼，后怕虎。"

"老九厉害，书生底子是将军！真的是块带兵打仗的料！"

"刘将军莫要夸我，其实我心里还有一个老算盘呢！"

"老九不妨说说？"

"刘兄想想，我哥训练了几年湘军，我哥严谨、克己、吃苦、恤下，'八本'作风众人皆知，由于不扰民，所到之处，深受百姓拥戴。军纪不可谓不严。湘军虽不敢与孙武相比，但也有戚家军之风。按说打败长毛贼不成问题。可为何与长毛几次交战，不但不赢，反而被长毛逼到要自杀的程度？"

刘长佑望着曾国荃，没想到老九这么直率、不掩饰，赤裸裸地把软肋暴露在他的面前。但刘长佑还是有所克制，不敢说得太直白，诸如"你哥跟你一样，本来就是个秀才"之类的话根本不好意思说出口，只好含糊其词地说：

"老九啊，胜败乃兵家常事，世界上没有常胜将军啊！"

"不！"曾国荃把纯铜的灯筒使劲往地上一敲，说，"老兄，湘军不习水战，长毛几次占上风，都是在水上啊！"

刘长佑如梦初醒："老九高见！"

曾国荃继续说："湖南人以前没几个在朝廷做官的，当个官也不吓人，都是文官。都是只顾死读书，没有把自己的有利条件用好用活啊！"

刘长佑点着头，但没有插话，显然，他想听曾国荃继续说下去。

"如今，正是要利用他们长处的时候，江南水多，熟悉水性。不把水勇招进我们的队伍，怎能打得赢长毛？我们如果水师不如长毛，无疑是以己之短，搏人之长，必死无疑。毛板船水手乘风破浪，智勇双全，如果能把他们招进来，加以训练，我湘军岂不如虎添翼？"

刘长佑佩服说："老九高见，看来，带兵也要读书人啊！"

刘长佑接着说："其实令兄在长沙之战失利后，已想到要造战船了。他曾说'船高而排低，枪炮则利于仰攻，不利于俯放。大船笨重行不方便，小船晃动不能战斗。排虽轻，免于笨，尤免于晃'。"

曾国荃说："然而事实证明这不过是纸上谈兵，造好木排一经试验，发现木排顺流尚可，逆水行排则极为迟笨，且排身短小，不利江湖。以之当敌，不啻儿戏。"

刘长佑说："令兄后来也发现了这个问题，就造战船。为了造战船是绞尽脑汁的。他看到无人会造，就亲自设计。他看到湖南湖北赛龙舟风气很盛，于是他命人以龙舟为制，造了一批'曾氏战船'。"

曾国荃说："是啊，结果一试验，'曾氏战船'容易倾覆，根本打不了仗。我哥的原话我还记得'余初造战船，办水师。楚中不知战船为何物，工匠亦无能为役。因思两湖旧俗，五日龙舟竞渡，最为迅捷。短桡长桨，如鸟之飞。此人力可以为主者，不尽关乎风力水力也。遂决计仿竞渡之舟，以为战船'。"

"是的是的，最后好像是一个叫成名标的来了，才把这事搞明白。"刘长佑说。

曾国荃说："是啊，从长沙来的守备成名标向曾国藩介绍了广东快蟹船和舢板船的大概样子，后来一个叫褚汝航的向我哥介绍了长龙船的造法。我哥于是大雇衡州、永州的能工巧匠，在湘潭设立两个船厂，大量制造快蟹、长龙、舢板战船。但他们俩也并非工匠，只介绍了外地船舰的大体模样，至于船的具体结构尺寸，乃至每一个部件，我哥都要和有经验的工匠反复设计，不断试验。经过反复试验，才建成十营水师。"

刘长佑感叹说："令兄真了不起，创业艰难，不容易，不容易啊！"

曾国荃继续说："人是最重要因素，木排也很重要。这次石达开就是靠几条木排占了上风。木排灵活机动，比战船还厉害。赤壁之战时，孙刘联军还不是靠木排取胜？木排上点火，点了就跑。我哥的那些战舰，还敌不过木排。也没有水性那么好的水手。这些宝庆来的船工，都是非常厉害的。他们蹚过凶险的资江山河段，乘风破浪，提着性命来到汉口，无疑是最优秀的水手。把他们招为湘勇，对付长毛，必胜无疑。这次到江西，我就要动员大哥，奏请皇帝，大量招募水勇。"

"好！老九来得正好！"

"是啊！这一次我们来给宝庆帮壮胆加油，实际上也是我们在宝庆帮水勇中一次最好的宣传，一次最好的感情投资。如果是我们主动请求来，他们还不一定有那个工夫。生意人嘛，时间就是金钱，人家忙着呢！"

刘长佑竖起大拇指："老九真的了不起！我之前对你带兵打仗还心存疑惑，看来，我真愚人之见。与君一席话，胜读十年书啊！"

## 四

咸丰六年农历六月下旬，骄阳似火。

这天，汉口宝庆会馆门口彩旗招展。全副武装的警员，全部立正姿势。临街的两爿门面上方，悬挂着醒目的巨大横幅："热烈欢迎刘长佑将军、曾国荃将军莅临宝庆会馆！"

上午十点左右，刘长佑、曾国荃骑着的高头大马长鬃飘飘，两人威武雄壮地来到大水巷，围观的徽帮商人有人窃窃私语。

"看这两个人像是'宝古佬'。"

"是啊，你看，那眼光多凶！"

"那身坯，好壮呀，一看就是蛮子！"

"'宝古佬'怎么跑到我大水巷的地头来了，这不是挖眼寻蛇打吗？"

"老大，我去把这两个'宝古佬'掀下马来，看他耍的什么威风！"

"你找死，他们是湘军将领，你去招惹他们，他们不把我大水巷踏平才怪。"

一个老者拉住了一个膀上刺青的徽帮青年。

正当两位将军勒住坐骑时，何元仑带着一帮人迎了上来，何元仑上前一步，一个拱手，身子一弯："将军驾到，有失远迎，愿为将军牵马。"何元仑说着牵着刘长佑的马头，另一老者牵住曾国荃的马头。何元仑说："两位将军，这就是光南学士当年一箭定下的宝庆码头上界，现在，这里住的全是徽帮人。痛失'山河'之恨呀！"

刘长佑哈哈大笑说："普天之下，莫非王土，何会长何恨之有呀！"说罢，左顾曾国荃，两人相视而笑，策马前行。

围观的几个徽帮人，特别是那个膀上刺青的后生眼睛瞪得铜铃大。

刘长佑和曾国荃又随何元仑来到沈家庙附近，何元仑说："两位将军，当年刘光南学士在汉口官员的见证下，背倚汉水，朝东、西、南三个方向各射了一箭，划定宝庆码头，其实也是宝庆人居住的地界。可惜，光南学士两年后就仙逝了。但他的这一英雄壮举，换来了我们宝庆人在汉口近半个世纪的太平和繁荣。但近些年来，徽帮时时觊觎宝庆地界，我们秉着以和为贵的精神，也少与之争。可是两位将军看到，徽帮以'箭落地点无法考证''一点不成线''两点是直线'等种种借口，不断蚕食我宝庆地界，到了再血战一场的时候了！"

曾国荃说："说有个鸟用，该打就打，打不赢还有刘将军和我九哥在呢！大不了我推迟几天去江西，也不怕那长毛鬼子把我哥生吞了去。"

何元仑听了两眼大放异彩，连连拱手说："感谢将军撑腰之恩！"

何元仑又领着刘、曾二人到了宝庆码头的下界沈家庙、内界广福巷视察，两地越界摆摊设点的徽帮商人，听说宝庆码头来了两个"宝古佬"将军，闻风纷纷收摊撤点，隔岸观望。三人及随行人马所过之处，人们纷纷避让路边。

三人一来到宝庆会馆，立时响起鼓号声声，鞭炮齐鸣，人们列队鼓掌，欢迎横幅随风飘动，上千名"宝古佬"聚集在路边和会馆四周，掌声、欢呼声此起彼伏。"九哥威武！""刘将军威武！"的口号声叫得震天价响。

"老乡好！""老乡们辛苦了！"两位将军微笑挥手回礼。

"两位将军有请！"何元仑拱手相让，将两人请到会馆内。

此时，有几个徽帮商人也混迹宝庆帮众人之中，其中一个穿黑马褂的，名叫刘宝清，他自始至终怒目而视，然而也没有抓到什么把柄。见曾国荃等一干人进到了宝庆会馆里面，便一头冲出了人群。

刘宝清是汉口徽帮的一个盐商，生意做得很大，但他有七个档口都在宝庆帮势力范围之内。目睹今天的情状，刘宝清预感到一场血战即将开始。这就像国与国之间的开战，首先是军事演习，搞什么规模，在什么地点，在什么时间，那是有明确的暗示意义的。说白了，军事演习也是一种示威。

刘宝清一口气跑到徽帮准头目胡海威家里，将上述情况绘声绘色地描述了一遍，然后急切地说："老兄，先下手为强，后下手遭殃。曾国荃，怕他个鸟，他哥哥曾国藩被长毛打得三次自杀，曾国荃也不过是个书生。带兵打仗，只怕是自寻死路。那个刘长佑，是比较谨慎的，谅他也不敢轻举妄动。况且，他们一旦敢对我们动武，难道我徽帮没人了？李鸿章大人现在年轻有为，很受朝廷重用。他想见皇帝还是有机会的。万一他们胡来，我们可以找到鸿章大人，让他到皇帝那里参曾国荃一本，不让他小命休矣，也会让他遭革职查办。"

"老弟，长毛现在是皇上的心腹大患，他同意曾氏兄弟自创湘军，可见朝廷无人。在长毛未灭之际，皇上查办曾氏兄弟的可能性几乎为零。但老弟前面的分析我很赞成，我们不能坐以待毙，必须先下手为强。我们今晚就开始操练人马，训练三日之后，就杀向宝庆帮，把他们杀个措手不及，人仰马翻，片甲不留！"说罢二人会意地点头。

何元仑在宝庆会馆与刘长佑、曾国荃觥筹交错，豪气冲天。大宴摆了一百余桌，会馆的大厅、外面走廊上都摆满了临时设的宴席。有很多赴宴者还是来自外帮的耆宿。何元仑注重公益事业，在外帮口碑也很好。宝庆会馆的外围，则有两百多保安，手持器械、目光炯炯地注视着周边的一切。

何元仑早就有组织船民每天在会馆隐蔽处操练，已三个多月了。只是他一直找不到攻打徽帮的理由，师出无名，士气就不足。而且数十年来，宝庆帮与徽帮大小数十战，何元仑从未亲自上场指导过。何元仑长于运筹帷幄，不好赤膊上阵。

今天刘长佑、曾国荃两将军亲临宝庆会馆，前去给两位将军敬酒的络绎不绝。两位将军真是海量，还挨桌回敬。将军的酒，就像星星之火，点燃了宝庆帮人的士气。"赶走徽帮，收复失地"的口号声在酒席宴间叫得震天价响，就像临阵誓师一样。

何元仑感觉得到宝庆帮船民士气高涨，非常亢奋，信心大增。

这在宝庆帮口耳相传的历史里，被称作"丙辰盛会"。

# 五

咸丰六年农历六月二十六，汉口这座火城，不少人打着赤膊，摇着蒲扇，还有人干脆打一桶凉水，坐到半封闭的水桶盖上歇凉。豪富人家则由几个丫鬟拉着一块巨宽的布，不停地摇动给主人扇风。汉正街的生意却并不因为天热而稍微有所减淡，街上熙熙攘攘，卖茶叶的，卖盐的，卖油的，卖米的，理发的，招嫖的，摆卖古字画和真假古董的，卖沙罐子的，收破铜烂铁的，卖油纸伞的，摆象棋残局的，更有那赤裸着上身、挽着裤管、穿着草鞋，挑着一百多斤煤担子，一边叫着"开水开水"，一边快步甚至可以说是飞步穿城而过的挑夫，他们是汉正街一条流动的风景线。这是放毛板船的尾声，进入七月，毛板船就根本放不下来了。这些挑夫也得另寻活计以养家糊口。

这看似一切正常的街景后面，隐藏着一触即发的危机。

这天午牌时分，汉正街广福巷内，一个赤裸着上身的"宝古佬"挑着一担一百六十多斤的烟煤，一边嚷着"开水开水"，一边大步朝前走着。这时，迎面而来一个挑着一担三十多斤重盐担子的徽帮商人，一瞬间，两人的担子相碰了，煤、盐都撒落一地。

盐商："你怎么搞的，走路不看道吗？"

煤挑夫："对不起，先生，我虽走得快，但你本来可以避开的嘛。"

盐商眼一瞪："嗬，这么说还是我的不是了？"

煤挑夫："当然，你肯定有责任，我走得快，一边还喊着呢，你如果不是眼睛不方便，或者不是存心，是完全可以避开的。"

"嘀嘀，怎么说话的。你这是骂我呢，你也不睁开眼睛看看这是谁的地界？找死啊你！"

"先生，要说地界，这倒是我宝庆商人的地界，我们老大还没找你们算账呢。不过，迟早有算账的一天。"

"你他妈的，真不知好歹。算账吧，来，我现在就给你算。"

说着，盐商随手操起摊子上的一个棒槌劈头就朝挑夫头上打来。

这挑夫是练过梅山功夫的，只把扁担举起一挡，那棒槌就掉到了地上，把盐商的手震得麻麻痹痹的。挑夫又一扁担砸下去，盐商顿时额头破皮，鼻孔流血。这时，七八个徽帮商人围过来，一个个手持大棒，朝挑夫狠命地挥过来："你他妈的'宝古佬'，还敢到我广福巷来撒野，不给你点颜色看看，你是不知道厉害。"挑夫操起扁担，左横右挡。眼看就要支撑不住，脑袋也已开花，后面的几个挑夫闻讯放下担子，操起扁担就来帮阵。

这本是徽帮和宝庆帮两帮相斗最常见的一幕。无非各伤一人，最后各负其责。一天发生两三起，多则五六起，完全见怪不怪。

但这次不一样，徽帮是有预谋在先，一瞬间来了四五十人，都手持大棒、菜刀，将这六七个挑夫团团围住。挑夫们背靠着背，挥舞扁担，左冲右突，打落好些棍棒和菜刀在地上，但肩膀上也有的挨了棍棒，最初那个脑袋开了花的挑夫，都快站立不稳了。两个人一边将其扶着，一边对付徽帮的棍棒和菜刀，且战且退，宝庆帮明显处于劣势。

但就像从天而降似的，宝庆帮忽然来了一百多人，将这四五十人团团围住，一个个眼露凶光，刀砍斧劈，来势甚为凶猛。那几个挑夫冲出重围，三个人扶着那个脑袋开花的挑夫走了。

显然，宝庆帮也是有预备的。

徽帮又冲过来两百多人，一个个手持凶器。

"谁敢欺侮我兄弟！给我狠狠地打！"徽帮一个手臂刺青的壮汉一声高叫，两百多人朝一百多个宝庆人扑了过去。

何元仑闻报，冷笑一声："徽帮主动送死，怪不得我何某人了！"

一刻钟后，广福巷内已聚集了六七百"宝古佬"，他们一个个手持自制的火枪、铁棍、梭镖、木棍、板凳、匕首，口号喊得震天价响。"徽帮滚出去！""活捉徽帮头目""弟兄们给我照死里打""日奶奶的，敢到我宝庆地界来撒野"。

徽帮也有四五百人，他们做梦也没有想到，一会儿能来这么多"宝古佬"，而且都拿了武器。

几乎就在同时，宝庆帮在大水巷、沈家庙也发起了攻击。三路"大军"发起总攻，宝庆帮参战人数超过两千人，徽帮参战人数也不下于一千五百人。不断有身体挂花、肢体断残的人从"前线"被抬到"后方"来，不时听到"某某死了"的紧急呼叫。

两个多小时后，徽帮全线溃退。宝庆人就像斗红了眼的公牛，一见到徽帮的人就打，见到徽帮的摊子就砸。徽帮那些没有参战的"良民"，也都纷纷卷起物品，逃离战场。

这一战下来，双方各死数十人，伤者无数，最终以徽帮败退告终。宝庆帮趁此机会，壮大自己的势力，扩大地盘，横扫江岸，将上至大水巷，下至沈家庙，内至广福巷的区域全部划为自己的势力范围，最终建成"四街十八巷"的格局。人们把这里也都称为宝庆码头，这就是广义的宝庆码头。

从此，宝庆码头成为汉口最大、最好的码头。正因为宝庆码头为新化人所占，所以被称作新化的一块"飞地"。

抗战全面爆发前，宝庆帮人口已达五万，而当时新化县城只有三万人。中华人民共和国成立后，"宝古佬"居住的这个"宝庆码头"，有了永宁、板厂、宝庆等三个社区。1982年我国第三次人口普查时，武汉市的武昌、汉口、汉阳三地共有新化人及其后裔九万人左右。

# 第十章　江湖赌狠

1880年（光绪六年）6月15日，距丙辰盛会（1856）已过去24年整。宝庆商会会长何元仑去世之后，何元仑的三弟、人称何老三的何征辉当会首，接下来是龚希平、邹永延任会长，现在的执行会长是叫彭澧泉，一个非常讲义气的人。他在会员中威信极高。这天，几个徽商头头在商量如何夺回宝庆码头。

## 一

徽帮不甘心码头落入宝庆帮之手，做梦都想把码头夺回来。

徽商这次想了新招：不来武的，来文的。

机会来了。

1890年的一天，徽商听说朝廷有个翰林要去云南主考，途经汉口，而这个翰林是个"宝古佬"，便想从"宝古佬"手里把码头"买"过来。徽商想，无官不贪，只要把这个当翰林的"宝古佬"搞定，就一切都搞定了。阎王好见，小鬼难求。翰林肯定文明多了，没这帮蛮狠的"宝古佬"那么难打交道。再说，有钱能使鬼推磨，不信翰林就不要钱。

这个翰林名叫李郁华，依据现有的资料显示，李郁华"字韦仲，一字果仙，晚号瓠叟，新化县虾溪村西家湾（今属桑梓镇）人。清道光十七年（1837）生。咸丰九年（1859）恩科举人，拣选知县，候选主事。同治七年（1868）中进士，朝考后选翰林院庶吉士，实习期满授编修。历任实录馆、国史馆等处纂修。光绪元年（1875）出任恩科顺天乡试同考官。五年后，即1880年，任云南乡试正考官。历充毅庙奉移、奉安典礼随员及钦命稽察南新仓事务，稽察吏部、提督衙门事务，都察院掌河南道监察御史。曾疏请修筑广东、大连、旅顺、塘沽等地海防炮台。李郁华擅长书法，并喜写诗。光绪二十八年（1902）去世。著有《听松楼诗集》《瓠叟诗抄》《苦素山房诗集》等，大多散佚"。

李郁华此次去云南任乡试正考官，实因政声卓著，受朝廷重视。他此时是钦差大臣的身份，除了充当云南省考试举人的主考官之外，兼有考察沿途各地吏治民情专折奏事的任务，所经之地，上至总督巡抚，下至州县官，都要按钦差大臣之例接待迎送。

汉口当地得了徽商好处的头面人物，在宴请李翰林时，把徽商头目请来陪同，汉口官府请李钦差出面把处于白热化的宝庆码头主权纠纷平息。

想要李郁华出卖宝庆帮利益，无异于"与虎谋皮"。

李郁华虽为朝廷钦差，但老乡观念极强。请他出面平息两帮纷争，徽帮真的想错了。

酒醉饭饱之后，当徽帮暗示可以用钱解决问题时，李翰林"爽快"地说："这个还不容易，我把宝庆码头卖给你们徽商不就得了？”

没想到李翰林如此痛快，徽帮头目真是喜出望外。

但徽帮头目还装出一副得了好处还说肚子痛的样子，故意讨价还价一番。最后以十万两白银“成交”。收了银子，李翰林出具了一个“卖契”。

徽商趁酒醉之时把李翰林搞定，自以为得计，认为干了一桩为子孙后代谋福利的“大买卖”。

哪知李翰林酒醉心里明，他心里有个老主意。

却说李翰林“卖”了码头之后，来到宝庆会馆，受到宝庆帮的热情款待。李翰林将银子交给宝庆商会，要他们将其作为打官司与疏通关节之用，便打马去云南赴任了。

且说徽帮拿到“卖契”，第二天就到宝庆码头拆房子。“宝古佬”当然不让，便起诉当地商会，当地商会拿出徽帮提供的李翰林的“卖契”为证。宝庆帮一口咬定那个卖契不能作数。官府于是马上派人去云南取证，看“卖契”是否为李翰林所写。

李翰林出证说：“卖契是真的，但我不能代表全体宝庆人，我只能代表我自己。因此我所卖的是我作为一个宝庆府籍人员的应占份额，我有一块石头卖一块石头，有一寸地卖一寸地。其他宝庆人的我管不着，管了也不算数。”

结果，官府判徽帮败诉。理由有三：其一，徽帮出钱买了宝庆人（李翰林）的地，只有该地原本就是别人的情况下才会去“买”，所以说明宝庆码头的所有权是宝庆人的。其二，李翰林只卖了属于他自己的地，宝庆码头上百分之九十九点九九九的土地所有权仍然没有异动。其三，买一个人所占面积是十万两银子，按照这个价格，五十万宝庆府人丁的份额，你徽帮买得起吗？

李翰林略施小计就保护了码头，徽帮吃了哑巴亏还不敢宣扬。此后有很长一段时间再不谈打官司的事。宝庆帮难得能清静，正好一心一意做生意、谋发展。

徽商赔了银子又丢脸，实在受不了窝囊之气。想告到李中堂那里，可是理又说不过人家。况且李鸿章也是为皇帝做事的人，都是同僚，岂肯为了商人之间的争夺伤了同僚和气？此事便不了了之。

1889年农历的三月初三，徽帮盐商头目邀集一班徽商头目在合肥会馆内聚会。他们商量来商量去，还是认为只能借官府的力量把"宝古佬"赶走。于是，向汉阳知府（当时汉口归汉阳府管）陈庆煌行贿一千两银子。

陈庆煌得了徽商的好处，自然帮着徽商说话。

公堂上，徽商首先陈词："宝庆码头原是无人管的公用码头，只不过宝庆人在汉口人多，想占有这个码头，于是把它叫作了宝庆码头。"

彭澧泉反驳："汉口这么多码头，为什么单把这个码头叫作宝庆码头？"

徽商再陈词："当时我徽商使用并改造这个码头的时候，码头上空无一人。这码头就是我徽商出资改造的。"

彭澧泉反驳："你这叫乘人之危！我们宝庆人主要是放毛板船，所以我们只在端午前后一两个月的时间才来使用，其他时间就疏于管理。徽人乘隙占住码头，还贼喊捉贼，说是我宝庆帮占了他的码头。

大人，在徽帮眼里，到底还有没有王法？"

陈庆煌反问道："你刚才也承认徽帮最初占用码头的时候，你宝庆人无人看守。那我问你，这个码头最初是谁开发出来的？"

彭澧泉回答道："大人，我们宝庆人在使用这个码头之前，这里还是一个无人居住的荒凉之地。当时汉口已有很多码头，我们宝庆人不与人争，我们的祖先开辟了这个码头，这才有了宝庆码头。这个码头是我们的先祖用双手开发出来的呀。"

徽商陈词："放屁！我徽商八万多人，一直在这一带做生意。宝庆帮蛮不讲理，自恃力蛮劲狠，蛮不讲理，不断蚕食、侵占我徽商地段，强占我徽商地盘二十多年。我徽商忍气吞声，一让再让。无奈宝庆帮得寸进尺，目无王法，逼得我徽商没有立足之地。这是何道理？大清天下，岂能如此横行？求老爷做主。"

彭澧泉大声陈词："徽帮所言，纯属无稽之谈。宝庆码头的边界，是朝廷命官光南学士亲手射定，连界碑都是他亲自书写的，岂容篡改？可是徽帮无视朝廷命官所书边界的权威，几次三番，越界经营。所占地盘，早应退还。但徽帮死皮赖脸，霸占着不动，而且不断蚕食，大有把我宝庆帮商人赶下汉水之势，真是没有天理，用心何其歹毒？宝庆商人忍无可忍，才在丙辰之年以身自卫。本以为再无争端。没曾想徽商无赖之风又起，再次觊觎宝庆商人地界，生造种种理由。我想，宝庆商人是不会答应的！"

陈庆煌把惊堂木一拍，说："大胆彭澧泉，你以宝庆帮人多势众相威胁，藐视公堂，无视本官尊严。现徽商人证、物证俱在，你何敢再狡辩？"

徽商头目脸红脖子粗："宝庆帮不但侵占我地盘，还拉拢朝廷命官，合伙骗我徽商十万两银子……"

徽商们大吃一惊，都惊视着这个说话的徽商。

果然，陈庆煌好像自己被人揭了老底，惊堂木一拍："大胆，公堂之上，竟敢公然诋毁朝廷命官？拉出去，狠狠地打！"

几个"宝古佬"高兴得跳了起来。

官官相护是老规矩，徽商犯了大忌。

彭澧泉回过头去，用手做了个往下压的手势。宝庆帮阵营立刻安静下来。

陈庆煌环顾公堂，只觉宝庆帮人众心齐，彭澧泉一个不经意的手势就能控制场面。而徽商虽经精心策划，但仍在公堂上出这样的乱子，心里不禁打起鼓来。

但一想到得了徽商的好处，而且是一千两银子，就觉得不能不为徽商"做主"。

陈庆煌定了定神，清了清嗓子，说："徽商所言，有理有据。当年，你们宝庆帮人打死打伤多少徽商，本应重重追责。因年代久远，本官暂且不究，但所占徽商码头，必须让出来！否则，严惩不贷……"

彭澧泉大声抗议道："当年徽商打死我数十名宝庆帮兄弟，打伤无数，难道就一笔勾销了吗……"

陈庆煌再次把惊堂木一拍，说："历史遗留问题，本官新官不理旧账。今日徽商和宝商所陈，本官听明白了。判决如下：限宝庆帮半月之内搬出大水巷、沈家庙。若半月之后不搬，强制执行！"

彭澧泉大声叫唤："冤枉！冤枉啊！我们宝庆帮兄弟是不会答应的！"

## 二

1889年8月10日，火城汉口正是最热的时候。

宝庆码头上，两百多名短衣的"宝古佬"手持棍棒、斧头，散落在各处，准备"侍候"前来拆房子"执行公务"的官差。

彭澧泉大声说："弟兄们，官府不讲理，就是歪府。对这样蛮不讲理的官差，我们还是用江湖的老办法：打得一堂开，免得二堂来！看他还讲不讲理。我不信官府的人就打不得。出了事，一切归我姓彭的顶着。"

众"宝古佬"大声回应："会长威武！"

宝庆帮兄弟不但武艺高强，而且士气高昂。

不一会儿，数十名公差手扛梯子、缆索、锤子等工具，向沈家庙走来。

为头的一个大声说："各位'宝古佬'听着，我们受汉阳知府陈庆煌大人的差遣，到宝庆码头拆除违章建筑，你等切勿轻举妄动，做有违王法的事。否则，严惩不贷！"

话音刚落，一个"宝古佬"高声叫道："谁敢动我宝庆码头一片瓦，我们就与他拼到底！"

官差说："怎么？你们要造反？哼，量你们也没这个胆！弟兄们，给我拆，回去好向陈大人交差！"

数十个公差随着他一声令下，架起梯子，抛下绳索，便要揭瓦！

"弟兄们，给我打，狠狠地打！打这群官匪！"

"打！打死他们！"

两百多"宝古佬"一拥而上，叫喊声震天动地。刹那间，几个官差被摔在地上，挨了一顿重重的拳脚。

数十名官差便一溜烟跑了。

"宝古佬"们拍手称快！

回到宝庆会馆，十几个头头脑脑甫一坐定，彭澧泉说："兄弟们，今天的事没那么简单，官府不是吃素的，他陈庆煌也不是那么好惹的。但我们也不能等死，必须先发制人。"

一个胖胖的光头说："彭会长说得对，必须先发制人！现在必须把陈庆煌制服，才能保住宝庆码头的安宁。"

一个"宝古佬"说："现在这些当官的，你如果不抓到他的痒处，他是不会听你话的。"

另一个"宝古佬"说："我看我们主动告状，告他陈庆煌受贿，偏袒徽帮，这样，他还不乖乖改判？"

"可是，去哪里告呢？"另一个说。

"这个好办，我去找蒯德标，他是湖北布政使，我不敢说跟他很熟，但也还打过几次交道。他陈庆煌受贿，这是众所周知的事。蒯德标只要知道这事，就肯定知道他偏袒徽帮。蒯德标抓住了他的把柄，发回重审，他敢不重审？"

确实，汉口有些商人手腕通天，与官府的关系千丝万缕，这种人徽帮和宝庆帮都有，实属正常。

一个说："蒯德标是安徽合肥人，他不帮徽帮，难道反过来帮我们宝庆帮？这不又像当年徽帮人求李翰林帮他们得到宝庆码头一样吗？这个想法有点像老鼠嫁女。"

老鼠嫁女是众所周知的一个民间传说，说是老鼠想把女儿嫁给世界上最伟大的人，首先想嫁给太阳，太阳说："云可以把我遮住，云才是最伟大的。"老鼠于是去找云，云说："风可以把我吹散，风才是最伟大的。"老鼠于是去找风，风说："墙可以把我挡住，墙才是最伟大的。"老鼠于是去找墙，墙说："你才最伟大的啊，你可以在我身上打洞。"老鼠恍然大悟似的，没想到自己才是世界上最"伟大"的。

去掉这个故事的讽刺意义，从正面理解，也就可以理解为解决问题还得靠自己。宝庆帮的理解是没有错的。

此时任湖北布政使的蒯德标，是个合肥的举人。后于1889年（光绪十五年）奉旨接替沈应奎，于台湾地区担任台湾布政使。而此官职是台湾清治时期，受台湾巡抚制约的台湾地方父母官。

又一个"宝古佬"说："我听说蒯德标做事还比较公道。再说，民有告，人证物证俱在的事，他也不敢太偏颇。"

彭澧泉说："不管他公道不公道，我们告陈庆煌是必走的一步。至少他会心虚一些。"

有人说："会长说得有理，但是我们也要充分考虑到，陈庆煌毕竟是地头蛇，蒯德标的话他可以阳奉阴违，走个过场。我们还必须放出风来，说要进京告御状。这样，他陈庆煌就不敢了。"

又有人说："此言有理，对于陈庆煌这样的地头蛇，只有用御状才能真正制伏他，吓住他。"

一个说："不过，大家要考虑到，真正要告御状的话，我们当然可以找九哥（曾国荃），但是，徽帮可以找李鸿章，那可是把持朝政的大红人啊！"

大家一时陷入了沉默。

良久，彭澧泉说："兄弟们，这个大可不必担心。我们是去告陈庆煌的御状，徽帮会为这点事去惊动李鸿章？再说，我们也没必要真的去告御状，我们只是敲山震虎，只是警醒陈庆煌不要明目张胆地偏袒，要有所收敛，毕竟，汉口不只是汉口人的汉口，他也不能一手遮天的。我们上面也是有人的。"

"会长说得好！"大家两眼放光地说。

## 三

果然，宝庆帮一告就准，蒯德标虽是安徽人，为官却比较公道。将案子发回，叮嘱陈庆煌"审慎"审理。

陈庆煌当然知道"审慎"是什么意思，这可以从多方面去理解：不要夹带私人感情，不要激发矛盾，不要上交到我这里来，更不能因得了好处而乱判，出了问题你是担待不起的。甚至还可以这样理解："宝古佬"在汉口有五万多人，徽商帮在汉口有八万之众，哪一方你都得罪不起的，还是公正判决为妥。

陈庆煌一个人在官衙里发呆，没想到"宝古佬"这么难以对付。他有种焦头烂额的感觉。不偏袒徽帮，收了一千两银子不好交差。可偏袒了徽帮，不但所下判决执行不了，反被宝庆帮打了官差，官府颜面大失。蒯德标托人带话，让我谨慎审理。莫非他话中有话，拿到了我的什么把柄？想要严惩宝庆帮，又恐宝庆帮势力强大，激起民变，向朝廷交不了差。宝庆帮还到处扬言要告御状，到时帽子难保。如果再偏袒徽帮，肯定也不行。可是，徽帮也不是省油的灯，如果再判给宝庆帮，不知徽帮又会怎样闹？

陈庆煌站了起来，在衙门里走来走去，像一只热锅上的蚂蚁。

这时，一个号称刘半仙的求见。

陈庆煌一挥手："不见不见，任何人都不见！没见我正烦着吗？"

公差哈了一下腰，说："好的，老爷！"

公差刚一转身，陈庆煌说："让他进来。"

刘半仙满脸皮笑肉不笑地踅了进来。"刘老爷，最近一定有烦心的事，我半仙特来为老爷解烦恼呃。"

"半仙，你若说得准我的心事，我便真的认为你是个半仙，不，是个真仙子。若说不准，你就马上给我滚蛋，爷烦着呢！"

半仙皮笑肉不笑地说："陈老爷，我不说则已，一说即中！"

"好，那你说说看？"

"老爷可不是为了宝庆帮与徽帮争斗之事烦恼？"

"刘老兄真是冰雪聪明！"

陈庆煌兴奋地一挥手："看茶！"说着做了个"请——"的姿势。

两人分宾主坐下。

差役上了一个盖碗茶。

刘半仙揭开盖子，嗅了嗅，说："好茶，好茶呀！"

陈庆煌急不可耐地说："兄台既知我心事，不知有何见教？"

刘半仙放下茶碗："刘老爷，我这点子，可值十两银子啊！"

"小菜一碟，小菜一碟，兄台的点子如果管用，我加你二两，一十二两，如何？"

刘半仙拍手道："好！一言为定！"

陈庆煌说："当然，我陈某说一不二。"

刘半仙说："老爷啊，宝庆帮和徽帮，二虎相斗，必有一伤。让他们自己伤着自己好了，你何必自伤呢？"

陈庆煌说："可是，他们告到了汉阳府来，我不能不管啊！"

刘半仙说："当然，可是，你不要用官场的法则，还出动什么公差，这就大错特错了。等于是你汉阳知府把自己作为争斗的一方了！这势必引火烧身啊！"

"那依仁兄，该怎么办呢？"

"江湖事，江湖了，你官府了不得的！"

"江湖事，江湖了！"这话让陈庆煌有茅塞顿开之感，"兄台，何不详细指教老弟？"

刘半仙站了起来，走到陈庆煌身边，凑到他耳旁，悄悄地"如此如此，这般这般"了一番。最后说："天机不可泄漏啊！"

陈庆煌哈哈大笑："高，刘兄实在是高啊！"

说完，陈庆煌向差役一挥手："给刘老师包二十两银子来！"

差役点头哈腰地说："是，老爷！"

刘半仙接过银两，连连说："陈大人客气，客气！"

# 四

汉阳知府陈庆煌已经放下了一块心病，对再审宝庆帮与徽帮的纷争已成竹在胸。

这天再次上堂，陈庆煌走到写着"肃静"的公堂，坐到主座上，高喊"升堂——"。随即"升堂——"的标准化声音一递递传到了屋外。宝庆帮和徽帮的人互相瞪着眼珠子走了进去，在公堂大厅重重地坐下。

陈庆煌一本正经地说："今日本官再次升堂，处理宝庆商人与安徽商人为宝庆码头争斗一事。原告徽帮，你有何话说？"

徽帮头目双手一拱，说："本人所诉，如前次所述。宝庆码头历来就是徽帮地界，还望大人秉公执法。"

陈庆煌又问："宝庆帮彭澧泉，你有何话说？"

彭澧泉上前进了一步，双手一拱，说："本人代表宝庆府兄弟，已有言在先。宝庆码头是我们的先祖留下来的，我们宁死也不可能让祖业毁在我们手里，我们相信大人会明断。否则，即使我一个人答应，宝庆帮兄弟们也是不会答应的。"

陈庆煌把惊堂木一拍，大声说："彭澧泉，你好大的胆子，公堂之上，居然敢以人多势众来威胁官府，你以为本官不敢拿你吗？"

彭澧泉一拱手，说："草民不敢威胁官府，只求官府秉公判决！"

陈庆煌又一拍惊堂木，严肃地说："本官为你们的案子实在伤透了脑筋，今天谁也不偏袒，江湖事，江湖了！"

宝庆帮望着徽帮，徽帮望着宝庆帮。各帮众又大眼瞪着小眼，不知陈庆煌葫芦里卖的什么药。

陈庆煌大声叫道："来人——"

"是！"

不一会儿，只见八个大汉，抬着一盆烧得通红的巨大的炭火，炭火上一双铁鞋，被烧得通红发亮，还有一只被烧得翻滚的油锅。

两帮的人都惊得长呼冷气。徽帮坐在前面的几个人赶紧往后面坐了坐。

宝庆帮的人屏住气，还不知知府要要什么鬼把戏。

这时，公堂的后门"吱呀——"一声开了，一个瘦骨嶙峋的理发匠出现在了后门口。

公差双手一拦："走开，公堂在上，谁敢打扰！"

彭澧泉回头一望，见是在宝庆码头理发的一个理发匠，是新化人，平常话很少，但头发理得好。二十七八了，还没有找老婆。大家也不知道他叫什么名字，因为汉正街五十八巷只有这么一个理发匠，就把他叫作理发匠。

"他也是我们宝庆帮的代表，让他进来。"彭澧泉一说，公差就松开了拦住他的手。

只见他目光炯炯，目不斜视，一直走到最前面，悄悄地拣了个座位坐下了。

陈庆煌露出狰狞的面目说："江湖规矩，不就是比狠吗？今天，我就看谁狠。大家都看见了，这里有一口烧得翻滚的大油锅，锅内有一把匕首，本府就用这口油锅断案。既然双方争执不下，就只有凭神明示下了。有理的一方，神明必然保佑，穿上铁鞋，走到油锅内捞出匕首自然没事；没理的也瞒不过神明，油锅内的匕首也拿不出。本府宣布，哪帮的人先穿上铁鞋走三步从油锅里拿出匕首，码头就是谁的，若是不敢，就不许再啰唆生事，否则严惩不贷！"

这当然是知府陈庆煌和师爷糊弄人的把戏，既不好按理把码头判给宝庆帮，也不敢判给徽帮。

于是，把这烧滚的油锅抬出来一亮，如若双方都不敢，官司就可以借此摆下来，暂不结案。宝庆帮占着码头不动，意见不大，徽州帮尽管送了金银，却也怪不得知府，无话可说。陈庆煌自以为得计。

顿时，徽帮的人大眼瞪着小眼，小眼又瞪着大眼。显然，无人敢上。

宝庆帮的人也互相望着，有人跃跃欲试，站起来又坐下了。

陈庆煌得意了。他面有得色地说："这么说来，宝庆帮和徽帮都没有狠人，那本官就听从神明的旨意，暂不结案。"

寂静。

死一般的寂静。

突然，彭澧泉站了起来，说："我来！"

"会长！"

宝庆帮人惊呼了起来。

"没关系，为了宝庆帮共同的利益，死我一个彭澧泉算得了什么，我迟早也是一死，不如为大家的利益而死！"

"会长！"

宝庆帮人又一阵惊呼。徽帮人也睁大眼睛看着彭澧泉。

这时，一只有力的瘦骨嶙峋的手压在了彭澧泉的肩膀上，这个人缓缓地站了起来。

全场的目光都聚集在他的身上。

他使劲地把彭澧泉压了下去，双目炯炯。

他就是刚刚进来的理发匠，不知何时走到了彭澧泉身边。

"会长，我上吧。乡亲们，我姓段，一个人无儿无女，来去无牵挂。下辈子跟大家再做乡亲！"

说完，他走到火苗正旺的火炉前，脱下鞋袜，双脚同时跳进了那双烧得通红的铁鞋，皮肉被烧焦的浓烟瞬间冒了出来，铁鞋发出皮肉被烧烂的"滋滋"的响声。他咬紧牙关，一步、两步、三步……他的下半身已被火烧着。但他强忍着剧痛，把手伸进翻滚的油锅，拿出了那把匕首。

"嘭——"的一声，理发匠倒在了烟与火之中……

宝庆帮人蜂拥而上……公堂内响起了一阵哭声。

徽帮阵内也发出阵阵唏嘘声。

陈庆煌把惊堂木一拍，大声说："肃静！"

几个差役上来，处理理发匠的"后事"。

陈庆煌一副严肃得要死的样子，说："两帮人士都看到了，今天比狠，宝庆帮胜。所以宝庆码头仍归宝庆帮！"

宝庆帮人抱头痛哭！这是多么惨烈的"胜利"呀！

"肃静！"

陈庆煌接着说："宝庆帮目无王法，胆敢殴打官差！来人！将宝庆帮头目彭澧泉收押进重囚室！"

彭澧泉站了起来，朝宝庆帮众人挥了挥手："老乡们，我们胜利了！"

四个公差随即给彭澧泉套上囚服，要押走彭澧泉。

宝庆帮众人立刻围了过来，要把公人拉开，强行护送彭澧泉离开。

彭澧泉向宝庆帮兄弟摇手，哈哈大笑道："兄弟们，乡亲们！我们赢了！宝庆码头依然是我们'宝古佬'的码头！我一个人进去算什么呢？就算把牢底坐穿，就是在牢里饿死、冻死、被折磨而死，我的心都是暖的。死了我一个'宝古佬'，还有千千万万的'宝古佬'在宝庆码头、在汉口，继续我们梅山人开天辟地的毛板事业，也是光耀祖宗、福荫后代的毛板事业。我彭澧泉满足了！民不与官斗，弟兄们，散了吧！"

众人松开彭澧泉，公差立即上来欲抓其手。彭澧泉一甩手，说："放开！老子自己走！当着兄弟的面抓我，你们的小命不想要了是吗！以为你们这小小的衙门弟兄们掀不翻吗？"

几个官差想到上次众官差被痛打一顿，被打得鼻青脸肿、缺齿伤额的样子，松开了彭澧泉。

彭澧泉昂首挺胸，微笑着向"宝古佬"们挥手："再见了，兄弟们！"

宝庆帮中一片泪声"会长——""会长——"。

不久，彭澧泉在狱中死去。宝庆帮人闻之一片悲戚。宝庆帮人先后为段姓无名理发匠和彭澧泉举行了隆重的葬礼，并将两人葬在相邻之处。

按照梅山地方的习俗，长辈死后要从第二年起连续挂三年青（将白纸剪成的纸串挂在坟前），第一年要在正月初一的凌晨，这样是为了避免遇到行人。因为正月初一是个喜日子，如果人们出行遇到挂青的人，是不吉利的，出行的人会骂挂青的人不懂规矩。第二年和第三年挂青都可以到正月十五以后，中午十二点以前挂就行。第三年要挂红色的青，表示后人的日子越来越红火，是"喜"青。

三年青挂完后，墓穴经过三年，就被认为实沉了。于是第三年的清明节可以砌墓基，立墓碑。

宝庆帮人按照梅山地方的老规矩给二人挂了青之后，第三年也就是1892年在其墓地修建了彭公祠，每年清明节，宝庆帮人都去祭祠扫墓，放鞭炮、玩龙灯以示纪念，非常热闹。抗战时期，宝庆帮人纷纷逃离汉口，彭公祠也就无人祭祀，被日军所毁，故址在公坪巷25号。

# 第十一章　武师争霸

宝庆商帮在江湖赌狠中赢了徽商帮，保住了宝庆码头。但徽帮还是时时觊觎，大小争斗几乎天天都有。

为保码头江湖地位，宝庆会馆不断地从老家新化请来武术名家以振声威。梅山武术中兴之祖伍再先以及他的三个弟子和再传弟子，都被请到汉口保过驾。

鸦片战争以后，清末民初，是社会最为动乱的时候。梅山武术本来就是为了保护自己的生存需要发展起来的，在这个动乱之世，梅山武术也发展到鼎盛时期。

洋务运动兴起后，特别是张之洞任湖广总督期间，大力倡办实业，汉阳铁厂、汉阳兵工厂等一系列工厂的建设开工，更加拉动了对煤炭特别是对焦煤的需求。于是，毛板船运输也到了鼎盛时期。

但武师们或因没有功名，或因与文人打交道很少，他们坐镇汉口以武争霸的文字记载很少，只在民间留下不少传说。

以下就是在梅山地区口耳相传的梅山武师们在宝庆码头以及相关地区的传说。

中国同盟会中部总会成立（1911年7月31日）不久，中部同盟会由陈其美、宋教仁、谭人凤等组成总务会进行领导，谭人凤任总务会议长。成立大会上，对举行长江流域起义做了相应计划：起义地点首选武昌，湖北举义；湖南与四川立即响应，派兵驻守武胜关，使敌兵不得南下；南京举事，控制长江入海口。起义计划得到黄兴和孙中山的高度认可。会议后，谭人凤四处联络有识之士，筹划武昌首义。

谭人凤知道汉口有许多宝庆老乡，特别是宝庆会馆请了一些武术名家在这里。谭人凤想发动这些老乡参加起义。他还听说此时在宝庆码头坐镇的武师游石命不但功夫了得，而且忍性极好，他想到宝庆码头"挖个墙脚"，把此人请来当自己的贴身护卫。

1911年7月的一天，谭人凤专门为此事来到汉口宝庆会馆，会长不在，正在教宝庆帮兄弟习武的游石命看到蓄着长长的胡子的人带着几条枪过来，而且点名道姓要找他游石命，吃了一惊。谦和有礼的游石命一听他们说的是一口新化土话，又面慈眼善，知来者并非普通人，连忙把长胡子一行请到宝庆会馆的议事大厅。

游石命（1860—1938），名纯佑，字石命，新化游家人。自幼即随同族的游佳武师父学练梅山武术，软硬功夫俱佳，犹善轻功，精技击，门中师辈认为其有先师祖之风。年轻时的游石命生性好斗，好武若痴，但闻何处有精擅技击的好手，无论远近必将登门切磋，以武会友，获胜后也从不炫耀，故常与人打斗而又风评极佳。谭人凤（1860—1920），字石屏，号符善，晚年自号雪髯，人称谭胡子。汉族，湖南新化县人。清咸丰十年农历八月初六（1860年9月20日）生于新化县福田村（今隆回县鸭田镇南湾村）。谭人凤是清末资产阶级民主革命家，同盟会早期会员和重要骨干，在武昌首义为策反黎元洪起了重要作用。谭人凤少年时加入洪门会。1904年办"群志"小学，联络会党，谋划长沙起义。1906年赴日参加同盟会，后回国策应萍浏醴起义，未果，再入日本就学法政学校。1908年赴南部边境，策划粤、桂、滇边境武装起义。1910年于东京召集十一省区同盟会分会长会议，赞成"组织中部同盟会以谋取长江革命"。1911年赴汉促成文学社、共进会合作，并抵沪与宋教仁发起建立同盟会中部总部，任总务部长。武昌起义爆发，至汉协助鄂军政府工作，又促湘军援鄂。曾参与制定《中华民国民党军政府暂行条例》，随后指挥武昌防卫战，任武昌防御使兼北面招讨使。南京临时政府成立前后，力主北伐，并于上海组织北伐机关。1913年宋教仁被刺后，回湘策动讨袁，失败后东渡日本。1916年回国参加护国、护法运动。1920年病逝上海。著有《石叟牌词》等。

谭人凤一行在议事大厅坐下后，谭人凤开门见山地问："石命师傅，久闻你大名，你认识我不？"游石命望着这位五十上下，一嘴胡须、双目炯炯有神、操着一口不太标准的新化话的老乡，茫然地笑了一下："在下有眼无珠，还望先生赐教。"

"我是谭胡子！"

游石命吃惊道："莫不是福田村的谭将军谭人凤先生？"

谭人凤笑道："正是在下。你也知道？"

"先生大名，几人不知！在下真是有眼不识泰山，恕罪恕罪！"

"都是几个老乡，搞得这么文绉绉的干什么？我这次来，是要和你说一件大事。"说着望了一眼游石命身边的几个兄弟。

游石命说："这都是一些放毛板的新化老乡，自己人，先生但说无妨。"

那几个水手听谭人凤这么一说，便欲离开。

谭人凤招了招手说："虽是重要事，但与各位都有关，但听无妨。"

那些宝庆帮水手们便又坐下了。

谭人凤把凳子向游石命移近了些，说："石命师的功夫名震江湖，若能参加革命，那真是难得的人才。"

游石命说："我一向敬重你们这些闹革命的，你们都是难得的英才，个个是秀才、举人出身。可惜我家里穷只读了一年私塾，些许认得几个字，只不是睁眼的瞎子罢了。没有知识，麻雀子怎么能伴着你们这些凤凰飞呢？"

谭人凤一听，觉得游石命是一个很开明的人，并没有要拒绝的意思，若晓以民族大义，是可以说服的。

谭人凤便宕开一句，说："石命师傅，我们很多人不是秀才出身，更不是举人出身。这皇帝老儿的一套，我们已经把它们废了。我16岁中的秀才，在家里办过福田小学。同盟会在日本东京成立时，全国98名代表，我们新化就占了30多名。这30多人里面，有很多没有考取过功名，有很多都是新化实学堂毕业的。我在老家办福田小学，我的兄弟邹代藩在新化城里办新化实学堂。新式学堂才真正培养人。"

游石命笑道："不管新式的还是旧式的，反正我羡慕读书人。"

谭人凤道："新化这班毛板兄弟很了不起的，没有这些毛板子搞活新化的经济，我也不可能跑到日本去闹革命，新化实学堂也没人办。办学堂是要钱的，就是因为毛板子搞活了经济，才有人到外国留学，才认识到新学的重要性，才有人回来办学堂，办了学堂才有人来读。"

两人越聊心理距离拉得越近，就像好久不见的知己，说不完的话。

谭人凤问："据说在你之前，是一个瞎子在宝庆码头坐镇？"

游石命笑了，说："那可不是一般的瞎子，他的功夫比我厉害得多。"

谭人凤饶有兴趣，说："不妨说说。"

游石命便娓娓道来。

那个盲人被人称为"祖宝瞎子"，又被人传为"楚宝瞎子"，真名叫刘春祖，是新化"王爷山"人，王爷山，又称横阳山。在汉口一带，被传成"黄牛山"。1848年在汉口建宝庆会馆并当选为首任会首的何元仑被称作"黄牛山"人。现在这个地方叫作孟公镇。（1972年，国家在此建了一个火车站，名叫孟公市站，后改为横阳山站，是中国铁路广州局集团有限公司管辖的四等站。今天是全国武术之乡。）

但"刘春祖"这个真名少为人知，倒是"楚宝瞎子"这个名称在当地妇孺皆知。

在新化口音中，"楚"和"祖"音相近，从"祖宝瞎子"变为"楚宝瞎子"可以理解。

但他是怎么成为盲人的呢？

原来，刘春祖从小操练棍术，在王爷山一带颇有名气。棍术不仅需要力气，更需要手的定力，还需要眼睛的定力，只有看得精准，才能棍无虚棒，打得精、准、狠！

为了提高棍术，刘春祖在练体力和定力的同时，专心致志地练眼力。

刘春祖独创了一个练眼力的方法：一是张目接水，一是早晨面对太阳长久睁目不眨。

所谓张目接水，就是一到下雨，他就站在屋檐下，睁大双眼对着屋檐水。为什么看屋檐水可练眼力呢？因为屋檐水很小，又是透明的，要看清它尚且不易，要把它从屋檐上滴下来，一直滴到地上的过程看得清清楚楚，是很需要眼力的，一般人根本做不到。因为水滴透明难以看清，而水滴从屋檐上滴下的速度又很快。这当然极不容易。今人训练眼力，也不过是看打乒乓球。小小的银球你来我挡，速度飞快，要看清它，眼珠子还不转得快？

刘春祖不是站在屋檐下一边躲雨一边看，而是直接站在屋檐下仰起头，由下往屋檐上看，看着屋檐水直接滴到眼睛里。

他第二个方法就是面对太阳长久睁目不眨眼。太阳光对眼的刺激也很大，特别是夏秋强烈的阳光。

由于长期的训练，眼力是提高了，几丈之外一根银针飞扎过来，他也能看得分毫不差。

但是，屋檐水是有毒的。你想，屋顶上的瓦片一天二十四小时暴露在阳光之下，水从云层中落下来，穿过空气落到瓦片上，而空气是有污染的。何况，那时农村的屋顶又不高，猫、狗经常爬到屋顶上拉屎拉尿，偶尔鸡也飞上屋顶，乌鸦等鸟类也偶尔在上面逗留。甚至偶尔还有蛇、蜈蚣等在瓦槽间爬行。你说屋檐水怎能没毒？加上太阳光的长时间照射，所以当他练到四十啷当岁，棍术正好炉火纯青的时候，他的一双眼睛被屋檐水毒坏了！

这等于把他练了几十年的武功全废了。

人在这个时候是很容易崩溃的。刘春祖也是常人，能免其俗？

然而，俗话说得好，上帝把你一扇门关闭的时候，它会给你打开一扇窗。俗说还说：没有白费的努力，没有偶然的成功！这话真是非常励志。

眼睛瞎了，但刘春祖的耳朵突然变得十分聪灵起来。于是，人到中年的刘春祖开始练听力。听各种细小的发声，蚊子被掐爆的声音、缝衣针掉到地上的声音、手在他周边轻轻晃动的声音。慢慢地，他只要听到兵器舞动时带动的轻微的风声就可以敏锐地"看到"，精准防击。他能闻风辨器，并以盲公杖练成"大水牯练泥"的保身棍法，连水都泼不进。

于是，人都称他"祖宝瞎子"。

在生活中，如果有人眼睛瞎了，人们就叫他"瞎子"，那无异于赤裸裸的侮辱与谩骂，是一种极其无礼的行为，会引发双方肢体冲突。

但刘春祖被人称为"祖宝瞎子"，则不但毫无此意，反而是说他是一个人物，一个非常有特点的人物。就像一个人长得高，且有本事或有特点时，会被人称为"长子"。并非所有长得高的人都可以被称为"长子"的。

锡矿山有十九个武师不信狠，他们把刘春祖请上山来赌斗，双方约定：祖宝瞎子身背砂锅，对手全部手持木棍，以能否击破他背上的砂锅论输赢。

砂锅目标大，易击中，又很脆，一击就碎，而且碎的时候响声很大，又是十几个武师同时出击，哪有打不破的神话？

在小小庭院里面，众武师将木棍舞得呼呼有声，但就是没有一个能打到他的砂锅，祖宝瞎子手持盲公杖，将对手的木棍一一击落，而背的砂锅安然无恙。各路武师甘拜下风，抱拳而去。"祖宝瞎子"从此远近闻名。

他的弟弟叫刘春山（1870—1948），体壮力大如牛，两人感情极深，时常玩些偷袭应对的游戏。一次，在刘春祖吃饭时，刘春山突发一流星，被刘春祖伸筷夹住。其反应与听力可见一斑。刘春山后来任湖广总督张之洞的保镖，可见武功不俗。

刘春山在湖南省安化县太虎坪做工。新化和安化同属梅山（民国后称雪峰山），都是北宋1072年建县，都重武术，也是高手如林的地方。

一日，刘春山回来对祖宝瞎子说，太虎坪有家大地主罗承典，家财万贯，雇用了一个连的兵力看家守院，又请了几位拳师教这一个连的兵丁练武。所以没有人进得了罗家院子。

在这些拳师中有一个姓侯的拳师，功夫特别了得。他有一只50多斤重的大铜盆摆在天井对面，每次洗脸时，他只要轻轻一跺脚就能飞过一丈来宽的天井，用铜盆洗脸。侯拳师听说在太虎坪做工的刘春山颇有功夫，向他下了擂台邀请书，意欲和他决一胜负。刘春山怕自己赢不了坏了名声，但江湖之人，就算死也要应战，否则名声更坏，被江湖之人瞧不起。刘春山便想请哥哥祖宝瞎子出面。

所谓酒逢知己饮，棋逢对手赢，诗向会人吟，这才有意思。有本事的人是不会和无名之辈交手的。

祖宝瞎子一听连弟弟都不敢与之交手，竟有如此高手，便说："我可以去试试。"刘春山便告诉他，罗家院里有一对恶狗和一对猴子也是特别厉害的，先要过了它们这一"关"才进得了院子。很多好汉在这一关就被堵死了。

祖宝瞎子和刘春山当即来到安化的太虎坪，先找家旅店住下来。每日只在旅店门前晒太阳。

他其实不是晒太阳，而是在做热身练习。怎么个"热身"？他翻开他的臭棉被捉虱子。虱子很小，就是正常人有时也不一定看得到，但祖宝瞎子能够听虱子飞起来的风声捉到虱子，而且丝毫不差。

这样捉了三天，祖宝瞎子知道自己"热身"训练差不多了。

第四天上午，祖宝瞎子"摸"进了罗家院。进门时，一对体型庞大的恶狗悄没声息地蹲伏在门边。

俗话说"叫狗不恶，恶狗不叫"。这一对恶狗真叫恶狗，看见祖宝瞎子推开大门后，一声不响地从左右两边扑了上来。那阵仗，扑上来的不是两只狗，简直是两只老虎。若是一般的人早被吓死了，就是一般的武师，又怎么能赤手空拳对付两只巨型恶犬的同时进攻？

祖宝瞎子听准了风声，右手一捞便抓住了一只狗的前腿，转几个圈后将那只恶狗狠狠地摔死在墙头上，从左边来的那一只恶狗和一对猴子见势不妙，转眼跑得无影无踪。

侯拳师看到出现在罗家院子的祖宝瞎子，一双眼睛深不见底，身材不高，双肩很宽，一双手看上去似乎比鹰爪还锋利，比铁钩还坚牢，手上的那根盲杖有如鲁智深手上那根禅杖一般。

想他三下两下就悄无声息地解决了巨型恶犬，气定神闲地出现在罗家院子，不免心下有些发慌。祖宝瞎子却高声叫道："我就是寻上门来和你比武的，如何？"

这一声，就是明明白白地下了战书，有如空谷足音，此时罗家的人全部都来到了院子里，个个悄没声息地高度专注地看着这一对武师。

侯拳师问："我们是生打还是死打？"

所谓生打就是"点到为止"，所谓死打就是往死里打，先立下生死文书，谁打死谁对方都没有责任。

侯拳师问这一句，实际上是勉为其难的。他要有这种"任你挑"的姿态，才显得自己的武功不比来者差。但他心里却是十五个吊桶打水。

"我就是寻上门来和你比武的，由你定吧？"

侯拳师又被一军将得动不了。

侯拳师嗫嚅着："生打……死打……"

祖宝瞎子听出侯拳师的话里有些怯意：侯拳师如果自己回答说"生打"，那就无异于已经向寻上门来比武的祖宝瞎子认了输，在罗家人面前没一点面子！如果回答"死打"，固然很硬气，但显然敌不过这个寻上门来的高手，自己小命今日休矣！祖宝便想：江湖之人，无冤无仇，又何必将人打死呢？还是给他一个台阶下吧。习武先习德，便体现在这个地方了。

为了给侯拳师留条退路，祖宝瞎子道："白白打死人不人道，我们还是生打吧。"侯拳师这才安下心来。

于是，两人都在手上涂了墨水，约定以先点到对方的胸脯为赢。

几个回合下来，侯拳师的胸脯上已被祖宝瞎子点了三个墨迹，但侯拳师浑然不觉，还在认真地站着桩子接招。

祖宝瞎子心里笑道：若是死打，你都已经死了三回了。

见侯拳师浑然不觉，祖宝瞎子想：要给他做个大的"记号"才行。于是绕到侯拳师的背后，在他背上点了一脚，留下了一个脚印。这下，连围观的人都看得清清楚楚。

侯拳师居然还不知晓，背着脚印转过身来迎战。

罗家看热闹的人大喊："侯拳师，你不必再打了，你输了！"

侯拳师这才似乎如梦初醒，于是退开一步，向祖宝瞎子打个拱手，说："刘师傅，我是真的输了。"

自此，祖宝瞎子名声大振。这个故事在当地广泛流传，经陈福球讲述，由《阅读天地》刊载后，《楚宝瞎子打进罗家院子的故事》就为更多人所熟知了。

但祖宝瞎子的小孙子看出了他的破绽，说："爷爷，我能够打破你的砂锅。"

祖宝瞎子来了兴趣，爷孙俩当即在庭院里摆开了架势。小孙子瞄准一个机会，轻轻地将手中木棍笔直向祖宝瞎子戳去，一下子将他背上的砂锅戳破了。祖宝瞎子这才知道，小孙子是因为动木棍时没有用力，又加之是笔直方向，所以他听不到风声。

天下最强大的武林高手，也有他最容易攻破的地方，世界上最坚强的人，也有最柔软之处，祖宝瞎子也不例外。所以那些胜利者，不一定是最强大的人，而是那些善于发现对手软弱之处的人。

祖宝瞎子的武功可惜没有嫡传，他弟弟刘春山、刘春发的功夫倒是有嫡传，他们的徒弟叫刘绍贤，也叫"绍老七"。刘绍贤还拜杨三恒为师。因此他一人身兼三位宗师的武功。高丈余的练武楼，他不需架梯，身便可上下。装满谷物的大箩筐，用左手托起，右手只一拳，便从丈余外击入仓中。

民国初年，刘绍贤去贵州访友，途经小沙江青山界，遇土匪劫道，别人都交出钱财，唯有刘绍贤凛然而立。匪首凶相毕露，操刀便砍。刘绍贤运功于臂，挡住砍刀，使其刀口卷刃。众匪徒欲以众相欺，刘绍贤如虎入羊群，将匪首击毙，余匪狼狈而逃。

刘绍贤出名后，在家乡开场授徒，收廖满山、刘华茂、戴哲奎、邹宿善等人为弟子。刘绍贤乐善好施，又精伤科医术，1949年以后，人民政府以开明绅士待之。于1953年病逝。

廖满山（1902—1974），新化西河廖家湾人。身材魁梧、体格健壮。身高一米八，体重90余公斤。14岁便拜"绍老七"为师，学习梅山武术大架拳法。

廖满山在1932年参加新化擂台比武取得第一名，获赠"御侮抗敌，誓复失地"的匾额。

廖满山天生神力，又练有一身硬功。他武德非常好，从不轻易与人比武，更不出手伤人。即使别人无故挑衅，也尽量好言相劝。即使被逼无奈，也是以防守避让为主。偶有出手，必大声提醒对方，生怕自己一不小心使人受伤。一次有人想试他的功夫，躲在暗处突然朝他身后发动袭击，他本能地让开对方的拳，顺手一拳打了过去。待发现对方是熟人后，将拳一偏，将墙壁打了个大窟窿。对方看后受惊后怕，他反而又好言相抚，并告诫对方下次不能开这种玩笑。

廖满山生性和气，对自己的徒弟要求甚严。他从不外出设场收徒，想拜他为师学武者，必由当地父老与家长带到他家里，待考察了对方与家长的为人后，再决定是否收其入门。

继1932年在新化擂台比武一战成名后，廖满山又去长沙打擂台，将益阳的一位武师打败。之后，他又与另一武师交战。对方力量大，但手法不如廖满山。廖满山先是用掌劈中对方脖子，将其击晕五六秒。

廖满山讲究武德，当时就收手了，没有再进攻。正是这一疏忽，对方很快使出一招黑虎掏心，廖满山急忙出右手挡隔，但依然慢了半拍，肘部遭对方拳头打伤。在这之后，廖满山的身体落下了遗疾。直至晚年，他的右手都不太方便，最后瘫痪在床，只有左手可以动弹。

话说回祖宝瞎子，他的功夫又是从哪里学来的呢？

说来话长。

这要从梅山武术的起源说起。

梅山武术可以追溯至4000多年前，成型于两个典型环境，一是新化境内多悬崖峭壁，猛兽成灾，梅山先民须操功习武与猛兽搏斗获取生存空间；二是梅山历代遭受朝廷征剿，梅山先民不得不奋起抵抗。在经历了漫长的发展之后，梅山武术在清末民初进入鼎盛期。

梅山武术的源头一般认为有两个：一是张五郎，张五郎是当地狩猎之神，曾得过太上老君的真传。关于张五郎，本书第一章有述，此处不赘。

另一说是起源于梅山黑虎教。

梅山派老黑虎教武功起源于虎岩黑虎公，他真名张虎（？—1281），出生于今冷水江市黑虎岩院子，张虎得梅山教主张五郎梦授技击之法，乃创黑虎教，并主持杨源张氏法坛。杨源张氏是世传的道教与师公教兼修的家族，至今仍有许多杨源张氏后人传承着道教与师公教职业。公元1227年，元兵南侵，湖南沦陷。张虎利用虎岩寨寨主与法坛主持的双重身份，假托梅山教主张五郎送梦之说，创建带有一定宗教色彩的梅山黑虎教，并以此联络梅山民众，招揽信徒。同时，又在原梅山蛮王苏甘的后人中借得一支骑兵，正式起兵抗元。并一举收复新化、安化、益阳、宁乡等县。南宋灭亡后，张虎仍继续坚持战斗，直到公元1281年，也就是元世祖至元18年，张虎战败身死。幸存的徒众散入民间，仍以黑虎教的名义继续抗元。张虎被公认为梅山派开山之祖，人们称之为黑虎公。

老派黑虎教桩矮步窄，多用暗劲与贴身紧打，长于近战。比较适合身材矮壮的人使用。

梅山武术起源之后，一直到清朝中叶，再没有出现武术宗师。直到伍再先的出现。

伍再先（1807—1868），新化县山塘伍家人，《新化县志》记载为"命再先"。伍再先幼时，父亲在田间劳作时被人打死，他只得从小外出乞讨。他觉得自己是再一次获得生命，因而把名字改为"命再生"。而在新化语音里，"生"发音为"先"，因而他又被称为"命再先"。又因"命"与"密"音近，他又被称作"密再先"。而从出生地来看，他应该姓伍无疑。原名，也就是他父母取的名字，由于从小外出乞讨，因而已被人遗忘，甚至被他自己遗忘。只能推断得他的名字应为"伍再先"。

伍再先到外面拜了伍梅大师，也就是咏春拳第三代掌门人，算是叶问的师叔祖，后来和方世玉是师兄弟。方世玉（1739—1763），广东省肇庆鼎湖罗隐方家村人。十八般武艺，件件皆通，力大无穷，周身盘筋露骨，坚实如铁，性情又烈，专打抱不平。打死雷老虎那一年，方世玉大概只有十四岁。方世玉打死雷老虎，导致少林与武当之间的恩怨白热化。在少林十虎排名中，洪熙官排名第一。方世玉名列第二位，不单是因为武功高强，而且本性好勇斗狠。

拜了这些名师之后，伍再先已然是一代宗师。他后来被人尊为梅山武术的"中兴之祖"。

伍再先也受邀为宝庆码头坐过阵，只可惜文字记载不多。

据李抱一所著《湖湘技击要闻》载："伍再明，善硬功，相室中一桌，系坚木所制，铺置地面。并五指，力插之，洞木及土。伍再先，善轻功，在汉阳码头船上遇一伙强人，他纵身一跃，轻如飞燕，转瞬已至桅巅，桅高数丈，巅小不能容足，伍一足侧立长呼，半晌始下。众强人大惊曰：此二与敌，枉自送死。于是徐徐引去。"

这是我目前接触到的伍再先在汉口的唯一文字记载。

伍再先不是一位拘于陈规的武术宗师，他对弟子们传授武术也不拘于成法，而是采取因材施教的方式，对不同的弟子传授不同的武功。

伍再先收了三个徒弟：游佳武、刘应朴、杨建永。

杨建永的身材不高，伍再先教他老派黑虎教拳路打法，也叫"小架"，或"矮桩"。有"朴少爷"之称的刘应朴身高力大，伍再先将短手矮桩改为长手大桩，即"大架"打法，也称"满弓满箭"。刘春祖（祖宝瞎子）便是刘应朴的长子。

大弟子游佳武身材适中，伍再先则创出一路"中架"打法教授给他。游石命便属于中架这一分支。

因此，游石命和刘春祖同属一个师祖，是同一师门。

明清至民国，汉口码头搬运业盛行的是把头制度。每个码头都有大小佬领着工人，按照帮口势力和宗派范围划分区域，搬扛货物、起坡下街，不得有一点逾越，否则就会酿成一场打码头的流血械斗。民国时期，码头上的大头佬通常身穿白裤褂，腰系黑飘带，头戴大礼帽，能武善打，威震一方，坐地分成。头脑下有扁担名额的搬运工，每搬一担大货物，按码头的当天收入，由头佬按份分钱。每人3~5块银元不等。没有扁担名额"拉洋荒"的临时工，则按四六开、三七开，甚至二八开，一天能得几角、几块钱。但想补上一条扁担名额，必须向头佬交付200元至300元的扁担名额费，江汉关以下装卸洋货的码头，甚至要交600~800块银元。高额的扁担费，使许多拉洋荒的临时工不敢问津。

如果没有武功高强的人做坚强后盾，码头是很容易被别家打走的。所以宝庆商会苦苦挽留祖宝瞎子。

但祖宝瞎子以"母命难违"为由，执意要回去。见毛板子一班人苦苦相留，便给他们推荐了游石命。会长见推荐的是游石命，非常惊讶，说："游石命不是跟你弟弟干过仗吗？"

游石命确实跟祖宝瞎子的弟弟刘春山干过一仗。

那是有一年端午，游石命去太平铺教武术，徒弟们送一个见面礼：一个抬盒，内有猪头三牲和四百块大洋。

游石命说："我先去拜访一下春山师傅。"

太平铺距王爷山比距游家湾更近，若论武，那可算是刘春山的地盘。外面的人到太平铺来教武，那得先拜拜刘春山这个"码头"，不拜，就是青着他干（新化话：就是欺侮得到你）！江湖有个规矩，到谁的码头，就得先拜谁。否则的话，他可以来"拆场"（就是你在教武的时候，他可以径直过来挑战，提条件，要不就要交钱，要不就当众打你，折你面子，让你教不成气）。

游石命前年冬天经历过这么一件"拆场"的事：

游石命在鸡叫岩教功夫，结束的前几天，"黑金刚"身带一对三十八斤重的铜锏来了，并大叫："师傅何在？请出来让我见识见识。"游石命答道："是小人，大师有何指教？"黑金刚见游石命骨瘦如柴，体重约八九十斤，认为是手中鸡蛋，便哈哈大笑道："快把几个酒钱给老子。"游石命答道："你我都是江湖中人，应登门拜师傅，请原谅在下失礼，过几天再请师傅入座饮酒。"

"黑金刚"是新化、安化交界处王霸界打劫的一个土匪头子，五大三粗，无恶不作，群众畏之如虎。游石命却心中有数。

王霸界因处于两县交接处，又是在高山之上，便成了一块"三不管"的法外之地，历来强人出没。至今新化还流传一句俗话："王霸界——打抢的！"

教功夫结束那天，黑金刚果然带左右闯入场子，游石命早备酒菜，忙向前施礼。

黑金刚脸一黑，说："不饮酒！快将你师傅钱的一半分给老子，否则，我俩分个高下，我赢了，你要将这场功夫的钱全部交给老子。你打死了我，不要你赔命。"

游石命再三央求，黑金刚将他的忍让视为软弱可欺，坚持要比。游石命只好应允，并报县团防局，请求派枪维持秩序。

三天后的午时，比赛开始。台上排列三张方桌，黑金刚双手持着铜铜，威风凛凛地站在上面。游石命两手空空（其实他在衣袖里暗藏了一个流星），一个箭步飞向擂台。黑金刚出其不意地对准游石命一铜，游石命就势往后翻个空斗至方桌下，黑金刚麻痹大意，以为他被击中。游石命以"老鼠钻洞法"穿梭般地从三只桌上穿过，绕到黑金刚身后，将藏在衣袖里的流星狠狠甩过去，击中黑金刚的后脑勺，黑金刚顿时血流如注，当即死亡。

广场上立即响起雷鸣般的掌声和震天响的鞭炮声。大家欢呼游大侠为新化除了一害。

有了这次经历，游石命对"礼数"格外看重。

刘春山虽非黑金刚这样的恶人可比，俩人又是好友。但人熟规矩不熟，礼性还是要到堂的。徒弟们给一个抬盒做见面礼，不就是礼性吗？

到了刘春山家附近，游石命即将抬盒放下，自己另外买礼物想去登门拜访春山师傅。有一个想看"把戏"的人想趁机制造事端，趁游石命去买礼物之机，将抬盒内平行摆放的一对铁尺架个剪码，并到刘春山那里报信。

铁尺只能平行放，如果架个剪码，就等于挑衅，江湖中人是很忌讳的。

刘春山听说游石命在他屋底下将铁尺架个剪码，于是从窗口一看，果见如此。

这无异于赤裸裸下了战书，而且明白无误地说："我青着你干！"

都是武林高手，谁可以青着谁干？谁怕谁？

刘春山动怒了，当游石命买礼物来登门拜访时，刘春山大发雷霆，声色俱厉地说："我要与你过堂（比武），凭中间人写好生死协议，不管谁打死谁都不赔命。"

游石命一再解释："兄弟，误会误会，千万不要听别人的闲言，他们是故意制造事端来看我俩的把戏。"

"什么误会？我眼见为实！"

刘春山坚持要和游石命过堂。无奈，游石命只好应战，经县团防局主持，达成比武协议：谁打死谁都不赔命；对方徒子徒孙不能出阵帮忙；地点不放在游家祠堂，也不放到刘家祠堂，到沙江肖氏祠堂的戏台上比；时间定在第三天后的上午九点。

比武那天，双方都剃了个光头，团防局派一个排的兵力维护秩序。

比武那天，肖家祠堂戏台的广场上，早就挤满了看热闹的人，看两位武术大师如何过招。当县团防局宣布两位高手登台时，刘春山架着一杆梯子往上爬。

游石命则以迅雷不及掩耳之势，一个鲤鱼打挺，闪电般飞上戏台屋檐，再双手抓瓦片，轻轻落在戏台中央，并笑嘻嘻地向观众拱手作揖。

广场上立时响起春雷般的掌声和鞭炮声。看热闹的人异口同声地呐喊："不要比了，不要比了，石命师傅赢了，石命师傅赢了！"

刘春山自知技不如人，只好退下比武台。后由团防局主持和谈，双方握手言和，从此两人结为刎颈之交，再没有闹过任何矛盾。游石命凭自己的功夫和武德，避免了一场恶斗。

说回祖宝瞎子因要回家照顾母亲，便向宝庆会馆推荐了游石命。

此前游石命在宝庆码头的江湖上已有名声。

他曾经到过宝庆码头。

游石命怎么到过汉口宝庆码头呢？

原来，他受邀到宝庆码头保驾之前，是跟杨三恒的舞龙队到过汉口的。

《邵阳市志·人物志》记载，杨三恒（1846—1938）新化县孟公九府院人，天生碧眼，尤其在夜间两眼放光有如猛兽，见者无不受惊。其父杨建永是梅山武术中兴之祖伍再先的嫡传弟子，为梅山著名拳师，因杨三恒眼带杀气，不愿教其练武，怕他为自己和家族带来祸患。但杨三恒在耳濡目染之下，自己偷练出几手武艺，常与少年玩伴惹是生非。杨建永深感无奈，一次领其前往师傅伍再先处拜年，提及杨三恒的情况，伍再先认为堵不如疏，便亲自以高超的武功折服杨三恒。再教之以理，使其于其父面前立誓不乱用武力。杨建永乃正式传其武功。杨三恒从此修心养性，成为梅山武术老架分支的代表人物。

杨三恒习武的天分极高，为人又极讲义气，因此在同门中颇受尊敬。年轻时曾与三大分支的同门兄弟一起制作了一条需要60人同舞的巨龙，包括打锣的、带队的，到外地去舞龙。作为中国传统文化的重要组成部分，武术的职能不仅是格斗，还往往跟人们的文化、娱乐生活紧密相连，比如舞龙。从某种意义上讲，舞龙也是一种展示武术的途径。

正月里舞龙是梅山地区的风俗。在舞龙的同时还要表演武术，每当到一个村庄舞龙时，如果武功比不过别人，龙队不仅拿不到红包，还要被别人将龙扣住，甚至砸烂。我小时候就亲眼见过舞龙出错了行（没按尊卑长幼顺序出行），结果正月初一，龙刚出了行，路过一长者家楼下时，被拦在路上的长者拿着砍刀把龙头砍断。从此，村里再没有舞过龙。

按一般的规矩，去一个地方舞龙，年前就要给当地下帖子通知，意思到春节的时候给对方拜年。有钱的人家就会打一个红包，谁家给的红包大，谁家就会被认为大方、不刻薄人，还会被认为是有钱。给多给少，虽然是直接将红包给了送帖子的，但村里人都会传出去。这也是主人家的面子问题。因此，一般都会给得皆大欢喜。

当然大户人家就不一样，人家不需要这个面子，人家接了你这个帖子，你要舞得好，拳打得好，人家才会钱给得多。所以一般在大户人家那里就停留得时间长，又是打拳，又是摆擂台，鞭炮也放个不停，看热闹的人也很多，把春节的气氛搞得非常浓厚。

而到一般的小户人家那里，往往只执着一条龙到堂屋里转一圈，打个转。然后问主人要不要搞表演。没钱的人家很懂味（源于长沙本地俚语，是为人很聪明、明白他人的意思），知道自家拿不出钱，就连忙赔着笑说："不用了不用了。"端着装了糍粑和瓜子、花生的茶盘往前一递，送帖子的人双手接下，说："主人家客气，不用表演了。"龙队就会往下一家走去。送帖子的接了花生、瓜子、糍粑，就会放到一担箩筐里，龙队请了专门担箩筐的跟着走。一天的舞龙结束后，大家再来分。

舞完龙要搞武术表演，武术表演完后舞龙就结束了。

但杨三恒的龙队做法不同。

梅山地区在北宋以前一直处于封闭状态，新化人就有这样一种潜意识，认为有本事的就到外面去打，在本地的，叫作"锅里争肉吃"，那是要被人瞧不起的。

可能受"兔子不吃窝边草"和"锅里争肉吃"的文化影响，杨三恒的龙队从不在新化活动，而是专门去其他县市，直到与湖南搭界的邻近省区。因为路程远，他们一直舞到二月初二龙抬头的那一天。

他们也不是年前下帖，也不提前下帖。而是到一个地方临时发帖，直接下战书挑衅。若是一般的人这样做，会被人耻笑为"挖眼寻蛇打"或"不想活了"。但杨三恒的龙队就有这么牛！

上面怎么写呢？"上打云贵两省，下打南北两湖（湖南湖北），药功、气功、穴功兼梅山武功，打遍天下无敌手。"语气不是一般狂妄，而且回来时还加了一句"法打周全，盖世无双"。这已经不再是以武会友，而是组团巡游示威了。不过，如此之大的口号并不是凭空吹牛，而是用拳脚打出来的。

从某种意义上讲，王爷山舞龙队里的60人堪称梅山武术界的全明星阵容。杨三恒将梅山各支派高手聚集起来，包括了游石命、刘春祖、刘春山、刘春发、刘绍贤、廖满山等人，其中游石命软硬功夫俱佳，刘春祖于锡矿山击退过19名武师，刘春山当过张之洞的贴身保镖，刘春发以武勇得过"记名提督"武职，刘绍贤天生神力，廖满山擅长梅山大架拳法。时至今日，这些人都在梅山武术的历史上占有一席之地。

如此豪华的阵容，王爷山舞龙队所到之处，大张旗鼓，远比别的舞龙队风光得多。

王爷山舞龙队往往会向所到之处投递"拜帖"，帖中内容就有上述那句口号，凡遇撕毁"拜帖"的不友好行为，就直接到当地摆下擂台挑战，一路大张旗鼓，风风光光毫无败绩。

和武师外出教打一样，王爷山的舞龙队也去到很多地方闯荡。但细究之下，前者是武师外出谋生，属单一个体行为，后者则是团队行动，其主要目的很难说是为了经济收入。更微妙的是，武师们通过舞龙队到处示威，在长途拉练中打出了梅山武术的名号，也因以一个团队的面目出现，形成了某种团队精神。

因为阵容豪华，武术表演不足以表现他们的本事，表演完之后还要打擂台。他们摆擂台绝不是作秀，摆在那里，任别人挑，对方都赢不了。杨三恒在摆擂台时，曾一次打死8个武师，名震江湖。

他们舞到贵州一个地方时，对方挑中了舞龙队中个子最小的杨儒祥，他是杨三恒的徒弟，练的老鼠功，非常灵活。对方是一个200多斤的大汉，杨儒祥才不到100斤，但大汉还没沾到杨儒祥的边，就被他踢下台了。

王爷山舞龙队每年都要到达汉口舞龙，这是宝庆商会特邀的。这时毛板船还没开始放，大家有的是闲工夫。关键是龙队一来到宝庆码头，就给外帮的人一种强大的威慑力，让他们闻风丧胆，不敢轻举妄动。龙队一到汉口，就受到宝庆帮商人的热烈欢迎。舞龙时，鞭炮、花炮燃放个不停，各种武术表演令人大开眼界。龙队在汉口一待就是十天半个月。

名为娱乐，实质是为宝庆码头打威风，徽商等各个商帮见宝庆人武功如此了得，都不敢在宝庆码头轻举妄动。龙队虽然是一阵风似的闹腾一阵回去了，但还有高手留在这里守码头。这个武林高手，就是宝庆码头的守护神。

游石命就是这样到过几次汉口，所以汉口的江湖上也有游石命的名字。只是因为处于一个团队里，他的名声还没有如日中天。

游石命的老家在大洋江，也是毛板船的一个大码头。

游家地处资江流域，境内的龙潭、芦茅、光冲、上马等村是产煤区。建于南宋年间的芦茅江煤矿是梅山地区的第一个煤矿。资江重要支流大洋江所要接纳的洋溪河、炉观河、沙溪河，流经槎溪、古台山、横阳等广阔林区，一到山洪暴发，林区农民通过放排把木柴、楠竹送到资水和大洋江沿岸发卖。由于具有煤和木柴两大货源，游家湾上首一公里左右就成了一个著名的码头——大洋江码头。大洋江码头也是梅山地区四大毛板船码头之一。自从毛板船于1799年发明以来，很多游家人都因放毛板发了财。

游石命还听说过游家湾卖沙罐子的刘经球一个树蔸卖了十万两银

子的事。

刘经球常年挑着砂罐子到各地叫卖，砂罐子不值钱，所以他从年头叫卖到年尾，也攒不了几个铜钱。活得像个"教拐子"（相当于现在的"穷鬼"的意思）。

他看到那些用毛板船装煤到汉口卖的都发了财，心里痒痒的，也想放毛板，当老板赚大钱。别看毛板船做得粗糙，但是要放一趟毛板也是不容易的。造船要钱，请水手要钱，买煤要钱。

刘经球没有本钱，便去找姐姐借。姐姐不借，谅他也不是个发财的命，说："你要是发财了，我打两个金柱子给你拴马！"

这等于完全把他量死了。

俗话说"凡人不可貌相，海水不可斗量"。刘经球一副教拐子相，谁也看不出他是个发财的相。

但是穷人脾气大。

新化人骂人喜欢骂："看你那叫花子脾气。"就是骂那些脾气大的人的。这话也有道理，很多发财的人都是沉得住气的，喜怒一般不形于色，这样的性格确实藏财些。

新化人说的："要争气不要胀气。"说的就是人要默默地争气，不要明显地胀气。这话也是有道理的。那些不争气的人，很容易生气，甚至对谁都生气，仿佛满世界的人都对不住他，都与他过不去。

但凡事也有特殊情况。有的人脾气大，就是因为他有那么大的命。只是暂时没有出息到那个份上来。

刘经球可能就属于这样的人。

刘经球听姐姐一说，觉得姐姐把他量死了，看不起他，当即就把一担沙罐子摔碎了。这在他姐姐看来，又是弟弟在发叫花子脾气了，理都不理他，一甩手就进到里面房间去了。

刘经球没借到放毛板船的本钱，当不了老板。但他下决心不再卖那沙罐子了，要去随那些放毛板船的混。他想随便一顿乱混，也比卖罐子强。

他去求那些放毛板的给他一个事做，做什么都可以。刘经球不会划船，当不了水手。有个老板见他人老实可靠，就让他到船上当长守。当长守生活又好，工资又高，刘经球高兴地接受了。

长守，新化人又称作长水，因为在新化语音里，水和守的发音相近。长守的工作就是经常守在船上，负责烧火做饭菜、打杂，还每天要用戽斗到戽舱里去舀水。

刘经球还真是个负责的人。毛板船从游家出发前，他准备了很多柴草，生怕船到洞庭湖时阻风，阻的时间久了没柴烧。因为他听人说过"斗米过洞庭，担米也过洞庭"的故事。如果遇到阻风，那不知要烧多少柴。

刘经球在山上看到一个很大的干樟树蔸，犹豫着要不要将它搬到船上，因为这家伙占地方，好烧但劈起来费力。想了想，怕准备的柴万一不够，还是将那搬上了船。

没想到那次很顺利，没遇到阻风，毛板船很顺利地到了汉口。那干樟树蔸根本就用不着。那天，其他人上岸卖煤炭去了，只有他在船上准备午饭。这时有几个人来到他的船上四处翻找。刘经球也不介意，因为煤卖完了后，船都要拆解卖掉。人家上船看看有什么要紧。况且当时毛板船兴起不久，船只要一到宝庆码头靠岸，汉口人就兴奋地叫："毛板子！毛板子！"跑到船上来看稀奇的多了去了。

反正听不懂汉口话，所以刘经球根本没有把那几个人的翻找当回事。

而那几个汉口人一看到那一个树蔸，就像看到了一个宝似的，双眼放光，并急着要买。他们问刘经球："这个树蔸要多少钱？"

刘经球听不懂汉口话，不知他们说什么，以为是问有关毛板船的事，他又不懂。他想他只负责守好船、做好饭就行了。

正忙着做饭的刘经球摇了摇手："我听不懂，现在有事。"

汉口人又问，他还是只顾烧他的火，伸出右手掌摇了又摇。

汉口人以为他开价要五万两银子，便想砍点价格下来。

这是正好锅子的水滚了，刘经球有点忙不过来，便摇了摇双手，意思是：拜托各位了，我正忙呢，你们先下去，到别的船上去玩好吗？

那几个汉口人以为他一霎间就涨了五万两银子，如此涨下去，如何了得。便来了个快刀斩乱麻，丢下十万两银子，便急急地把樟树蔸搬走了。

刘经球大感意外，后来暗暗打听缘故。原来，当地一座火神庙失了火，修复时急用大樟树根雕菩萨，四处寻找无适合的材料，只有刘经球的柴火蔸恰恰合适。生怕他反悔，急急把钱丢下便把樟树蔸搬走了。

刘经球从此有了放毛板船的本钱，开始自己当老板放毛板船。但前两次不走运，几艘毛板船不是翻在资江的险滩处，就是沉入了洞庭湖底。刘经球把仅有的本钱最后一搏，一次组织了十几艘毛板船。

不想发运启航时，船在窜水湾打转，怎么也划不出去。打了几个回转后，突然发现江面上有一尊关圣帝神像，便捞起来敬拜，并许愿：如船队能顺利过险滩到汉口，将为关老爷造庙宇、塑金身、四时祭祀。

祭拜完，船队一路顺风到达汉口。不仅如此，前两批沉没的船只也浮出水面，一同放到汉口。由于前段时间沉没了许多，汉口煤炭紧，煤炭翻倍飙涨。刘经球便获得了丰厚的利润。已成巨富的刘经球不失前言，斥资在游家湾建关帝庙还愿。从此，凡放毛板船者，都要先在关帝庙敬香后才放船出发。


游石命中年之前，一直在新化十里八乡教武为生。

杨三恒要到宝庆码头去舞龙，力邀游石命加入，游石命也想到外面开开眼界，看看西洋景，便答应去汉口，每年春节随龙队到宝庆码头舞龙、表演武术。

这次因祖宝瞎子推荐，到汉口宝庆码头当专职武神。

谭人凤又问："听说你一到汉口，就打死了一个强盗，后来强盗的儿子来找你报仇，被你用武功吓跑了，可有这事？"

游石命笑道："确有其事。"

原来汉口的一班强盗嗅觉非常灵敏，他们听说那个"瞎子"走了，又要来个新的，不信狠，想要给他一个下马威，顺便把他身上的银子也给抢了。

游石命到汉口后，想一个人到处转转，熟悉一下环境。第二天晚上，游石命想看看汉口的夜景，从汉正街一直漫步到长堤街。

所谓长堤街，有个来历：明崇祯八年（1635）汉阳通判袁焴主持修筑汉水北岸长堤，上起硚口，下至堤口（今东堤街岸边），呈半月形绕汉口镇，人称袁公堤。为利于泄洪，先在长江中、东段筑二闸（即中闸、下闸）。清乾隆三十八年（1773），又由汉阳通判张文元在居仁坊堤段之上加上一闸，称为张公闸（即上闸）。筑堤之时，在堤外掘土成沟，沟宽二丈，西起硚口，连通汉水，东迄近江地带，通往长江。因其如襟带环绕长江，故称玉带河。

袁公堤筑成后，汉口镇解除了后湖水患，得以迅速发展。嗣后，居民渐集长堤内侧，筑基造屋，演变成街市。至清嘉庆、道光年间，堤街发展为手工业作坊集中的街道。其上下段聚集着诸多木器、铜器、铁器等手工作坊，椎鼓之声，日夜不息。同治三年（1864），长堤以北筑起城垣，可以代替长堤防水，遂平堤成街，商民纷纷在废圮的长堤（袁公堤）两边建房设店、开辟市场，由此形成的长堤街成为仅次于汉正街的汉口又一闹市。长堤街的兴起，使汉正街市场向北扩展，在汉正街与长堤街之间，逐渐出现铁器、铜器、竹器、木器、染坊、纺纱、织布、刺绣等众多手工作坊，形成前店后坊、产销结合的专业街市。至辛亥革命前，汉正街市场内，钱庄、商号、堆栈、店房鳞次栉比，酒楼、茶馆宾客盈门，络绎不绝，市场的商品贸易依然兴隆。

游石命往回走，行到一个背街小巷时，突然闯出一伙操着安徽口音的强盗，手持寒光闪闪的匕首对着他："你就是游石命吗？我们今天就是来'拾'你的命的！"说着，一伙人将游石命团团围住，挡住去路。

游石命使出梅山虎拳，一个黑虎掏心，一招猛虎探爪，一个饿虎扑食，一招猛虎回头。但闻四个大汉鬼哭狼嚎，先后倒下。另几个仍不怕死，冲上来猛打。游石命一个点步腾空二丈余高，踩着他们的脑瓜飞快地走了。

从此，游石命对汉口徽帮格外留心。

七年后的一天清早，游石命正在宝庆会馆准备做早餐。冷不防一位七尺高的大汉，三步并作两步从外面走过来，大模大样地走到游石命身边："请问游石命师傅在哪里？"

"你找他有什么事？"游石命反问一句，那大汉不语。

"你不讲实情，我不告诉你！"游大侠转身欲走。

"我想与他过堂，报当年黑虎掏心之仇。"

游石命心中有数了，知道此人必是当年打死的四个强盗中一个的儿子。游石命也清楚，凭年轻人这点功夫，即使再来一堆也对付不了他，要结果了他只不过是分分钟的事。但习武先习德，得饶人处且饶人。他想给年轻人提个醒就行了。

"哦，他现在不在家，我是他家的伙夫，等一会他会回来吃早饭的，师傅请先坐一下，我先做早饭。"

那大汉也不坐，纵身一跃，在游大侠的厅屋墙上按住楼板凌空行走。游石命不动声色地说："师傅，我在游大侠家煮饭，这白白的墙上留下你的脚印，游大侠回来看见了，会骂我的，我帮你把脚印抹掉。"

那汉不解其意，只直直地望着他一手端来满满一盆水，一手拿抹布，两脚只一点，若轻燕上梁，擦光了脚印后，又轻轻地飘了下来。

大汉见游石命家一个煮饭的都有如此高超的武功，惊愕之余，找个借口溜之大吉。

游石命热情地挽留说："哎，师傅，吃了早饭再走啊！"

故事讲完，谭人凤听了哈哈大笑，说："石命师傅真是武功、武德都很高啊！"

随后，谭人凤便晓之以民族大义，告诉他不久将在武昌举行起义，希望游石命组织宝庆帮中武艺高强者参加。游石命深明大义，一口答应了。

武昌起义那晚，谭人凤并不在武汉，连原定的总司令蒋翊武和参谋长孙武等两人也不在场。深明大义的游石命却组织众多宝庆帮兄弟参加了。由于这些人没有功名，所以在历史上没有留下名字。武昌起义过了三天后，谭人凤才赶到武昌。从此，游石命紧紧跟随着，不管谭人凤是担任川粤汉铁路督办，还是任长江巡阅使，不管是二次革命，还是扩法运动，或者是黄兴国葬礼，游石命都伴随在谭人凤左右。为人低调而机警的他，从来不主动与人打招呼，尽心尽意、忠心耿耿地保卫着谭人凤。

三年前，他陪谭人凤回了一趟老家。那时，谭人凤是多么春风得意啊。

那天谭人凤在家乡大摆筵席，宴请当地乡亲和名流，宴后，谭人凤给他们一人派了一个武装警卫护送回家。派游石命送一个外号叫"白麻子"的回家。谁知当走到阴森偏僻的枫树坳时，"白麻子"说："我再不走了，请开枪吧！"游石命非常纳闷：我是谭司令派来护送你回家的，怎么反说要我开枪呢？再说，制服你也用不着我开枪啊？再看看他是否喝高了，显然酒是喝得多，但酒醉心里明。能够走路，也不至于神志糊涂啊！游石命一问再问，"白麻子"这才说出原委。

谭人凤17岁时，父亲不幸去世。兄弟6人全靠母亲拉扯抚养，家境很是贫寒。谭人凤小时患哮喘病，久治不愈，一天晚上。他梦见自己在天际遨游，不慎失足落地，惊出一身冷汗，由是哮喘病渐愈。

有一次为了一桩官司，谭人凤受了官府的极大侮辱。一气之下想离家出走，却苦于没有路费。他与母亲和五位兄弟开了一个家庭会，变卖了其父置办的担谷田，尚不足，他又去找亲戚朋友借，却无人理会，百般无奈之下，他与好友谭有揆一起砍掉了本地水口山上的一棵大水口树，被当地村民卢平章之父（人称白麻子）发觉。

白麻子早就对谭人凤不满，即鸣锣聚众，召集30余人围攻谭人凤两人。他们用鸟铳向谭人凤和谭有揆射击，第一铳打中了谭有揆的屁股，第二铳对准谭人凤开火，却怎么也打不响，谭人凤才得以逃脱。大家认为谭人凤福大命大，劝他赶快外逃。谭人凤也知道砍水口树得罪了地方豪绅和族老，已无法在当地立足；白麻子等人也发誓要撵走他。于是，谭人凤仓皇逃往外地，寻求出路。

这次白麻子等那些曾经处处与谭人凤作对，并撵走他的人也都收到了谭人凤的请帖。这些人害怕至极，他们想，谭人凤摆的是"鸿门宴"，他会记前仇把他们杀掉，看来此去凶多吉少，但去也是一死，不去也是一死，不如吃一顿好酒菜，做一个饱死鬼，于是全去了。还以为这是一顿"送行"饭呢！

谭人凤听游石命讲完，哈哈大笑道："当初如果不是他们赶我走，给了我在外面闯荡的机会和奋斗的动力，我谭人凤就不会有今天，走上了一条救国救民的道路！我怎么会要他们的命呢？我是真心感谢他们啦！"说罢，谭人凤又爽朗地笑了起来……张志超在《文史杂志》上发表过谭人凤的这个故事。

一晃九年过去了。谭人凤突然就病来如山倒。

1920年4月中旬的一天上午，谭人凤在上海的一处寓所里，因积劳成疾，多病并发，猛咳不停。守在床边的长子谭一鸿抚着他的背，连呼："父亲……父亲……"谭人凤待咳一停，断断续续地说："鸿儿，我这次恐怕不行了，我走后，你要把我送回老家……"谭一鸿流着泪说："父亲，不会的，不会的……"谭人凤说："儿啊，天下没有不死的人，你们不要伤心，你和二式要继续革命……"谭一鸿一边流泪一边点头。

谭人凤又转向握着他手的游石命说："纯佑，我走后，你不要可惜了你的一身武功，你要用你的武功继续为革命出力，我把你推荐给中山先生……"

游石命双泪长流，默默颔首。

谭人凤又咳了起来，一阵猛咳之后，脸色十分苍白，游石命分明感到，谭人凤的脉搏也非常微弱了。

这时，一个身材不高，但目光炯炯、气度不凡、西装革履的中年人进来了，后面跟着好几个人。游石命认得，走在前面的那个正是孙中山先生。

守在床头的游石命站了起来："总理来了！"游石命立即将谭人

风扶起来坐好，向孙中山点了点头，孙中山双目炯炯、面色凝重地走到床前，关切地问："先生，情况好些么？"游石命叹了口气。

谭人凤气息已比较微弱，孙中山的到来，让他倍觉温暖。谭人凤自知不治，此时他最挂心的不是他自己，而是孙中山的安危。孙中山常年到处奔波，如果游石命能够侍护左右，他就放心了。

谭人凤逝世后，游石命跟随孙中山，不离左右。

1921年8月的一天，游石命得到儿子游国华在岳阳去世的噩耗，五内俱摧。他含着剧痛，去向孙中山辞行。之后，返乡隐居在老家新化县游家佛光垅。

游石命为人和蔼，宽厚仁慈，从不开口骂人，更不轻易动手伤人。终生恪守习武为强身健体、除暴安良的信条。晚年的他全力培养其孙游本恒，并整理梅山派历代所传本经，手书《梅山拳谱》传于游本恒。

游本恒在祖父去世后，始在武林中行走。他待人和气，性情处世温良谦恭，不喜与人相争，有祖父游石命之风。有一次他外出行教，路过以武术著称的"王爷山"，在凉亭歇息时，顺手将其所带的一对铁尺放在长凳上。刚欲坐下，便觉脑后生风，他顺着拳风飘出亭外，半空中拧身转体，随后脚尖在地上一点，又飞身跃回亭中。一式"灵猫扑鼠"将袭击者打翻在地，正欲补上一招将对方彻底制服，却发现袭击者是本门同人。当下便收了招式，抱拳相询。才知自己无意间将铁尺交叉摆成了剪码，有挑衅拆场的意味，对当地前辈极为不敬。游本恒得知详情后，再三向对方道歉。武林中人闻知此事后，对他的武功和为人都非常赞赏。

游本恒对梅山武术的各种拳械、功法、单操掌握得最为全面，尤擅铁尺与轻功。在新化武林中有"拳库"之称。同门中人在武术上有何疑问都喜与其交流切磋。他也对彼此之间的共同探讨乐此不疲。加之他为人谦虚礼让，因此在武林中声望极佳。

# 第十二章　将军保驾

## 一

历史的车轮滚到了抗日战争，在这外敌入侵的时候，百业俱废，宝庆人也纷纷回迁，民国时有5万新化人的汉口，此时只剩下几百新化人。曾经的"新化第一县城"徒有其名。

抗战胜利后，商人们纷纷返回，码头又成为商家必争之地。不过，此时与宝庆商人争夺码头的，居然是国民党这个"官家"。宝庆商人故技重演，向军方求助，他们向涟源三甲（也属梅山地区）著名将领、国民党73军55师师长梁祗六和副师长周先仁（新化人）求助，两位将军老乡情重，调来一个机枪连，把国民党招商局的船只和外帮船只统统赶跑，宝庆帮再一次夺回宝庆码头。由此也可见国民党内部各自为政、占山为王的乱局。

以下便是在梅山民间口口流传的宝庆商人借助梁祗六之力，夺回宝庆码头的传说。

1945年8月16日上午，汉口邮局内，职工们刚跨进收发邮件组的门口，安置在楼梯过道旁的一部电话突然响了起来，走在前面的一个职工顺手接过电话："什么？什么？"职工惊喜地睁大双眼，急切地说，"请你再说一遍！"放下话筒后，这个职工跳了起来，"好消息！电信局打来的电话，日本投降啦！"

邮工们一边欢呼着，一边朝工作场所——快递邮件组跑去。"走，上街游行去！"不知谁提议了一句，大家立即响应。邮工们拿起墙角一个供洗手用的铜盆当作铜锣，操起一把日戳当作锣槌，这支自发组织起来的庆祝抗战胜利的游行队伍，欢快地来到了街上！

与此同时，汉口电影院内，电影放到中途，突然断片"打玻板（即放幻灯片）"，上面写着"日本无条件投降！"电影院里顿时沸腾起来，人们顾不上看电影，立刻涌上街头，争相转告抗战胜利的消息！

一天后，汉正街街头，一群衣衫褴褛的报童奔跑着叫卖号外《日本投降》，人们争相购买。一个中年男子凑上去，摸出一块买了一张。

报童瞪大眼睛，要找零。中年男子手一挥："不用找了！"

宝庆会馆的一批头头脑脑们不知何时已聚在一起，大家相拥而泣、欢呼雀跃。

汉正街上鞭炮声震耳欲聋。

"兄弟们，放鞭炮，我们放啊！"

宝庆商会已拉来了几板车的鞭炮，一时间，烟雾把人群模糊得伸手不见五指，人们的说话声听不清了。

但隐约地可以感觉到大家兴奋欲狂的神情。

游行的人群向中山公园走去。

一群人从室内冲了出来，跳起了舞。

大人抛着手中的小孩。

小孩子也蹦蹦跳跳地从家里走了出来。

学校完全空了，所有的人都集中到了街上。

人群中，几个"宝古佬"在悄声议论。

"小日本居然敢打到梅山，那不是找死吗？梅山是那么好打的吗？"

"梅山是只锅，来一个死一个。"

"敢动梅山蛮子，教他有去无回！"

"抗战的胜利，从某种意义上讲是梅山血性汉子的胜利啊！是梅山梁将军的胜利！小日本打梅山，他们的野心是要打到重庆，灭了老蒋，占我全中国呢！"

"真是梅山有幸，国家有幸啊！"

"老蒋真是应该给梁将军颁一枚勋章啊！"

"颁个屁，老蒋只知道雪峰山，可能连梅山这个名字都不知道呢。你看，报上说的都是雪峰山保卫战，没有说梅山保卫战呢！"

"民国以后都叫雪峰山了，只有我们自己才叫梅山呢！"

"叫梅山好，我们要一直叫下去。"

"不过，日本皇帝并没有说投降呀！"

"是呀，真是鸭子死了嘴巴还硬呀！"

"不是一样吗？反正是投降了！"

"两样啊，说明他们不情愿放下武器，只是怕民族灭种，不得不放下武器呢！"

..........

人们议论着，压抑多年的情感，在此刻集中爆发：舞龙灯、跳狮灯、敲锣打鼓、挥舞国旗、鸣喇叭、撒报纸、放电影、表演汉剧等。

日寇在中国的最后一战，首先败在了梅山汉子梁祗六手上，这怎能不让梅山人骄傲、热血沸腾呢？

梁祗六，号达濂，湖南安化（其家乡今属涟源三甲）人，安化与新化是同一年（1072）建县，同属梅山文化，新化人自然就有亲近感。

梁祗六是从梅山走出来的一位抗日名将，他不但爱国情重，乡情也非常深，多次打击日寇的疯狂进攻，同时，也多次拯救乡亲。

1939年10月，梁祗六任国民党军198师571旅少将旅长时，日寇突然进犯他率部驻守的湖北黄陂、石首一带。此时，有10余万难民聚集在洞庭湖北岸，仓皇渡湖南逃。如果黄陂、石首失守，这10余万难民就会遭殃，也许"南京大屠杀"的惨案会在洞庭湖上演，情况十分危急。梁祗六一面布阵与日寇展开激战，一面派一个连的兵力到渡湖口维持秩序。梁祗六亲自拿着话筒向乡们喊话："乡亲们，请你们有序渡湖，你们放心，有我梁祗六和571旅在，就有乡亲们在！"10万难民听说梁将军顽强御敌，还在渡口安慰受难群众，渐渐心安了下来。梁祗六率军与日寇激战了四昼夜，双方死伤惨重。保证了10万难民安全渡湖。在这批南渡脱险的群众中，有新化、安乡、湘乡、邵阳4县去湖北的乡亲800余人。家乡人们说起梁祗六，都说"梁将军是菩萨"！

1940年3月，梁祗六任国民党军73军第15师师长。同年7月，梁祗六奉命进驻蓝田（今属涟源）三甲乡一带。这里有设于1938年的国立师范学院，钱锺书等一大批著名学者、教授在此从教。这里，也有从长沙迁来的周南女校、长郡中学等六所学校。人们认为蓝田离一线城市较远，是相对比较安全的地方。这里也是梁祇六的家乡。

为了保卫家乡，为了保护这块学校林立的神圣土地，梁祇六决心把战火狙击在防线之外。他命全师官兵与当地群众紧密配合，从远离蓝田的枫坪、石马山、洪水岭、尖山岭、田心坪一线，依山傍水挖筑战壕40余里，依托家乡崇山峻岭之险，把日军阻击在防线之外，使家乡免遭日寇铁蹄的践踏。

1945年4月，驻湖南日军抽调5个师团、3个外加独立旅团约8万人发动了对湖南的最后一次，也是对中国战场的最后一次进攻作战——雪峰山战役。豫湘桂战役后由于湘北、湘中、湘南，以及广西大片国土的丢失，日寇想通过这一战役，夺取湘西，攻破这道战时首都重庆最重要的屏障，从而占领重庆，"灭亡"中国。首先摧毁国民党空军芷江机场，因为这里是国民党重要的后方空军基地之一，空军系统各重要机关、空军部队都在芷江。

日寇此战可谓来势汹汹，有"成败在此一举"、志在必得的架势。

梁祇六受命在新化阻击日寇。

梁祇六率领国民党军44团、45团和警卫营4000余人，利用湘中地区复杂的地形，与日军展开了顽强搏杀。洋溪附近寨边、麻罗均系平地，树木稀少，缺乏掩护，日军受到火炮袭击，中美联合航空队的飞机也赶来助战，日寇两个联队6000余人，被阻击得不能前进一步。

日寇想快速占领芷江的妄想严重被挫，锐气顿减。

4月15日，梁祗六发现被阻日军已无后续增援，知道日寇不但无力再发起进攻，更无力向蓝田进犯，于是命令43团星夜赶赴洋溪前线，将该团隐蔽于梅山的深峪密林中，作为开展反击的雷霆重拳。

5月4日，国民党军统帅部下达了向日军全线反击的命令。梁祗六率领全师向日军侧翼迅速迂回包围，分割围歼。5月23日下午，全线战斗接近尾声，6月7日，国民党军第四方面军收复被日寇侵占的全部地区。

湘西战役，历时两个月，以中国军队彻底胜利宣告结束，击毙日军12500余人。新化洋溪保卫战，也在梁祗六的指挥下大获全胜。以往，国民党军为弥补武器和训练的不足，常以2～5倍兵力对付日军，这次国民党军与敌人在1比1的搏斗中取得了真正的胜利！

日寇本想通过这一战"灭亡"中国，没想到却敲响了自己的丧钟。

以上这些梁祗六将军的抗日事迹，很多史料中都有明确记载。梁祗六是梅山人的骄傲和自豪！梅山人怎能不为之热血沸腾？


这里不妨回顾一下汉口民国以来的情况。

1911年10月10日，武昌起义爆发，武汉三镇炮火纷飞。游石命和众多毛板兄弟也参加到起义队伍之中，不过除了参加起义的同盟会会员有记录之外，其他人都是武昌起义的无名英雄。

10月30日，清军第一军军统冯国璋下令在汉口租界外市区纵火，以火攻摧毁民军的抵抗，大火从10月31日起，持续到11月4日，前后达5天之久，汉口市区烈焰冲天，各行各业焚烧殆尽，数以十万计的人倾家荡产。汉口街市约四分之一被焚毁，仅存的商店、工厂也纷纷关闭。但毛板船由于主要是在端午前后放，产业所受直接影响相对较小。

1926年秋，北伐军光复武汉三镇，国民政府于1927年1月迁至汉口，并正式将三镇定名"武汉"。市场一度繁荣。

1938年10月25日，日军攻陷汉口，27日，武汉三镇全部落入敌手。自此，武汉被日伪政权统治达7年之久。

同年10月31日，汉正街一带被日军圈为汉口难民区，大批城镇贫民被强行驱逐到这里蜗居，生活极为悲惨。

1940年，随着难民激增，日伪政权将难民区下段延伸到大夹街新街口。日本宪兵队在长堤街口筑墙封闭。于是，汉正街市场几乎全部被置于汉口难民区的铁丝网包围之中。偌大的难民区只设两个进出口，一为硚口汉正街口，一为利济巷汉正街口，日本宪兵队分别设置哨卡，值勤查问。所有"难民"从这两处通过，必须手持"安居证"（通称"派司"），脱帽，并向值勤日本兵鞠躬，还要接受喷洒消毒药水，方准通行。否则，轻则遭到拳打脚踢，重则拖往日军宪兵队毒打、灌水、上毒刑，甚至以游击队嫌疑的罪名处死。

1944年冬，美军从重庆等地出动大批飞机轰炸汉口日军，商民纷纷逃离，有的逃回故里。

当日本天皇1945年8月15日宣布无条件投降的时候，此时尚有21万日军驻扎在武汉周边。直至9月16日，第六战区第十集团军的主力部队，才从恩施、宜昌地区进入武汉市区。9月17日，第六战区受降主官孙蔚如抵达汉口,定于9月18日在汉口中山公园举行受降仪式。这一天正好是九一八纪念日。

这一天,汉口中正路(现解放大道)从循礼门至硚口的马路两旁,布满了岗哨。周围来了很多武汉市民,把中山公园围了里三层外三层,都想目睹鬼子投降的场面。中山公园西北角,有一座平顶式的横列房屋,是为表彰清朝湖广总督张之洞的功绩而兴建的"张公祠",祠门上的房额已换为"受降堂"三个金字。

下午3时,一片肃穆中,两辆军用摩托车引导着一辆竖着白旗的黑色轿车驶入,停在草坪进口处的武装警卫兵面前,日第六方面军司令官冈部直三郎走下车来。这时,守卫在受降堂台阶前的司令长官部少将副官处长蒋虎杰快步上前,从冈部直三郎手中把战刀夺了过来,带着他及4名幕僚走向"受降堂"。

## 二

1946年5月中旬的一天,几艘官船鸣着汽笛驶近了宝庆码头。此时,负责看守宝庆码头的是一个叫作张伯云的"宝古佬"。

张伯云当然不敢阻拦。船越驶越近,只见船上分别挂有"招商局"和"民生轮船公司"的牌子。

外帮的船只他还可以劝离,但官船他就没办法了。

张伯云马上去向宝庆商会会长报告。

得到汇报的会长知道官船不能得罪,但也不能让官船占了码头。便摆出一副主人的样子,想以礼送客。

会长跑到码头,满脸堆笑,"热情"地说要为"长官""接风洗尘"。

哪知一个五大三粗的"长官"瞪着眼睛说："老子是执行公务，要你来献个屁的殷勤。"会长顿时灰头土脸，但仍涎着脸说："长官，这宝庆码头是我宝庆人的地界，您既然来了，不尽点地主之谊怎么好意思？"

壮汉没好气地说："哦，你的意思，是要我去拜你的码头是吗？去你妈的，你也不睁开你的狗眼睛看看，这是国民政府的官船！宝庆人的地界？亏你说得出口！普天之下，莫非王土，你懂吗？国民政府什么时候把这个码头划到你宝庆人名下？真是恬不知耻！"

"长官，这宝庆码头在清朝就属于我宝庆人，光南学士三箭定下来的。我们有光南学士亲手书写的原文！"

"放屁，什么光南学士暗南学士的，老子才不管那些。现在什么时刻了？现在是民国！民国！你是出土文物吗？怎么老是翻旧皇历呢？"

会长于是闭口不言了，他终于明白了什么是"出门撞个兵，有理说不清"了。此时，纵然是浑身长口，也说不过眼前这个"兵"的。

招商局和民生轮船公司的船一占码头就是一年多。

1947年5月，眼看端午前即将来临，毛板船又将赢来新一轮的"漂流"，宝庆人赚钱的黄金时期又要来了。

宝庆会馆内每天都在发生激烈的争吵。有坚决主张与官船"理论"的，有主张另辟码头的，有主张宝庆人与官家共用码头的，甚至有主张打码头的。

"怕他个鸟，招商局和民生轮船公司又没枪，怕他怎的？"

一个红牌舵工一边吸着烟，一边对会长说。

"兄弟，打怕是不行，人家毕竟是政府。"

"政府又咋的？还不是一样做生意赚钱？还招商，还带工作夫人。恶恩甲咯（新化人骂人的口头禅，相当于老蒋的"娘希匹"），他们这个做法与小日本有什么区别？"

"是啊，打烂个场伙再管，他们无非也就百把号人，我们组织五百个兄弟上去，以五对一，怕他怎的？还怕解决他们不了？"

"不行啊，兄弟，人家毕竟是代表政府，我们去打他们，和打徽帮是不一样的。打徽帮属于商帮之争，打政府的人就属于造反，人家可以派军队镇压。"

会馆内出现了暂时的安静。

"这么说，先辈们用鲜血换来的宝庆码头，就这样白白地拱手送给那帮狗日的？"

"会长，你倒是说话呀！"

会长说："大家少安毋躁，少安毋躁，现在码头被国民党军占领，这是宝庆码头历史上出现的新困难、新问题。打，肯定是不行的。我的想法是，政府毕竟是政府，不是强人，毕竟是讲理的。我再以会长身份，带两个兄弟去登门拜访，请国民党军撤退，不要与民争利。"

"会长，我不是说你，你这叫作与虎谋皮。不与民争利，用这样的理由去讲，你以为你是老蒋呀？"

会长说："现在也想不出切实可行的办法，也只能这样去碰碰运气了。"

大家一时无语。

突然一个低低的声音打破了沉默："唉，要是何会首还在就好了！"

会长的脸突然红了，说："现今这个情况，就是何会首再生，估计也没有办法……"

突然一个脸像尖刀削的人站了起来，说："话可不能这么说，你只想到交涉、交涉，交涉有个屁用？！没有真刀实枪，你好话讲烂一箩都没有用。当年何会首怎么弄的？一是人家自己敢打，兄弟们舍死！二是人家也借用了外力，想想看，当年没有刘长佑、曾国荃两位将军壮胆，何会首敢打吗？要学会借力啊！"

会长低头不语。

"你说得有理，难道国民党军里头就没有宝庆帮人？肯定会有，如果找到了，枪杆子一戳，哪怕是官船也得乖乖地走！"有人说。

大家一齐哼声道："有道理，有道理啊！"

又一个说："何会首领导商会五十年，每一个关键时刻都是借力，或借官府之力，或借军队之力。我们这些放毛板的，在官方看来形如草芥，凭我们自己的力量是收不回码头的！"

大家点头表示认可。

会长一拍大腿，说："诸位一语提醒梦中人！我宝庆帮有梁祗六、周先仁在国民党军15师当师长和副师长，我这次要是再谈不成，就去找两位师长出面！"

大家一起说："就是啊！只要梁师长出了面，不信招商局敢赖着不走。"

# 三

会长还是觉得先礼后兵的好。

会长再次来到宝庆码头，见一艘大轮船靠在岸边。靠岸的一方写着"招商"二字，两名持枪士兵站在船头。

"长官，我是宝庆商会的会长，有个非常重要的事要找局长报告，烦请通报一声。"

"长官现在很忙，没时间，请回吧！"

会长一听，知道局长此时在船上，看来来得是时候。

会长从怀里摸出两块银元，悄悄地塞在两人手里，说："长官，真的有重要事情。"

两个士兵交换了一下眼色，其中一个说："你等着。"

一会儿士兵就出来了："我们局长有请——"

局长见会长进来，也不请他坐，只是从案上抬起头来，说："怎么又是你？我上次不是跟你说了吗？我们是政府，宝庆码头现在归政府接管了，你们莫要来闹，你怎么这么烦人？"

会长说得轻、落得重地说："政府是讲理的啊！"

局长把眼睛一放，正色道："政府不讲理吗？你这是毁谤！现在国民政府把码头从日本人手上抢了回来，当然归政府统管。谁还管你的旧皇历？有本事，你们当时怎么不去跟日本人抢呢？"

"可是，我们的毛板船马上要来了，短短两个月就有两千多艘，平均一天都有三四十条毛板要靠港。梅山几十万人靠这些船拉动经济啊！请局长体谅小船民的难处。"

"你他妈的叫我怎么体谅？这汉口码头哪一个不归政府接管？你总不能把我政府的船只搞得像游魂野船，无处可停吧？"

"可是长官，肯定有办法可想。只要一声令下，谁敢不让？"

"你他妈的就不让啊！"

"我们没办法呀局长，我们这些放毛板子的是靠天吃饭，只靠这两个月涨端午水放几条船下来，赚点活路钱。否则，我们梅山那个地方，七山二水一分田，养不活那么多人，不知有多少人要活活地被饿死。您知道吗？"

"你他妈的是硬要到我这里来撒野？莫敬酒不吃吃罚酒。我做得到的一定会做，做不到的你也别勉强我。老子是宝庆码头坐定了，你别再来烦我。左右，送客！"

"长官……"

会长嗫嚅着，被两个士兵"搀"着出去了。

## 四

话说国民党73军15师师长梁祗六、副师长周先仁听了宝庆商会会长如泣如诉的描述和请求。

梁祗六这样一位声名赫赫的将军，很有家乡情结。对这位半个老乡的请求，听得很认真。

会长说："两位师长，轮船招商局占我宝庆码头已有多时，码头上偶尔也有其他各帮的商船。现在端午水已开始涨了，家乡的毛板船急着发船，急得火烧眉毛。如果汉口没有码头，家乡两千多艘毛板船就放不下来。那我们宝庆帮的损失，真是无法估量的。这事，只有拜托两位将军帮忙了，非两位将军帮忙不可呀。"

听完会长声泪俱下的口述，梁祗六拍案而起，说："区区一个轮船招商局局长，算个鸟。会长尽管放心，我这就调一个机枪连去，把轮船招商局和外帮船只统统赶走，老乡们只管放心地把毛板船放下来！"

"家乡父老不会忘记两位将军的大恩大德。"

"会长言重了，为家乡人民做点事，这是完全应该的。"

招商局局长听说梁师长要调一个机枪连来宝庆码头，哈哈大笑："我才不信，他是蒋委员长的部下，我也是蒋委员长的部下。除非他姓共，那我就没办法了。"

"局长，不可不信啊。梁师长是安化人，周副师长是新化人。梅山人蛮互帮的。我们还是走算了。"下面的人说。

"放屁，我就不信，他敢动我这个招商局长一根毫毛。"

局长话音刚落，一列扛着机枪、身着青天白日军装的士兵已从汉正街朝码头雄赳赳地走了过来。局长用望远镜朝那列士兵望去，惊得张口结舌。

但他强作镇静。他想等他们到了眼前再说。

谁知那列士兵根本不到船上来"交涉"，他们直接在码头上架好了机枪！

连长拿着手持喇叭喊道："你们听着，我们奉梁师长、周副师长的命令，保卫宝庆码头。凡外帮船只一律离开，否则，子弹是不长眼睛的。限你们一个小时之内，统统撤离！"

一时间，外帮船只纷纷逃离。

只有局长不为所动。

几个兵荷枪实弹来到船上，揪起大副和船长的衣领，往外一推："撤不撤？不撤？老子今天统统把你们枪毙，丢到江里喂鱼！"

船长和大副横眉怒目，望着局长，意思是要局长"主持公道"。

局长摆出一副很淡定的样子，说："我只奉蒋委员长之命，不奉什么师长之命。轮船招商局是国民政府的招商局，民生轮船公司也是国民政府的轮船公司。"

"你不撤是吗？"

"不撤！"

"你他妈的敬酒不吃吃罚酒！今天我就成全你当烈士！"

说完，几个兵跳下船来，远远地朝码头上一挥手。

这时，机枪连的士兵们全副武装，在码头把机枪瞄准，"嗒嗒嗒——嗒嗒嗒——"地开起火来。

局长目瞪口呆，没想到梁师长竟然敢如此对付"自己人"。

招商局和民生公司的船慌忙驶离，但舱板上还是见了几个枪洞。

外帮的船只更是逃之唯恐不及。

机枪连一直在宝庆码头守了一个多月，招商局的船和外帮的船只都不敢靠近。

于是，宝庆码头又一次回到了"宝古佬"的手中。

# 第十三章　尾声

一

1958年7月23日，资江中游的湖南省安化县大溶塘山谷里，响起了隆隆的炮声，柘溪水电站开工了。

据当时的媒体报道，为了建好柘溪水电站，湖南省委、省政府决定打一场人民"战争"：组织15000余名建设者进场。当时各地民兵报名特别踊跃，大家都认为能参加电站建设是件非常光荣的事。

柘溪工程开工，人们就有了"工业等电、农业盼电、人民要电"的紧迫感。因此，建设者们迅速以战斗的姿态投入到工程建设中，仅仅半年，就实现了明渠通水、围堰合龙、资江截流，就连导流隧洞也只用了200个昼夜便打通了。

柘溪水电站开工后，最初还有毛板船行驶，后来，随着大坝工程的合龙，巨无霸毛板船无法通过，毛板船完全进入了历史。

毛板船进入历史，也是它的宿命。毛板船的危险性太大，无数船工因此丧命或致残。1949年后，社会日益进入文明社会，特别是经过社会主义改造，农村从互助组、初级社、高级社到人民公社之后，集体是不允许如此危险的船只航行的，毛板船与尊重生命的现代文明格格不入。即使不修柘溪水电站，资江不截流，毛板船也将在公有化的过程中，逐步退出历史舞台。毛板船的事故率在百分之五十左右，造成煤炭、锑等运输物资的巨大浪费，同时也造成木材的巨大浪费，制造毛板船要消耗大量的木材，对森林的砍伐十分严重，长此以往，植被锐减，水土流失。毛板船的经营各自占码头为王，为争夺码头等资源，帮派林立，官场关系与之千丝万缕，因此影响民生生态和官场生态。对码头资源也造成浪费，毛板船一年只能放一两个月，一年的其他时间里，码头都是空着。不但派人把守浪费人力，而且大大妨碍了有停船靠港需要的船只。

1949年后，公路、铁路的建设速度加快，毛板船这种危险的运输工具，也逐渐失去其往日的独特魅力，成为历史是一种必然。

资江截流之后，最初还有一些小型船只"负坝顽抗"，船主用绳索把船只从坝的这头调到坝的那一头，然后继续航行。随着电站的建成，这种现象也随之消失了。

到1962年1月25日，仅仅三年半的时间，第一台机组发电。因为高速度的工程建设、良好的工程质量和效益，所以它被誉为湖南省的第一颗"红宝石"。柘溪水电站是20世纪60年代全国四大水电站之一。

建设过程中，遭遇国民经济暂时困难时期，苏联撤走专家，带走图纸，企图卡我们的脖子。于是，我们自己勘测设计，自己制造和安装设备。这是我们自主建设的湖南第一座大型水电站。

据媒体报道，建设过程中，从大坝上游对口溪到下游弯竹塘，绵延30余里的峡谷里，日夜人声鼎沸，干劲冲天，一片改天换地的壮观场面。有一次，在明渠限时开挖劳动竞赛时，"猛虎"突击队与"蛟龙"突击队较起真来。一开始大家先挑一担试试，很快上升挑双担，比到高潮时，有的人挑三担，有的挑到400斤！听到的是锣鼓声、扒渣声、哟呵声，见到的是三角耙上下飞舞，人流往来如梭。最后双方均提前完工，并且都收到上级颁发的一面闪闪发光的红旗。这里的每一面红旗，都诉说着一个动人的故事……

当时的他们，不讲报酬，不讲奖金，只要能够得到一面红旗、一纸奖状、一朵红花就觉得是最高的荣誉和最好的慰藉。他们讲的是艰苦创业的革命精神、公而忘私的奉献精神、战胜一切险阻的拼搏精神和不畏任何困难的愚公精神。

建设者们靠两个肩膀一条扁担挑出高速度；靠双手推两轮车推出高功效；靠着这样的"扁担精神"挑出了投资省、工期短、质量好的湖南柘溪水电站。

如今的柘溪水电站，已经成为了一道靓丽的风景。人们这样描述她的美丽——

沿湖两岸层峦叠嶂，山崖对峙，水天一线，有"小三峡"之称，加上周边的一些自然风光、人文景观，及地质遗迹，组成了一个综合性的旅游胜地。水电站不但为三湘四水带来了光明，也在坝上游构成了一处百里高峡出平湖，成了湘中大地上一处胜似漓江山水的"百里画廊"。

景区的起点，是一道长330米、高104米的雄伟大坝，像一道彩虹飞架资江南北，北有过坝船闸，南有公路隧洞。每当大坝泄洪，落差百米的江水，从九个溢流孔中飞流而下，九条银练空中挂，滚滚雪浪似倒海翻江，令人叹为观止。进入夜晚，坝上坝下银灯万盏，像似银星洒落人间。

从电站大坝乘船至平口镇，水路全长56公里，沿江两岸，山峰千姿百态，树木青翠。有的似骏马临江，有的似仙女下凡，有的似二龙戏珠，有的似三峡再现，的确是百里山水，百里画廊，不是漓江却胜似漓江。全库区由对口溪、宝塔山、梅王洞、福寿山、大溶塘五个景区，构成了一幅幽秀雄险的特色山水画。水库中有45个大小不同的岛屿，形成湖中有山，山中有湖，山水相映，水碧天蓝的壮丽景观。游艇行驶在湖中，时而像驶入三峡一样雄伟，时而又像航行在洞庭湖上。宝塔山上橘果飘香，百树称奇，灵猴已在湖中小岛安家落户，美丽的孔雀已在绿岛上抖翅开屏。

资料显示，柘溪水电站最大坝高104米，装机容量44.7万千瓦，保证电力11.27万千瓦，多年平均发电量21.74亿千瓦时。工程以发电为主，兼有防洪、航运等功能。柘溪水电站于1962年1月第一台机组发电，1975年7月第一期6台发电机组全部投产。坝址呈"V"形河谷，两岸陡峭，水面宽90～110米，岩层走向与河流近于垂直，倾向河谷下游，倾角60°～65°。基岩为微变质的前震旦系细砂岩与长石石英砂岩，并夹有板岩。岩性致密坚硬，渗漏性微弱。坝址区地震基本烈度小于6度。

从新化县移民局刘保民提供的移民史志材料中看到——

柘溪库区新化移民搬迁和安置，从1960年冬开始准备，到1981年完成，历时21年。新化农村移民人数231047人，涉及全县28个乡镇

（场、办事处），1048个移民村。其中柘溪水库20.7399万人，车田江水库1.3092万人，梅花洞水库0.4652万人，半山水库0.5672万人，其他水库0.0232万人。

1962年元月，新化县第一批移民外迁开始，1966年基本结束。按照省委和邵阳地委的安排，共向邵阳地区的城步、绥宁、新宁、洞口、隆回等5县迁移15000人。1999年，省移民局核定新化县此轮移民人数为：绥宁县7026人，城步县4184人，新宁县2052人，隆回县523人，洞口县351人。

第二次外迁是柘溪电站将蓄水高程提高到168.5米时。1969年10月，湖南省革命委员会决定"柘溪水库所属新化水淹区移民15000人，迁至湘阴县杨林寨农场，建立一个新公社，交湘阴县管辖"。1970年4月底，新化库区共迁出移民3621户14908人，加上后来补迁的，杨林寨乡统计移民总数为14997人。1999年，省移民局核定杨林寨乡移民总数为15000人。

第三次外迁是1972年柘溪电站再次提高水位，由原168.5米提高到169.5米高程时。省委决定从柘溪水库淹没区外迁3万人（新化、安化县各15000人）到国营西湖农场。1973年3月上旬，新化共完成运送外迁西湖移民3412户14690人。后西湖农场统计移民总数为14844人。1999年，省移民局核定西湖农场总数为15000人。

以上3次离县外迁共移民42917人，后有少数人返迁、补迁，1999年省移民局核定为44136人。

此外，还有县境迁移。

县境迁移包括县境内迁和留库后靠两种形式。

1961年，新化县委决定，对县境内迁采取由移民自行挂钩投亲靠友与由组织计划安排相结合的方法。据1987年调查统计，内迁移民人口为7368人；2000年增加到15017人。由于内迁移民人数较少，安置比较分散，扶持资金不足，力度不够，内迁移民生活仍然比较困难。

由于柘溪电站采取分期施工，由低至高分期蓄水，以及两次提高蓄水位，造成库区多次移民、重复移民、内迁、外迁与后靠相互交叉的复杂局面。1960年11月，柘溪电站导流隧洞开始封堵，1961年2月封堵底孔开始蓄水，以后移民任务接连不断，先后进行了五批移民后靠安置，共移民66549人。

留库后靠移民，实际上未离开原库区，只是将房屋迁建于水位线以上，此种办法，移民乐于接受。但因多次提高水位，造成移民多次搬迁，重复拆建，耗费大量的人力物力财力。在低补偿的情况下，大部分移民不堪重负，许多成了无房户、救济户。

1969年7月，大坝发生险情，拦河大坝发生裂缝。正在邵阳专区视察工作的时任湖南省革委会主任接报后，第二天即赶到电站，下到廊道里，查看了全部险情。又与大家一起制定排险方案。排险战斗刚打响，又请来南海舰队的同志支援水下作业。他的亲切关怀激励了干部职工，他们誓言：宁可自己的骨肉千分碎，决不让大坝险一分。军民并肩战斗，为查清每条裂缝，堵严每处漏洞，都要潜水几次，甚至几十次。经过一个月的奋斗，排除了所有险情。整修一新的拦河大坝，再也没有出现过险情。

# 二

2017年9月的一天，娄底市文体广新局局长魏志军安排该局的几个同志陪我去白溪镇的旧县村采访，在看新化首任县长杨勋的墓地（后来才知，杨勋在新化有几处墓）时，我看到了戴着草帽，脸晒得墨黑的一个老人。说实话，当时他的样子令人想起"出土文物"。但一问之下，他居然是"副科级"的退休干部，名叫龚球生，是一个见过毛板船的"活口"。

我对他的历史产生了浓厚的兴趣。此后，我先后三次登门采访。他的家就在旧县村的资江河边，他的房屋距河水只有二十来米。他真正是在资江里长大的人。他向我讲述了如下的故事。

我的父亲有四兄弟。大伯龚东发，少亡，娶了亲；二伯龚球发（班名龚春权，"班名"是按辈分取的名字）；父亲龚同发（班名龚春彬）；小叔龚长发（班名龚春模）。我的前三代都是穷光蛋，没有田土，靠在资江里帮别人驾船、当长水（相当于长工）为生。父辈四个在白溪上下几十里都是有名的舵手。一般都是把货船驾到桃江县再回来，也有驾到安化卖完再回的。船到安化的小淹镇，又叫作滩脚下。一只鳅船能载七八十吨，单趟七石米的工价，一石米是一百二十斤。驾船回来，还要给一次工价。江湖一把伞，只准吃不准攒，舵工师傅一个褡裢，两个布袋，一把油纸伞，一个大烟筒。

说着，龚球生随手拿起放在门角落里的一根一米见长的烟筒，竹节密集，黄中带黑，烟斗里灰垢积得老厚。

他舞动着大烟筒，说这东西既可用来抽烟，也可用来当武器防身，用来打狗吓狗是经常的事。

这真是历史遗存。


这个是父亲留给我的，爷爷也留了一个给我。那个有七八尺长，烟斗的金属重达半斤。

我的伯父是那种掉下片树叶都怕砸着脑袋的人，父亲龚同发却非常胆大，打过两次土匪。

第一次是在一个春天，父亲放毛板船到安化后，走路回来。只有舵工师傅是坐轿回来的，其他人包括老板都是走路回来，这也是老板对舵工师傅表示尊敬，可见舵工师傅的地位。舵工师傅回来时，老板还要打发五六斤米，一竹筒菜，炒些干鱼。工钱不给现钱，回来后再给钱。也许是舵工的工资高，怕带在身上不安全吧。但其他的水手都是现结。

父亲不是舵手，得了现银，可能不小心被土匪看到了。

父亲走到安化碧岭界山上时，感到有两个人尾随而来。其中一个拿着一把两面有锋的宝剑，寒光闪闪。父亲远远地看到了那两个人，心中一惊，继而冷静下来。父亲是个有名的把式，功夫操练得可以的，一两个男子汉拢不得他的边。

为了诱敌深入，父亲故意朝河边悬崖峭壁的危险地方走，那两个人见四周无人，手中又有把剑，当然认为吃得住，便紧跑几步逼到父亲的后面，冷冷地喝一声："要钱还是要命？！"手握把剑对着父亲，眼露凶光。父亲不作声，淡定地把烟丝装到烟袋上，右脚却慢慢地移到坎底，立稳。那两个土匪眼露凶光咄咄逼人等着回复，父亲左手以迅雷不及掩耳之势抓到剑柄，用力把剑抢到了手，右手使劲一掌，就把那个土匪推下了深深的崖沟，那人掉下去时哇哇叫爷。另一个见状，慌忙夺路逃跑。父亲幽默地笑了笑说："别走啦！我把钱给你！"还把钱袋拿出来，提在手上，做出要扔给他的样子。可那个土匪吓得命都没有了，只见他深一脚浅一脚、衣服被荆棘撕扯得哐啦啦响也顾不及了。父亲到这时还要幽这个土匪一默。梅山人就是这么爱幽默，你们管这叫黑色幽默吧。

还有一次，父亲与人装了一船石灰到洞庭湖区去卖，船到汉寿的时候，因为没有北风，停靠在一个无名小洲上。而这时是六月天，常言说"小暑南风十八天"。等到北风不容易，等十天半个月是家常便饭。船在无名洲上停了好几天。

有一天做早饭时，老板把装有花边的竹筒取出来，拿了银元，再往石灰里埋时，可能不小心被附近的土匪发现了。就这一天傍晚，一艘渔船靠了过来，船上有十二个土匪，船头架着一挺机关枪（架在船上打的），有三个土匪各持一把三八式步枪，另几个土匪持有寒光闪闪的梭镖。

真是一副要钱不要命的架势。

生死攸关。

不打是死。

打是唯一的出路。

船老板外号"三宝鞋匠"，补鞋出身，是个有名的把式。他下令退到洲上，迅速用唯一的一把菜刀砍下十几根杂木，操起来迎战。

土匪很快就荷枪实弹地上来了。

两军对垒。

一触即发。

空气像死了一样凝固，任何一点火星都会引发爆炸！

就在此时，"我军"一个胆小的没拿棍子，疯狂地往船上逃，想跳到水里逃命。

一个土匪端着一把梭镖，"嗦啦——"一声刺穿了胆小鬼的肚子，胆小鬼一声惨叫倒在了地上，肠子流出了肚外，鲜血满地。

三宝鞋匠喝声："打——"

十一个人操起杂木棍，拼起命来打，短兵相接，一打一个准，把土匪的步枪全部打落在地。水手们拿起枪来想开枪，却不会扣那扳机，索性把步枪当作棍子使，打得难解难分，血肉横飞，一个个喘着粗气，眼睛里喷得出血来。

战斗进行了一个多小时，打死了十一个土匪，最后一个土匪被打烂了耳朵后，飞快地向河边逃去，跳上随大船拖来的小渔船，夺路而逃。

我父亲奋起追去，跳上随货船带来双飞燕小船，划起双桨就要去追。

三宝鞋匠在洲上大声喊："龚同发呃，追人不过百步啊！"

"追人不过百步"是江湖饶人的潜规则，也是保命的护身咒。勇敢的龚同发听了劝告，没有再追。

船开到汉寿后，三宝鞋匠带人把缴获的枪交给了团防局，梭镖则自己带回家，用来打了鱼叉。

我11岁（1946）时，父亲在一次航运时出险，打烂了一只七十多吨的船，之后再无人请他。

我所在的村当时叫石板村。父亲就租了一只两吨的船，或者做渡船用，或者做生意，装陶罐等到安化的江南、小淹、东坪等地去卖。顺流而下时，父亲让我在后面掌舵，他在前面指挥，他手势往左，我就把舵往右打，他手势往右，我就把舵往左打。我就这样学会了掌舵，没过多久就可以单独放船了。

卖完之后再背纤把船拉回来。父亲搓棕索做个棕褙褙让我背着，父亲就下到水里去推。

这样干了半年，十二三岁我就读书。我十四岁那年，家里做了一只五吨左右的小船做生意，因为船大，回来时还请一个人拉纤。没做生意时做横渡。

1951年我已经十六岁了，父亲让我当家，业务的大小事情都由我说了算。我们造了一只二十二吨的船装煤、陶罐等到益阳去卖，也去过湖北孝感、沙市，还装芝麻、稻谷，到过武汉、洪湖等地。

从汉口回湖南时必须刮北风，没有刮北风必须等。北风来了随时走。有一天晚上八九点钟的时候，来了北风，我们马上扬帆起航。没想这次北风越刮越大，风帆放不下来，要用脚使劲地踩，我们四个人使出吃奶的力气，好一阵子才把风帆扯下来，等到帆扯下来之后，船已经漂到了岸边搁浅了。我们四人又拿起木棍撬，撬出一身的汗才把船撬到河里，这时北风已经停了，我们得等北风来了才能继续走。但这时，我们已经累得精疲力尽了。

这样的事也是经常有的。

我驾了九年的船，掌了六年舵。

1949年镇压反革命时，我是水上值保会的值安员，两个土匪在斗争过程中逃跑了。新化县十三区立即发布通告。我是最年轻的值安员，我立即想出一个办法：把所有的渡船都连接在一起，让他无渡船可过。因为要逃出白溪当时必须走水路。我驾着一只小船在河边等着。

等了几个小时，土匪见我一个人守着排，就要租我的船过河，说是到河对岸去打米。我立即吹出口哨发出信号，埋伏在周围的民兵立即冲了过来。土匪见民兵围了过来，就要跳河自杀，被我一把捞起，摔到了船上。后来这两个土匪被送到县政府公审枪决。

1956年，我的船被折价四百多元归公，交给白溪的星星合作社，我成了合作社里的一个监察委员兼生产队长。生产队一共有四只船，都是三十吨以下的。我是个急性子，干就要干好的。我组织的这四只船赚钱最多，航运管理站就发展我入团，当了团支书。

1958年，新化县成立运输人民公社，调我到人事保卫科，以工代干，当安全科监察员，又让我兼下水调查、海水事故调查等。

1958年冬天，我被下放到生产队去搞冬种蹲点，最难的工作是将粪窖里的粪掏出来，粪又冷又臭又硬，我一点都不害怕，钻到粪窖里去把粪挖出来，装到箢箕里，举到窖的边上，妇女们只管担粪就行了。见我这样不怕苦不怕臭，大家都很称赞我。

1959年上半年，我又被下放到船队驾船，兼新化县运输人民公社文工团团长，以前喜欢看戏的我，在下放的这一百天里学会了唱花鼓戏。一百天后被召回去，当了公务员，给我定薪水是29元5角，但实际上发了30元，因为我虽没当股长却主管了股里的工作。1963年以后，我当公社的组织委员、监察委员，工资涨到了41元。由于工资不高，当时与我一起被转为公务员的四个人有三个不干了，回生产队当农民。

原来我们新化归宝庆府管。

宝庆府有十二条溪。

外河有航标，湘资沅澧叫山河，资江在临资口注入洞庭湖。长江才叫外河。外河上有航标。

资江里的船主要有鳅船，新化人为主，这种船大小不一，最大的可载一百五十吨。

毛板船，两头翘，枞木做的，十来个人驾驶，八匹桨，中有太平舱，板辙。槽船，冷水江人为主，屁股是翘的。

渡船，掌渡船的主要是年龄大的，丧失劳动能力的。

二十吨的船，左右各三人划桨，五六十吨的，左右各四五人划桨，还要架外跳，外跳一米八到两米，会游泳、水性好的在外跳上划桨，水性差的在船里面摇橹。

不同的船有不同的号子。

毛板船的号子，一般八人摇八人呼。

背纤的号子，载重七八十吨的船，空船都要十来个人背。船上有扳索师傅，头篙师傅，边篙师傅，桅子有十几二十几米高，篙子结实，结骨要密，通头般大。铁箍都有好几斤重。回船同伴要一只一只扯上来。我是头篙师傅，穿的是废麻织的草鞋，比草鞋耐磨多了。头篙师傅那一背篙，一转身，一抵，是非常有力的，上滩时，头篙师傅的眼睛发出羊股子光，头篙师傅的肚皮上加了一个厚厚的护兜，还是经常被顶破。

大船有十几只篙，称为排篙。

新船下水时，全村帮忙，一起呼喊下水号子。

卸货有卸货号子。

背纤时四脚着地，脚抵着石头，双手趴着。纤夫待遇不高，从益阳背到新化，一箩筐米，一百多斤的样子。其中要打三次牙祭，益阳打一餐牙祭，吃老板半斤肉，中间到了东坪打一次，一个人半斤肉、四个菜。早餐、中餐要吃肉，晚餐随意。冷天要吃天光饭，回到家里要吃一餐。

行船跑马三不算，又说是行船跑马三分忧，还说是行船跑马三分命，也有说行船跑马三分险。都是说的行船是很累、很危险的事。

"下水书生，上水畜生。"意思是下水时，穿得干净整齐、体面，上水时，衣服已脱得精光，身上也弄脏了，像个畜生。

合作社成立以后，三十吨以上的进国营湘航，三十吨以下的进合作社。

人民公社成立后，公社只有鳅船，没有毛板船了。

我一生多次勇救落水者。

13岁那年，有一天我在河边看到从一艘停在岸边的七十多吨的鳅船船舷上掉下来一个人，那人可能不习水性，又瞎挣扎，人掉到水里就看不到了。我想都没想就跳下水去，潜水五米多到船底下去找，没找到，再次潜水四米多，终于把人救了上来。这是我第一次救人。

不久，又有一个人掉到水里，急得一顿乱爬乱叫。我跳下水去，根本拉不动他，反而差点被拉了下去，我使出吃奶的劲儿，好不容易抓到船，借助船的力量把他拉上了岸。这人后来崽孙满屋。

1962年冬天，茶溪公社田淌大队一个老头子穿着胶鞋棉衣到溪河里捡死鱼，一不小心掉到冰冷的溪河里。我见状，奋不顾身地冲过去，顾不得脱衣服就跳到水里，把那人抓住。那人年纪大，行动不便，又穿着棉衣浸了水，特别重。我不顾一切，咬着牙硬把他拖上了岸。

1963年，一些干部在新化师范学习，傍晚时到资江里洗澡，我在河边一个厕所里解手时，听到一个菜农大呼"救命!"我提着裤子出来，只见一个后生沉到水里去了，赶快跑过去，找了三个地方都没有找到人，因为水太混浊了，看不清。第三次沉到水里到处找时，才摸到那个人，将其拖上岸来，送到新化县人民医院，经抢救无效死亡。死者29岁，那一年我也是29岁。虽然人没救活，但县里还是对我通报表扬。

1966年夏天，我在邵阳北仓公社开留守干部会议（社教结束后，一个村留一个干部，叫留守干部）。休息的时候大家在有四五亩宽的塘里洗澡。突然，一个叫曾宣贵的新化县委组织部干部由于抽筋掉到了水里，我几个猛子游过去，迅速游到他身边，用肩膀使劲将他托了上来。

也是在北仓公社，一口水塘先年冬修时留了一个坑，两个人在岸上用手浇水相互泼着玩，突然，两个人都不小心掉到了水里，岸上的人都急得拍腿、大叫。此时我距水坑有四五丈远，正打着赤脚，不顾一切地冲过去，见水里有水泡冒上来，寻着水泡一个猛子扎下去，就把两个人托出了水面，在众人帮助下两人得救了。

1966年的一天，我在茶溪公社搞社教，有一个人去公社信用社借钱，路过溪河时，发现河里浮着死鱼，便去捡，不知怎么就掉到了河里。周边看到的人不习水性，没去施救，有人到公社来叫领导，我马上赶到现场，人是没救了。我跳到水里，将其遗体托上了岸。

1969年，我主持茶溪公社的工作，福星大队的支书与会计闹矛盾，会计一气之下跳到水里。我闻讯后马上去，但人已经不行了。我不顾一切，将其遗体托了上来。

退休之后，我自己置了一只小船，平时用于过河买菜、买米，过河办事。有时帮助别人过河。有时还用于见义勇为。今年（2018）已退休23年，还先后打捞浮尸十具，送去土葬和火化各五具。

白溪镇老科协会长张先楚说到龚球生，有点不以为然。

我始感讶异。龚球生这样一个苦难打不倒的、经常做好事的人，怎么一个老同志对他不以为然呢？

原来，龚球生那条小船，是白溪镇航运部门的执法对象。过渡船由镇里统一经营，可龚球生还去用那条船渡客人赚钱。镇政府的人几次上门去执法，龚球生态度非常强硬。面对这么一个老领导、老同志，镇里的人感到无计可施。于是转而求助张先楚这个老领导，毕竟，龚球生还得参加退休支部的活动的。

张先楚当然是与龚球生老友交心，所以龚球生能够接受。但一谈到船，龚球生脸色很不好看。这条船，就是他几十年的"私家车"，河西现在是一片山村，河东是一座闹市，一切生活物资，连理个发都必须到河东去。一两天不到河东打一个转，肯定是不舒服的。龚球生也许这样想：我的船湾在自家的附近的湾湾里，与资江航运没半毛钱关系，丝毫都不妨碍交通，凭什么要我处置？我驾了一辈子的船，现在又住在河边，没有船习惯吗？我碍了谁的事？更何况，我驾着小船，冒着生命危险做了那么多的公益事情，救了那么多人，打捞那么多浮尸，给过往群众方便，有什么不可以？！你们搞的这轮渡，慢得要死，喊都喊不动，到了时间就下班，群众哪里方便？！公私结合，解放生产力，我这个老家伙驾着小船，急他人之所急，犯了哪门子的王法？

两人沉默了好一会儿，张先楚明显地感觉到，龚球生的青筋都要暴露出来了。

张先楚拿着茶杯，一而再，再而三地向龚球生举起。龚球生开始并不理会，低起眉毛，一股很大的气。

"老兄，我们都八十多岁的人了，几十年的兄弟……"

龚球生才轻轻地抿了一口。

良久，张先楚才说："老兄啊，我们都是共产党员，几十年的老党员啊……"

只这一句，龚球生强烈的敌意，便瞬间瓦解。

最后两人商量出两个解决方案：一是卖了，二是解了当柴烧，就像当年汉口解毛板船一样。

从张先楚家里出来，龚球生放眼一望，觉得镇上的街景熟悉又陌生，好像自己这一去，就不会再回来了似的。他忍不住使劲地多看几眼，好像要把这些街景，街上的米店、豆腐店、理发店、杂货店、饭馆，通通装到眼睛里带到河那边去。

他走着走着，走得似乎有点儿踉跄，似乎要跟这一切做最后的告别似的。这时一辆摩托车轰着油门冒着大烟地飚过来，到他身边骤然停下，那小伙子差点脱口而骂："找死啊！"抬头遇到龚球生鹰隼一样犀利的目光，觍着脸笑了笑："球生爷，是您老啊！"龚球生露出一丝比哭还难看的笑意，悄悄地侧身而过去了。

那小伙子回过头，看着龚球生无声的背影发愣了好一阵子，才重新发动油门往前飚去。

来到河边他小船上，龚球生合起双手，向四面八方作了个揖才登上小船，拿起撑篙，一篙撑去十来米，黑白发亮的铁质篙头顿时提起一溜水滴，就像挥泪洒江河般悲壮。

龚球生这才坐下来，拿起一匹桨，使劲地划着、划着，桨叶起落处掀起白花花的浪花，冬天的江风一阵阵扑到他的身上，他生起一种英雄赴死的悲壮之感。小船很快就抵达了它熟悉的彼岸，那个避风避浪的"专用码头"。一跳下船，龚球生就跑回家里拿来一只老木桶，一桶一桶地往船上倒水，很快，船上就装满了水，沉下去跟水平面差不多了，他又跑到周边搬来石头、废砖，一块一块地往船身上掷去，沉到水里的小船就像一只眼睛，茫然地看着它的主人怪异的举动，终于，小船不堪砖石的重负，"嚯——"的一声沉到了水底，水面上卷起一个巨大的漩涡，就像小船对它的主人发出冤屈的悲鸣……

龚球生瘫坐在河边的湿地上，双眼噙满泪水，浑身都湿透了……

三

今天的汉正街依然繁荣。汉正街是中国改革开放的试验田和风向标。依据中新社的报道，1979年底，汉正街率先为103家个体户办理工商营业执照，鼓励个体私营经济发展，拉开了我国商品流通体制改革的大幕，成为中国从计划经济步入市场经济的典型代表。1982年8月28日，《人民日报》发表题为《汉正街小商品市场的经验值得重视》的社论。在舆论引导和政策推动下，个体工商户的积极性被充分调动起来，汉正街市场个体工商户数量从1982年上半年的209户，增加到1984年底的1063户，其中约有200余户先期成为"万元户"。

20世纪90年代，仅1.67平方公里的汉正街，凭借60多个专业市场、150万吨年货物吞吐量，成为华中地区最大商品集散地。90年代，汉正街市场开始向综合型、专业化、商场化方向发展，并逐渐形成了服装、布匹、鞋业、副食品、日用化工品等46个专业市场，个体户达1.3万户，经营商品6万多种，日均人流量达15万人次，年销售额约100亿元。

汉正街效应激活了当时的商品经营市场。"对外开放看深圳，对内搞活看汉正（街）"的说法传遍全国。但随着一批小商品市场的兴起，汉正街的地位开始每况愈下。进入2000年后，汉正街走入了一段相当长的低谷时期。交易额从全国十大小商品批发市场的前三位降至第七位，市场地位则逐渐降级为一个区域性市场。

伴随市场规模萎缩，辐射影响力下降，"天下第一街"的光环逐渐褪去。不仅如此，汉正街还滋生了"水货"泛滥、物流不畅、消防隐患等问题。业态实现的是"三现"：现金、现场、现货的经营方式。这导致人居、商居混杂，交通拥堵，消防隐患极其突出。窄窄的巷道内摆满各色商品、嘈杂的叫卖声此起彼伏、来往商贩络绎不绝……这是过去汉正街最常见的售卖场景。

汉正街区域内商铺、仓储、加工、住宅高密度混杂，已超出城市中心的容纳极限，消防、交通、治安、环境等问题更成为汉正街做大做强的桎梏和枷锁。

2011年，武汉市委市政府痛下决心，对汉正街实行综合整治，达不到消防改造要求的，一律实行关闭和外迁模式。汉正街管委会开始引导商户找准自己的定位。从简单的做仿品和贴牌，到现在有自己的品牌和知名商标，有自己对未来时尚的把握。

通过搬迁改造，老鼠街、十三行等40多家传统市场彻底消失，依附于这些市场的部分工厂也大量外迁；在汉正街核心区，经营面积从200万平方米缩小至100万平方米。原先的2.7万户商户，一大半迁往汉口北和汉川等地。

今天的汉正街被《长江日报》这样描述：颠覆了过去"买全国、卖全国"的概念，超脱了只是一个二级批发市场，更多地去融入现在一个大都市时尚产业的范畴中。2019年4月12日，最后一艘趸船离开宝庆码头，标志着武汉市提前完成港口岸线资源整治工作。硚口区自2016年启动沿江港口岸线资源环境综合整治工作，共计拆除码头38个，离岸船舶177艘，昔日拥挤、破败的岸线，回归自然。

如今的江滩公园，建成面积70余万平方米，其中绿化面积36万平方米，亲水步道、绿道长度近35公里，每天都有约10万人前来运动、散步、休闲。汉江北岸将"涅槃"成武汉市又一处赏景休闲的景观带。

四

进入21世纪后，不断有民间人士谈起资水复航。时隔半个多世纪之后，资水复航被提到了官方的文件里。据《娄底日报》报道，2011年12月初颁布的《湖南省内河水运发展规划》，把资水列入地区重要航道发展规划和十大重点工程建设项目。《湖南省内河水运发展规划》是为今后20年湖南省水运发展谋篇布局的顶层设计框架文件，是支撑全省经济社会发展的一个重要专项规划。该规划以2010年为基础年，2020年、2030年为规划水平年，确定了全省今后20年水运发展的总体目标和指标体系。该报道称，《湖南省内河水运发展规划》明确提出：投资128.6亿元，加快湘江、沅水、资水航电枢纽建设，渠化全省高等级航道。其中资水航道邵阳、娄底至益阳440公里规划为四级，实现全线打通资水航道、高效通航（500吨级运输船舶）；涟水复航工程规划投资89亿元，新增1000吨级航道175公里，实现湘河口至娄底涟钢大桥175公里航段复航，打通湘中地区重要的绿色经济大通道，娄底港将建设成为全省15个地区重要港口之一。

但此后很长时间，资水复航的相关信息始终沉寂。

直到最近，我看到多家媒体报道说，2020年娄底"两会"期间，娄底市人大代表曹利生建议，在柘溪坝旁边500米处新建一船闸，船闸长2000米，在河道中间适当位置新建低位漫水堤坝（同时设计船闸和鱼道），以提高通航等级，同时满足沿江重要集镇水位。

笔者2020年7月26日晚从新化县副县长吴黎明处获悉，资水复航正被编入新化县十四五规划中。

资水复航，当然非常值得期待。

# 第十四章 《资水滩歌》

劳动谋生总是美丽的。

"劳动人民"在任何时期都是一个光荣的词儿。"三百六十行，行行出状元"就是对各行各业劳动者最好的肯定。"清洁工"也被誉为城市美容师。

而"船工""水手"在以航运为运输主渠道的年代，更是非常夺目的行业，是非常令人向往、令人尊敬的职业。

从1799年到1958年，毛板船这160年的航运史，就是梅山人谋生存的历史，是梅山人的商业史，是梅山人的冒险史，也是梅山人的传奇史，是梅山人的文明史，还是梅山人的浪漫史和创造史。

每年从二月涨桃花水到五月涨端阳水期间，2000多艘毛板船放到汉口，这是资江和长江航道最为壮观的景象，一艘艘薄如蛋壳的船只，却满载着100多吨的煤炭和十几个汉子，乘风破浪、漂滩过险、跃过急流、滑过缓水，漂过600里资江，转入苍茫茫八百里洞庭，识风借力，又漂到风急浪高的千里长江之中，与风浪、天气、劫匪和死神进行生死搏斗，借着风力，历尽九死一生，漂到汉口。这是怎样的奇迹？又是怎样的美丽？自古以来，还有比这更加惊险、刺激、精彩的谋生风采吗？

也许你会问：放毛板船这么大的风险，为什么还有人敢去冒呢？

马克思曾经在《资本论》里说过："一旦有适当的利润，资本就胆大起来。如果有10%的利润，它就保证到处被使用；有20%的利润，它就活跃起来；有50%的利润，它就铤而走险；为了100%的利润，它就敢践踏一切人间法律；有300%的利润，它就敢犯任何罪行，甚至冒绞首的危险。"

人性是相近的。

毛板船的特殊性就在于它是只有在那一时段（1799—1958），只有在那条航道上才有的船舶，其他时段、其他地方是不曾有过的。是世界航运史上唯一一次性使用的巨型船舶。

据《新化县志》统计，1949年前，平均每年有2000多条毛板船到达汉口，给梅山地区每年赚回数以百万计的银元，直接间接靠毛板业为生的人达二十万之众。


资江航运就是中国早期的资本主义萌芽的生动表现，毛板船老板就是中国早期的资本家，其剥削方式完全不同于传统的地主。毛板船老板和船工的关系是比较友好、和谐的，甚至是一种合作关系。不像传统的地主可以随意打骂雇工。

毛板船上生活很好，白米饭、牛肉和鱼仔尽量吃，由长守（长水）实报实销。有亲友去益阳、汉口搭便船的，也随着一起吃，不收伙食费。在吃一餐饭都是得到"恩典"、众多人吃不饱肚子的年代，毛板船上却有这样的待遇（当然当时的牛肉很便宜，可能是农家养牛较多的原因），这实在是很好的条件了。

舵手也是工人，但船老板开给舵手的工资比整条船的船工的工资加起来还要高。舵工还属于"三根半烟袋"之一（即舵工、铜匠、拳师各为一根，阄匠为半根），除了吃好饭好菜，船老板还得给他好烟抽。

到达益阳后，船老板还要雇佣轿子送舵工回家。这是传统的地主和雇农之间的关系所不可比拟的，甚至是不可想象的。用今天的话来说，舵工就相当于公司的CEO吧。多次放船不出事故的那当然是"红牌舵工"，船老板更是要开出好的待遇抢人，还要靠感情留人。

毛板船工就是早期的工人，或者说，毛板船商就是早期的湘商。毛板船精神就代表了湘商精神，体现了能吃苦、能霸蛮、敢拼命的梅山精神。也体现了最初的资本家与工人的关系。它颠覆着农耕时代传统的地主与雇农的关系。一种新型的合作关系在水上形成了。毛板船上的合作关系，代表了当时最先进的生产关系，表现出了最典型的团队合作精神。这样的关系和精神，是被优秀的湘商继承并发扬着的。

当老板的敢冒险，是因为老板的利润特高，当时流行的说法是："十艘毛板中途打烂了七艘，只要有三艘到达汉口就有赚头。"还有一种说法："十艘毛板中途打烂了九艘，只要有一艘到达汉口就有赚头。"

百多年来，这些说法难免以讹传讹，也无法再去进行论证。但至少说明一点：毛板船的利润超过了马克思所说的"百分之三百"。那么，老板当然就敢冒着生命的危险。这也是资本的一般规律。

当然，大浪淘沙。毛板船还有另一个概率，就是老板们成功与失败的总体概率。一河水能放十艘毛板船的大老板，这从老板个体的总概率来说当然是有赚不蚀的。但从从事毛板船行业的总体情况来看，这个行当同样有中小业主。那些资本并不雄厚的中小业主，一次只能放一艘两艘毛板船，第一次船丢了，可能尽其所有加上亲朋的借贷，重整旗鼓再搞第二艘，如果第二次仍然倒霉又打烂了船，那就一辈子也莫想东山再起。这种失败的业主也不在少数。

不过做毛板生意赚了钱的还是多数，所以每年新化总有两千艘以上的毛板船放到益阳、汉口（中途沉没的还不计算在内）。

以平均每艘毛板载煤一百吨计算，每年要输出二十万吨以上的煤炭，以每吨煤炭银元八至十元计算，每年要换回二百多万元的现金或粮食布匹，这在当时是一个了不起的数目。


自然环境恶劣，全靠人力战胜高浪、险滩、激流，其危险系数之高可想而知。有时突遇到电闪雷鸣、大风、大雨、大浪，毛板船全军覆没也是有可能的。

湘商们自己往往既是商人也是船工，他们在共同面对的无数生死考验中，结成了比血肉亲情还要牢固的友谊。因此，任何场合，只要是湘商与其他商人发生了矛盾，湘商肯定是不问对与错，都会不顾一切地帮助自己的人。湘商们的这种相互帮助，完全不需要任何理由，完全是全力以赴！不管生死都要"相帮"，这也是梅山文化、血性精神的典型表现。因而在商界形成了非常有特色的"打湘帮"。甚至，"打湘帮"成为了资江流域的一个家喻户晓、不论妇孺张嘴即来的"成语"。

毛板船人在危险中结成的生与死的交情，活下来后不顾生死相帮同伴的血性和义气，真是令人惊叹。

当毛板船的舵工、水手更是必须冒生命的危险，被称为"在阎王爷的鼻子下面抢饭"。不过毛板船的工资高，普通的船工褡襻子，每年只在春夏之交划得五六次船去益阳，就能赚得当长工两年的工资，下半年还可以干点别的。不也达到了马克思所说的"百分之三百的利润"？当舵工的更不用说，放一趟毛板就可得到十多担谷子的工价，一年放五趟毛板，就是一百多担谷子，还不要当粮纳差，比一个中等地主还强。年轻人十几二十岁下河拉褡襻，熬得十几二十年就有希望进档拿舵把子当舵工，这就是水手们最高的希望。很多放毛板船的舵工都是坐轿子回新化，就像老爷一般。

正是因为这样，在没有别的出路的情况下，上毛板船拉褡襻是沿河人家年轻子弟最好的出路，风险再大，不愁没有人去放毛板。

在毛板船兴起来之后，木匠的地位发生了颠覆性的变化。以前陪末座的盖匠，被众木匠推上了席首。也许开始盖匠还有点不好意思，有点扭扭捏捏，有点耳红心跳，有点坐立不安，慢慢地，也就心安理得，也就底气十足了。曾经稳坐首席的挖木匠，在毛板船时代到来以后，只能陪坐末席，甚至自称为"雕虫小技"。

因为这时候，盖匠的产品木板不必经过再加工，就可直接用来做毛板船，而且需求量剧增。盖匠的作用在众木匠中首当其冲，无人能比。虽然船工们要用到盆、棍、碗等，但首要的还是能赚钱的船，赚了钱才是硬道理。毛板船，首先还是靠这木板要锯得均匀，厚度要分毫不差，这需要盖匠默契地配合。这时，原来被认为没有技术含量或技术含量不高的盖匠活，人们才知道原来也是有技术含量的。

"盖匠"是梅山的土称呼，标准称谓应该是锯木匠。锯木匠又简称锯匠，其工作在木匠活中技术含量最低，甚至连木匠都算不上，所以被简称锯匠。锯匠和木匠给同一个东家做事时，锯匠理所当然地只能坐末座。旧时梅山的木匠可以分为大木、小木、圆木、挖木。所谓大木，指建房子、造棺材、搭架子的木匠；小木乃是做锄头柄、扁担、拳棍等的木匠；圆木便是做脚盆、脸盆、桶子等的木匠；挖木则是要在木头里面挖孔的，如做木碗、汤瓢、捣胡椒的臼等的木匠。


任何艰苦的事情，人们不必将其想象得完全苦情。俗话说，苦中作乐，在艰苦的工作中，人们总能从苦中找出乐子来解脱困苦。航天员被认为是最冒险、最辛苦的，但航天员在空间站也可以上网、发微博、看大片。开长途车是辛苦的，但在20世纪90年代，长途车经过的马路两边，到处是饭店，到处是客栈。

放毛板船也是有快乐的。梅山人善于找乐子。

船在河中行驶，岸上的姑娘们有时也用山歌"勾引"船工，而船工当然也不是吃素的，于是兴对歌，也可以说是男女调情：


（女）养女莫嫁驾船郎，一年四季守空床；妹想郎来郎想妹，河风吹老少年郎。

（男）一根篙管撑过河，今天碰到个婊子婆；下口赚钱上口呷，真是可怜可怜哟。

（女）划船客来划船客，家里老婆莫管她；四脚落地把纤背，辛苦赚钱快活花。

（男）岸上嫂嫂走路扒个扒，胯底下夹起两块叶子粑；等我到益阳打回转，专门来找你耍一耍。

有时船工们看到岸上男女在一起调情，也就用山歌讽刺、戏弄他们：

油菜花开黄又黄，舅母偷到外甥郎；

外甥房里好洗澡，舅母屋里好上床；

当着舅舅喊舅母，背着舅舅喊婆娘；

伤风败俗太不该，劝你再莫乱纲常。

放毛板船到益阳要三四天，到汉口要十至十二天，水手们经不住孤单寂寞，因而在途中和目的地都有“干亲家母”即“野老婆”，男女相会，相拥抱抱，寻欢作乐，好不亲热。分别时，“干亲家母”一般送鞋、袜子底，或用笋壳叶、荷叶包几个鸡蛋给野男人留作纪念。这是死里逃生的船工们最为幸福、快乐的时分。

放毛板船时，船到了静水中，船工们边划船边唱《资水滩歌》。在资江上航船，是非常悲壮的行动。资江有七十二险滩，每过一滩都有生命危险。

这160年梅山人的血泪与传奇，创造了世界航运史上的奇迹，写就了湖湘人的商业传奇，沉淀了多少英雄的故事，积淀了多少民俗与习俗。

沿资江河与它支流的两岸流行着一首类似"无题七律"的滩歌，写的就是毛板船人的血泪与风险：

驾船要驾毛板船，骑风破浪走江天。
一声号子山河动，八把神橹卷神鞭。
船打滩心人不悔，艄公葬水不怨天。
舍下血肉喂鱼肚，折断骨头再撑船。

滩歌又分两种，一种起于冷水江沙塘湾的滩歌，一种是起于"宝庆"的滩歌。

为什么有起于沙塘湾的滩歌呢？毛板船当时有四个"始发站"，一个在宝庆府，也就是今天的水府庙附近，一个在冷水江的沙塘湾，一个在新化的塔山湾，新化白塔附近，一个在新化游家的大洋江。

沙塘湾有滩歌留存，说明从沙塘湾始发的毛板船之多。当地人甚至认为毛板船是沙塘湾发明的。有一次我在冷水江市作协几名作家的陪同下到沙塘湾采访，当我说毛板船的发明者是杨海龙时，受访者感到十分惊讶，因为他们认为毛板船是沙塘湾人发明的。

沙塘湾最有代表性的产品就是砂锅。可别小看砂锅，有时一只砂锅的价格高于一只铁锅，其利润不亚于煤、铁。当地流传这样一首民谣：

一担砂波锣（砂锅的俗称），
两头贴地拖，

摔烂一头货，

回本还有多。


砂锅现在的价格更高，相当于铜锅的价格了。人们在用惯了高压锅、烤箱、微波炉等现代炊具的同时，也发现砂锅依然有其不可替代的作用。2019年12月我当选娄底市民间文艺家协会主席之后，娄底市文联主席张湘平（沙塘湾人）重点向我介绍过砂锅，叮嘱我去挖掘整理。但我由于俗务太多，到现在还没有去。

据刘元清等主编的《大梅山研究》第二辑介绍，沙塘湾涌现了数千水手及数百舵手，不少家庭专靠毛板船吃饭，如水手、舵工、锯匠、制毛板篷的篾工、制桨的木工、打毛板钉的铁匠、织晒簟的篾工等，还有挖煤的窑工子、负责肩运的挑夫等，数以万计的人以此养家糊口。毛板船相关产业也十分红火，沙塘湾被人称为"小南京"。由于煤炭店多，为了便于发煤炭脚力钱，店老板还可自由印刷一些角票和分票。毛板产业在沙塘湾的发达可见一斑。因此，从沙塘湾始发的毛板船之多，也就可想而知了。因而，有专门记录从沙塘湾始发至益阳的滩歌，也就完全可以理解。沙塘湾本地的人文史书上，记载了多个版本。笔者现将刘元清等主编的《大梅山研究》第二辑记录的滩歌摘录如下：


沙塘湾开船像牯滩，黄杨底下陈山湾。

马嘶激起犀斗怒，美女梳头晚样滩。

修溪鲤鱼产子早，对岸就是雷打矶。

马脑修在老鼠石，炉埠码头船难湾。

永再湾里是大淹，垃圾要在湾里转几圈。

抬头望见吊脚的庵，转弯来到麻洋滩。

付家洲对唐家溪，西风塘下坡浪滩。

潘家院下硫黄厂，铁路飞越渣洋滩。

起眼抬头来观看，左边就是陡司岩。

旋塘湾里大湾里，一舵就下三篙滩。

涟溪河口有一井，井里犀牛常现身。

老鼠巷下岩巴凼，航标插在浪石滩。

施茶人喜驾倒筏子，化溪有个龙家桥。

对面就是鲤鱼滩，放流放到竹林湾。

满竹凼里堆子多，辕门柱子影花多。

划几划来摇几摇，不觉来到栗溪桥。

过了林湾高岩地，转弯就是沙洲滩。

叫声大家齐努力，划起势子好参口。

沙洲滩上三条缝，恰水就放杨家嘴。

杨家嘴上最难划，嘴岩底下扫凉篷。

肯莫慌来肯莫急，提转舵来放鲤鱼缝。

青峰溪里避洪水，青峰岩下万丈深。

水大泡花就越大，避开泡花放蛤蟆口。

谢家滩上蓑衣石，不觉来到月竹塘。

大小月亮真形象，一眼望见新化城。

上梅中学是私办，培养不少好人才。

把船靠在塔山湾，大家上街玩一玩。

新化城里好热闹，毕家巷里好糯米粑。

呷面要算九六园，通吉桥下好旱烟。

还有好多说不清，大家回船往下行。

新化开船磨河滩，宝塔修在塔山湾。

袁家山下萝卜好，车木对门天子山。

道士吹得牛角叫，良庚滩下游家湾。

王儿滩下长风塘，白沙洲下丫乌滩。

辇溪河里好过渡，单滩转弯是夏滩。

辰滩小洋鳜鱼地，车石底下新河滩。

油溪有个尖石凼，中家庄对门洪岩山。

白溪有个文昌宫，豆腐好呷有名声。

木盘洲上抬头望，抬头只见石子湾。

铜锣不见铜锣叫，汪家洲下豺狗滩。

石槽铺上莲花现，千家丢落十洲山。

鱼公口里把茶喝，铜手石在大无湾。

大无湾里随湾走，礼溪对门梨子山。

龙口底下曹元地，转弯就是竹叶滩。

琅塘有个杨木洲，苏溪立起提金关。

问我装的么咯货，我今装的是煤炭。

摇几橹来划几划，掌起舵来放下滩。

大水就把干来放，细水就把槽来扳。

瓦滩只见滩水叫，润溪有个樟树爷。

樟树大爷显神灵，请保平安到益阳。

船已来到猪屎滩，叫声快把香纸敬。

粮米一散镇邪神，保佑平安百事道。

台子石前要坐紧，抛出绣球是沦滩。

横岩嘴子水一发，咆哮如雷胆战惊。

如果老板财运好，未进牛栏进秀金山。

转几圈来想想法，生路就走满天星。

坪口本是花花地，叫声客几把船湾。

婆婆就是岩来养，一养就养担柴滩。

担柴贸得柴来卖，只怕猴子把门关。

十二矶来本是平坦地，马脑修建在洛滩。

洛滩有个蓑衣石，野鸡赶落培子山。

培子山里出美女，鸡婆凶里排难扳。

开锁要开钥匙口，白水底下是初滩。

瓷石门前竖梢进，姚家庄上水流散。

费力赚钱在眼前，扳排之人好畏难。

陡司竹山是羊脑，杉木青龙抽尺滩。

骡子赶过马蛮市，龙须下带柳兰滩。

狗尿屙在昌河滩，两口相对无名滩。


当然，最有影响的还是《资水滩歌》。

在160年的航运中，船工们自创自唱形成了一首史诗般的作品
《资水滩歌》，记录着资江航运的传奇与悲壮。《资水滩歌》是资水

上船工、水手们同死神搏斗的战歌。船民们在资江上行船必须熟练一系列操作技术：掌舵、撑篙、摇橹、荡桨、起帆、落帆、抛锚、起碇、拉纤、背缆、靠岸、离坡等，一环套一环，需要经验、智慧、力气和汗水。他们每到一个滩，都要高唱"滩歌"，给自己鼓劲壮胆。

《资水滩歌》在传唱中出现过许多版本，众说纷纭，而又大同小异。

在此，笔者存周少尧保存的这个版本。这个版本的《资水滩歌》，被多个资料收录、转载过。

《资水滩歌》也是中国历史上最长的诗歌之一。《离骚》373句，《孔雀东南飞》353句，号称汉代文学史上最长的叙事诗之一。而《资水滩歌》618句，堪称中国文学史上最长的叙事诗。只是由于没有一部全景式描写梅山毛板船的文学作品，以至于《资水滩歌》也被文学史遗忘了。但依然不愧是毛板船时代的精神遗存。


序　　歌

天下山河不平凡，千里资江几多滩，

水过滩头声声急，船到江心步步难，

谁知船工苦与乐，资水滩歌唱不完。


下　滩　歌

说唱滩来且唱滩，宝庆果然不非凡。

纸盖长沙容易破，桥打十里铁栏杆。

且看三门在水地，一门旱地雁门关。

东瓜桥上看景致，喽啰小鬼妙佩湾。

一声开船下汉口，象鼻头来头一滩。

竹子山塘把流放，艄公想起上河滩，

长滩只见长纤扯，景公塘里湾一湾。

婆婆岩上把鹰打，小溪就把姜来担。

小木滩来出红枣，抬头望见枞树滩。

青荆滩上打一望，吉人庙上小连湾。

石灰洞里歇一会，大连湾下大屋滩。

兄弟同把花园进，出门又是小屋滩。

粟滩走船如跑马，看见前面小南山。

七里塘下团子石，猪楼门内心胆寒。

干水要把短纤扯，大水稳舵莫乱扳。

柴码头上多柴卖，小溪没立卖柴关。

晾罾滩下是球溪，柘滩下来连里湾。

麻溪哪见担麻卖，沙罐出在沙塘湾。

干水象牯滩头放，马屡口里马披鞍。

鸳鸯滩上排云雾，忽然雷公打鸡蛋。

猫儿扑地老鼠石，炉埠果然好煤炭。

西风塘里西风起，皮箩岩下皮箩滩。

沙罗滩上纤难扯，一扯三碰难上难。

陡山岩里乌金好，岩下就是旋塘湾。

连皮加二乡里货，下河炭要秤加三。

开船有个三篙半，老鼠港里锡矿山。

学堂岩上来观看，十里茶亭口也干。

化溪姑娘三仙会，鲸鱼滩下竹林湾。

辕门柱子有一对，青滩航道在中间。

马蹄塘下杨家咀，一洲二洲三洲滩。

青峰塘里清风起，顺风一落谢家滩。

上渡港里歇一会，独石塘下垣洲滩。

新化县城来观看，四门扎起营盘关。

西门抬头打一看，衙门坐个知县官。

为人莫做亏心事，到了官场也为难。

东门抬头看下水，过河想起上炉观。

新化开船磨盘滩，宝塔对着塔山湾。

袁家山里出萝卜，车把溪对天子山。

老师吹得牛角叫，晾罾滩下游家湾。

王爷滩下长风走，白沙洲下尿壶滩。

攀溪河边好过渡，丹滩转弯是卡滩。

神滩小洋鳜鱼地，车石下来心窝滩。

贵州赶来黄牯坳，白沙洲下高桥滩。

油溪有个迭石凼，中家庄抵红岩山。

鹅洋滩上抬头望，抬头望见东门山。

白溪无有江西客，曲蟮滩下石头湾。

石子湾来湾不湾，雷公响在思本滩。

祖师座下莲花庙，五马破曹观音山。

望花街上株木溪，杨家塘下豺狗滩。

石莲斛里莲花观，千篙滩下十竹山。

太湖崖来随湾走，下面有只鳊鱼山。

礼溪有个成进士，潘溪有个御史官。

牌头滩上抬头望，望见对门岩鹿湾。

烟田滩下槽船地，龙溪脚下清水滩。

琅塘有个堤机局，杨木洲下白沙湾。

千兵洲上多沙子，鸡婆咀送松树滩。

抬头搭上滩脑水，且看苏溪湾不湾。

问我装的什么货，装的烧纸和煤炭。

喊起号子摇起橹，调转舵来放瓦滩。

大水放船要提干，干水要往巢里攀。

瓦滩只听滩水响，大水湾在渡头湾。

鸡鸭鹅鸭是润溪，紧桨飞落猪婆滩。

桥墩石上把谷晒，黄金堆在猪屎滩。

好似横岩座水口，讲起洋桥不简单。

观音赶来桥墩石，化作肥猪挤下滩。

不是洞宾来点破，修起洋桥不为难。

只为洋桥修不起，抛打绣球是泥滩。

平口本是花花地，叫声客官把船湾。

上街玩到下街止，只见藻水湾一湾。

婆婆就把鹰来打，一把打落担柴滩。

社溪本是坪河地，猴子忙把门来关。

乐滩有个蓑衣石，野猪走落排子山，

排子山里出美女，鸡婆塘内船难湾。

猫儿听见泥鳅叫，老鼠怕了猫儿耽。

白鹤赶落童子拜，干水放船水滴湾。

磨家池里打一看，渠江对门斗笠湾。

铁匠打把钥匙口，白水溪下是初滩。

湖泊塘里把橹起，只见商笼把鸡关。

火烧滩下纤难扯，盛产桐油是神湾。

毛篙滩上千篙石，探溪有只狮子山。

雪落鹅毛来下水，扁担石在鲇鱼山。

水米煮粥南坪地，只见鲤鱼跳上山。

黄牛怕了色刀子，皮塘有个观音山。

方石门前捆艄走，尧家庄内排难扳。

娭子竹山是羊脑，杉木青龙丘尺滩。

狗屎屙在猖狂洞，黄连洞里鬼门关。

碧溪有座观音阁，两口相对无名滩。

大牛滩下漏灌子，鹅嘴叼过杨泗湾。

杨泗庙里把神祝，挂打三巡三门滩。

鲤鱼穿腮现手段，花花绿绿是榨滩。

米窖湾里卖沙竹，陈口乌龙一条滩。

纸钱落地排八卦，乔溪黄沙一石担。

酉洲对门生金竹，陈口乌龙一条滩。

纸钱落地排八卦，乔溪黄沙一石担。

酉洲对门生金竹，大鱼矶下小鱼滩。

鱼公滩下把禾晒，孟公脚下君王滩。

阳雀坪对塘士坳，朱溪江下水鹅滩。

先生送我寺门前，玛瑙出在砸脑滩。

曹操带兵江南地，出口又是磨子滩。

好似边纲对麻溪，百花开在老屋湾。

黄瓜滩下白沙上，平地铺毡挂树冠。

柽木为箍把柴捆，小淹有只虾公山。

一舵闪过老鼠石，雄鸡山下蜈蚣山。

河至溪里出杉树，梅子塘下是庙湾。

一芦二芦花园里，斗米矶下中边滩。

星子雕在抱肚上，铁哥拦洪大边滩。

豹子园里出锅厂，夫溪叫作干肠滩。

七星滩下塘湾地，沙衣洪下天鹅湾。

棕子滩下汪家渡，鳜鱼走在泥波湾。

一朵莲花也结籽，金银财宝用箩担。

头顶原来九官渡，脚踏洪门莲花滩。

有人葬得莲花地，至今纱帽在朝关。

马家塘里好绸缎，过河铺下是五滩。

龙官望见栏杆地，鲊铺下前猪婆滩。

粟山塘里枝柴港，锦被王婆桐子山。

桐树林上吊钟厂，木鱼洲上相公滩。

筲箕又把米来打，三塘街上湾一湾。

新开淹下黄丝渡，倒挂金钩茄子湾。

九峰塘下干磨石，点起十个昼夜滩。

花花轿子轮流转，美女晒日是须山。

书塘街上养鸽子，月门山下笥箕湾。

金挂洞中意下庙，晒谷石在横口滩。

泥鳅洪里抬头望，桃花巷里船难湾。

宝塔又把水口座，五婆山下把牛关。

极嘴坝上抬头望，新桥河里湾一湾。

鹅公港下鹅公叫，抬头望见毛告山。

龙尾滩下现高手，青龙滩下把门关。

一路唤风把流放，新码头来船难湾。

千驾要走洪路水，毛板要湾鳊鱼山。

到岸老爷打一敬，大家兄弟把心宽。

姑娘叫作三仙会，玉石碟子摆中间。

益阳开船往汉口，抬头望见鳊鱼山。

魏公庙里把神敬，王庄对门犀牛湾。

堤机关上把关过，宝塔座在青水滩。

八母滩上把米买，开船又走金阳滩。

羊角抬起头来看，只见鞭把口又宽。

吩咐艄公紧把舵，来到毛角把口参。

三人河里松水过，开船又走邹塘湾。

桔子庙里算八字，姑嫂二人把花攀。

关公坛下白马寺，色子庙下是大湾。

轻轻出了临资口，牛屎仓里无人湾。

元潭坛上观天色，羊雀港里把船湾。

仔细心中来思想，米关立在芦林滩。

鱼骨庙里香一炷，娘娘港下云头滩。

羊节港里来思想，土星土林两港滩。

若是风暴不好走，不敢过湖赊刀湾。

白鱼便把鲒来现，崇山港里船难湾。

陈口坛上抬头望，抬头望见磊石山。

张家套里把篷落，扎矶嘴里买鸡蛋。

万寿湖里大龙旺，干水铜盆湖也干。

鹿角落在高山旺，龙虎嘴里龙虎山。

金泊港里抬头望，雷公湖里一鞭山。

南京港里癫子石，岳州有个提金关。

北门港里来思想，想起当初七里山。

城陵矶下金河老，擂鼓三通过五关。

善湖港里躲风暴，港内又立检查关。

开边有个巨凳石，白罗套上心胆寒。

就在鸭潭分南北，鱼矶地界是湖南。

王家宝真来金宝，新堤立起过排关。

毛铺对门太平口，骨花洲上把心安。

六金口里出广粉，对门就是孤独湾。

皇王便把提金立，船湾宝塔洲过关。

龙口哪见龙开口，抬头一望石璃关。

家汝有个上甲口，鱼码头来把鱼担。

燕子窝里出燕子，上林花口把花观。

排洲对门青潭口，顺田一路空江湾。

东阁老走慈丘口，金口对门大金山。

涓口又把老关过，风暴船湾荞麦湾。

鹦鹉洲前抬头看，望见武昌确非凡。

洞宾神仙把楼座，黄鹤楼下有蛇山。

河北锁里打一看，望见汉口是龟山。

汉口穿心八十里，不知街上几多宽。

有钱汉口真好耍，无钱真是汉子难。

问君走到何方好，花花世界一样看。


## 上　滩　歌

唱了下滩唱上滩，回心转意把心安。

汉口开船走上水，南岸过河计粟关。

载船就把双票用，空船车票好悠闲。

汉阳城边得意过，望见洋街殿四关。

武昌辞了都督府，涓口有个照粟关。

二十四股回湾水，往返要到大金山。

金口人来慈丘山，东阁老来定江湾。

吩咐牌洲般莫急，上林燕子一石担。

鱼码头上孤独湾，上水嘉汝石璃关。

龙口宝塔大金口，大风毛铺也难湾。

新市锣洲听鼓响，擂鼓台前心胆寒。

城陵矶前把船看，芦席洲前把船湾。

兵洲街上南津港，扯起风帆进鞭山。

忽然一阵雷公响，金泊龙虎旺高山。

铜盆湖里火龙旺，磊石陈口脱衣衫。

白鱼又把云鳍现，只见娘娘又下凡。

红薯出在土星港，白米出在芦林潭。

阳雀元潭牛屎港，铃子一响上大湾。

色子庙里只一色，骑着白马战江山。

关公坛上抬头望，只见姑嫂树又干。

南湖洲上西林港，八字哨上邹塘湾。

磨房滩里愁云锁，出了毛角心又安。

河塘街上打一看，只见甘溪港又干。

益阳关山船邦密，抬头又见鳊鱼山。

转身来到益阳县，直流三堡扯风帆。

我在汉口多年整，身无半文转湖南。

从头仔细来思想，何必当初赊账玩。

益阳开船望家乡，青龙滩上脱衣裳。

龙尾滩上现高手，毛昔塘里定阴阳。

鹅公港里淘白米，瓦桥河里拨米汤。

勺咀坝上打中火，桃花港里借歇场。

江内有个和尚石，叮叮当当到天亮。

横口滩有晒谷石，金凤鸡子到书塘。

书塘有个读书子，须山美女晒衣裳。

花花绿绿轮流转，十洞滩上樟树塘。

竹叶洪里一班纤，抬头望见九风塘。

倒挂金钩结茄子，三塘街上好灰行。

童子王婆盖锦被，天地枯柴栗山塘。

猪婆滩上是鲊铺，鲊铺滩上皮笺江。

凭栏望见龙公地，五滩上来马迹塘。

莲花滩上鳜鱼地，棕子滩上何散场。

蓑衣洪上塘湾里，善滩上来福鸡塘。

大鸡滩上一斗米，庙湾上来梅子塘。

安儿小淹青山好，陶澍果然好屋场。

财主买田满了贯，至今不许买田庄。

唱只骂歌叹口气，何草矶上白沙塘。

坪里铺毡葬陶澍，黄瓜滩上老屋场。

白花树上麻溪地，边江上来磨子塘。

曹操点兵江南地，一轮明月正相当。

先生送我寿门前，塘古贯里好槽坊。

糯米扎出粽子角，大鱼矶上金竹塘。

山西来了买茶官，乔溪开起卖茶行。

八卦滩上占一卦，只闻坪茶又喷香。

沙竹滩上把茶买，果然到了鳖子塘。

柘滩上来一班纤，鲤鱼穿腮三名塘。

杨泗湾里纤难扯，漏罐子上大溶塘。

飞云把月碧溪口，黄连洞内好歌场。

大柳杨来小柳杨，十个艄公九个亡。

龙须滩上有龙爪，马必市里马恋王。

丘尺当是鲁班用，青龙滩上杉木塘。

羊老滩上十八节，竹山一日到皮塘。

只见黄牛来下水，鲤鱼洲上探溪塘。

毛花滩上神湾地，高龙矶上湖北塘。

初滩只见白水溪，虎骨上山是渠江。

磨家溪上童子拜，排子对门鸡婆塘。

石灰洞内屙屎岩，乐滩社溪何散场。

猴子关门担柴卖，坪口少个卖柴行。

泥滩哪见泥落水，只见横岩拦断江。

洋桥猪屎出浆义，润溪有个公管行。

瓦滩只听滩水响，抬头望见苏溪江。

苏溪有只水麻庙，来往客人烧保香。

千兵洲上使把劲，送婆鸡子到琅塘。

曹船有个苏氏渡，潘洋有个御史官。

礼溪有个成进士，药店开个资生堂。

太湖湾里随湾走，千篙滩上石牛塘。

石莲斛里莲花观，摇橹划桨汪家塘。

铜锣滩无铜锣响，青荆对门杨家坊。

株木溪上思本溪，雷打狮子次起塘。

曲蟮滩无县官坐，抬头望见枣子塘。

白溪有个江西店，鸾头迎来好姑娘。

鹅洋滩无鹅公叫，石灰出在中家庄。

蓝靛湾里无靛卖，石笋出在尖石塘。

油溪哪见担油卖，黄牯坳对赵家坪。

邓家街上歇一会，车石鳜鱼在小洋。

剩滩有个团鱼石，转弯又是丹坪塘。

丹滩哪能担到底，卡滩也有船过江。

莘溪望见白沙上，油麻滩上长风塘。

王爷滩上来观看，游家湾有钉子行。

晾晋滩上抬头望，抬头望见太阳江。

湾船扎草寨背后，猪头还愿牛角塘。

灶门岩里出木炭，只见木炭下下装。

塔山湾里抬头望，新化城墙几多长。

宝塔底下歇一会，青石街上借歇场。

西门岭上天开门，不觉来到二堂上。

渔船来往争上渡，一网打进皮石塘。

谢家滩上风相送，青峰塘内有鱼藏。

连上三洲滩头水，杨家嘴上马蹄塘。

马蹄日夜叮当响，响在春潭牛耳旁。

一对柱子辕门竖，竹林湾上鲤鱼长。

三仙姑娘会化溪，路走十里有茶香。

学堂岩上鸡鸭落，起桨直划冷水江。

石头藏宝是锡矿，五湖四海把名扬。

旋塘湾水水旋转，码头上面好市场。

崖叫陡山山也陡，沙罗滩上纤路长。

皮箩滩边好篾箩，竹子出在西凤塘。

炉埠紧挨老鼠石，上头有滩飞鸳鸯。

银鞍披马祥光照，照见象鼻三丈长。

沙塘湾里沙罐好，宝庆汉口把名扬。

柘滩两岸白杨密，球溪晾晋晒鱼忙。

捡担干柴小溪卖，卖给纤夫烤衣裳。

猪楼门里肥猪大，屠桌摆在七里塘。

小南山前粟滩急，小屋大屋套连环。

石灰洞边吉人庙，青荆滩里淹和尚。

山山枞树映水绿，红枣树下乐姑娘。

黄土栽姜是小溪，岩鹰展翅景公塘。

长滩滩水明月照，满肚相思望情郎。

上河滩岸楠竹茂，象鼻长长把竹装。

石灰浸竹造土纸，上水装货进邵阳。

解下褡裆算完账，打点铺盖回家乡。

碎银买点小礼物，一家大小喜洋洋。

一路时新枕边讲，梦里滩歌长又长。


　　《资水滩歌》并非毛板船水手的歌。很多研究者一提起《资水滩歌》，就把它与毛板船联系在一起，这是错误的。《资水滩歌》有"上滩歌""下滩歌"，而毛板船是只"下滩"，不"上滩"的，船到汉口，就连货带船一起卖了，不存在"上滩"。

《资水滩歌》首先是"褡褙子"们的歌，也就是除了毛板船以外，运货到汉口做生意的船上水手们唱的歌。

但毛板船与同时代的多种商务船只同时共生，因而，《资水滩歌》中的"上滩歌"能够为毛板船工和其他商务船的船工所共同吟唱。毛板船工中的大部分人是要立即返航的，只有一小部分人暂时留在汉口。而他们回程时也是搭其他商务船，甚至成为其他商务船的水手。

因而，《资水滩歌》是"褡褙子"们和毛板船水手共同的歌。

《资水滩歌》也并不是讲资水"梅山段"的滩歌，而是讲整个资水的歌。它从资水在广西的象鼻滩唱起，又以经过象鼻滩结尾。因此，《资水滩歌》展示的是资水七十二滩的全貌，而非局部。

《资水滩歌》有丰厚的内涵，记载了两岸的物产。如化溪的煤、桐树滩的桐油、钟家庄的石灰、琅塘镇的茶叶、杨木洲的茶饼等。描写了两岸的山水景色，描述了两岸的风土人情。

《资水滩歌》反映了船工、水手们的旅途生活，什么地方湾船，什么地方食宿。如实描绘了船民们航行之艰险，概括总结了航行的知识经验与操作技术。

《资水滩歌》准确、完整地记录了毛板船从邵阳到汉口（下滩）和从汉口到邵阳（上滩）沿途所经过的每一个险滩、每一个湾船舶靠点、每一个港口、每一条注入资江的溪河。《资水滩歌》可以说是从资水航运到洞庭湖和汉口的"导航器"，具有导航功能。

《资水滩歌》生动记录了水手们从出发到回家的划船、吃喝、冒险、求生、浪漫、购物、回家的完整情形，就像一部跟拍的电影，生动地回放着船工生活的全过程。

《资水滩歌》也记叙了船民们生活的苦难，无钱的悲叹和沾染恶习、寻欢取乐至散尽财产的悲惨景况。

《资水滩歌》还记录了船工禁忌、沿江民俗。

《资水滩歌》是船工们下滩和上滩时必唱的歌曲，是船工们行船时的精神伴侣，也是为船工壮胆的精神力量，是船工们高度紧张的冒险工作中稍事休息、放松紧绷神经的神器。

《资水滩歌》的传唱跨越了中国古代、近代和现代，是最为传奇的跨越了时代的诗歌。具有神奇的"穿越"力量。

《资水滩歌》是船工们智慧的结晶，是一线的劳动者自己创作的诗歌，最接地气，最具有人民性。


《资水滩歌》"下滩歌"以讲滩礁特点、税关名称、河道特征为主，"上滩歌"以讲沿途物产、景物为主。这也符合"褡裢子"们上滩和下滩时关注的对象不同。下滩时危险，必须全神贯注地过滩、过关，自然要把这些交代清楚。上滩时心情相当放松，有心情观赏沿途景物，而且要给家人带些特产、礼物回去，当然就要交代沿途特产、礼物的出产地了。

《资水滩歌》"下滩歌"就像是一经验丰富的舵手，在给"褡裢子"们讲解沿途要注意的滩头和关卡，讲得非常细、非常生动。就像今天的卫星导航地图，也像大海航行的定海神针，让你在资水行船时做到心中有数，不会茫然。而"上滩歌"像是一张旅游地图，在介绍回程滩点的同时，重点介绍沿途景点和物产。

《资水滩歌》是"褡褙子"们在长期的行船实践中集体创作、不断完善的结晶。正因为不断完善，所以也就流传下来多个版本，而又大同小异。但可以肯定的是，它并不是随着毛板船的发明唱出来的，而是形成于清朝道光年间或更晚。这从《资水滩歌》中将新化北塔作为唱词就可以断定。

因北塔（也称白塔）是道光年间修的。

白塔最初应该是修于明朝。明朝胡有恒有《登北塔绝顶》一诗。胡有恒，明南直隶淮安府山阳县人，官至福州府知府。这是目前发现的唯一证明北塔始修于明朝的文字见证。但当时是一座木塔，年久失修，后来坍塌。现存的北塔是清道光年间修建的，据文字记载修了两年（1833—1835）。但传说却称修了二十年，因为修建时不扎架子，而是将周围垒起土围，随塔升高，塔成才将周围的垒土运走。塔身为青砖料石结构。碑文记载："塔基压浆灌缝24层，中镇金色，四周嵌珠玉。"塔高7层，42米，492级，呈八角形状。

新化县在资水边建北塔并不是为了行船的需要。行船毕竟是一种商业活动，朝廷是重农抑商的，"财政"当然不可能为商人投这么多钱建一座塔。建塔的根本原因是"风水说"。"风水说"有"天空自有云来补，地空就靠塔来填"的说法，风水师认为，资水从东南巽位入境，是新化的文脉。但从西北乾位流出，泄了脉气，导致全域文人不振，必在城北文脉结穴之处建塔镇锁，才能凝住地气，以振人文。

也确有巧合。据《新化县志》记载，新化县自1072年建县至1835年763年里，新化全县只出了进士22人，将才5人，举人70人。从1835

年北塔建成至1905年科举制度被废除的70年间，就出了进士22人，将才5人，举人227人。此后至今，新化也是人才辈出，中国同盟会会员41人，黄埔生1207人，省级干部22人，厅师级干部200余人，高级工程师1500多人，教授300多人。

1949年后，政府组织对资江中的礁石进行清除，《资水滩歌》中的"滩"也因此大多消失了。行船变得安全、方便了。新中国的"新"，在同一条江的航运上，便体现出与"旧"截然不同的局面，劳动人民怎能不热爱呢？

《资水滩歌》不能算是非物质文化遗产，随着运输条件的改变，它也没有"传承"的必要，但《资水滩歌》是史诗性的作品，这并非因为其艺术水准达到了巅峰状态，它毕竟不同于文人创作的抒发个人性灵之作，能够惟妙惟肖地表现人物性格、传达人物性情。《资水滩歌》从艺术的角度来看，倒更像地方文人创作的长篇打油诗。《资水滩歌》的价值主要不在于它的艺术性，而在于它的纪实性。它完整而准确地记录了毛板船从源头到汉口、从汉口到源头所经过的每一个地点，提示了每一个危险的地方，警示了应该注意的事项，宣传了沿途的重要景点、风土人情，记录了资水行船的传说，表现了毛板船工艰苦卓绝、不畏风险的精神，诗意地表达了毛板船工的生活景象。既有文学价值，又有纪实、民俗价值。最重要的，它还有实用价值。它是毛板船工们下滩、上滩时一定要吟唱的歌曲，是一首劳动的史诗。如果说古代人们的"哎嗨哟呵"只是从事打夯劳动时的号子，那么《资水滩歌》则是毛板船工从事放毛板船劳动时圣经般的歌谣。如果给《资水滩歌》做一个详尽的注释，完全可以编一本厚厚的辞典。

# 第十五章　毛板流韵

我还在读初二时，高考制度就恢复了。从此，青春向着高考的目标奋进，继而又向着研究生的目标奋进。在那些"全国统编"的教科书里，我自然不可能读到什么梅山文化，不可能了解毛板船。偶尔听一些老人说起，也觉得那是"下里巴人"，上不得台面、成不了"气候"的。我是一个"正统"思想和"主流"思想非常重的人，不愿去接触这些"非主流"。甚至偶尔接触到一些以研究梅山文化和毛板船自居的人，我都有意无意地与他们保持一定的距离，觉得他们是"老朽"，是"封建余孽"。

随着年龄的增长，特别是"奔六"以后，我才逐渐开始摆脱单一的主流文化的影响，开始认真审视生我养我的梅山这块土地和资江这条母亲河，每到情深处，我都有一种想要哭出声来的感觉，一句名诗总是不时地跳入我的脑海："为什么我的眼里充满泪水，因为我对这土地爱得深沉！"

是啊，梅山这块土地，是值得我们每一个梅山人深爱且珍惜的。

这是一块英雄的土地。

在梅山人的基因里，有一种与敌人血战到底的英雄气概，有一种不惧牺牲的血性精神，有一种惊世骇俗的创新气质，有一种仁者无敌的抱团情怀！

梅山这块神秘的热土上，诞生过许多英勇好战的枭雄，发生过许多令人扼腕叹息的故事，留下过许多神奇惊艳的传说。且不说少有文字可考的远古的战神蚩尤，也不说带着几分神秘色彩的张五郎，也不必说刚刚与朝廷血战，一旦归顺，立即群起北上勤王的北宋梅山黎民，就是近现代以来涌现的梅山英雄事件，没有一桩一件不令人热血沸腾、肃然起敬！

陈天华自蹈东海，以生命警示后人；罗盛教奋不顾身，跳入冰层下面舍己救人；北大在读学生匡互生、肖鉴秋带头冲进卖国贼家里，火烧赵家楼，痛打章宗祥，书写了彻底的、不妥协的，反帝反封建的、把中国带进了现代社会的"五四运动"中格外亮眼的一笔。

抗日战争的最后一战，是雪峰山之战，日军想通过这一仗打到重庆去，迫使国民政府投降，投入的兵力是最大的。但当他们打到梅山时，却栽在了梅山人梁祇六的手里，最终投降！

1935年1月，中央红军长征到达乌江西岸的时候，汹涌澎湃的乌江挡住了去路，前有敌军把守，后有数十万追兵紧逼，当此危急关头，梅山汉子李聚奎奉命指挥杨得志的红一团担任突破乌江任务，在既无工兵架桥，船只又全被敌人夺走的情况下，他命令杨得志用竹排渡江，并亲冒矢石，组织部队夺占敌阵，顺利完成了突破乌江的任务！创造了红军长征的又一奇迹！

1935年5月，红军进至大渡河时，蒋介石调集大军围追堵截，妄图使红军成为"石达开第二"。在全军生死存亡的危急关头，李聚奎命令杨得志组织了由17勇士组成的渡河奋勇队。17勇士仅凭着一只小船，在火力掩护下，强渡成功，为全军夺占了生死攸关的渡河立足点，受到毛泽东的高度评价！

在挑战最多、需要独立决断最多、只能独自上场的网球运动中，具有梅山血统的妹子李娜身经百战、毫无惧色，夺得了一个又一个世界冠军，令全球瞩目！

梅山自古多英雄啊！

而延续时间达160年之久的毛板船时代，就像一部惊悚离奇的电视连续剧，那一个又一个无名英雄的故事，无不令人仰慕称奇。他们的英勇善战，他们的吃苦耐劳，他们的创新精神，他们的抱团合作，正是梅山精神长期而集中的凸显。

如果硬要选出一个代表，那么，曾国藩就是伴随着毛板船时代产生，并且把毛板船水手作用发挥到极致的一个近代英雄。青年毛泽东曾经说过："余于近人，独服曾文正公。"

悠悠梅山，资水流韵。

毛板船虽然进入了历史，在这160年的毛板船时代，集中而长期地演绎了梅山文化，书写了梅山精神，其影响是不可能随着毛板船的结束戛然而止的。其对梅山地区，甚至对于湖南，对于中国的商业、文明、航运、语言、武术、文化、物流等的影响是长期而深远的。

毛板船的影响也是全方位的。


第一，它直接影响了曾国藩操练水军。

曾国藩曾经三次自杀，两次是因为水军不利。

咸丰二年（1852）十一月，咸丰帝命曾国藩帮助湖南巡抚张亮基办理湖南团练，协助官兵维护地方治安，于是，曾国藩组织了"湘勇"，即后来的湘军。

志得意满的曾国藩建功心切，但出师不利，两次在水上被太平军打得大败，两次想要跳水自杀，好在被部下救起。

两次寻死未成，使曾国藩进行了深刻的反思，他终于认识到：没有先进的炮船和熟练的水勇，是无法与拥有千船百舸的太平军相抗衡的。因而打定主意：建设一支当时中国技术最先进的水师。船要精工良木，坚固耐用；炮要不惜重金，全购洋炮。船炮不齐，决不出征。

曾国藩为什么能有这样的觉悟？

因为曾国藩从小对水师的威力耳濡目染。特别是丙辰盛会后，曾国荃与梅山水手们发生了亲密接触，对水手更加深了了解。因而当曾国藩建水师的时候，聘请了很多毛板船水手帮他训练水师。

曾国藩在近代政治舞台上的兴起，离不开毛板船。

曾国藩领会了毛板船商的商业精神，并加以发扬应用。据《曾国藩全集》记载，曾国藩年轻时曾多次坐这样的毛板船到过新化，再到长沙、武汉，他对毛板船的性能和构造都比较熟悉，所以在打太平军需要营建水军时，他特地在资江中游沿岸雇了一批毛板船水手和船匠去鄱阳湖建船厂。后来他们都成为湘军中的水勇。

所以曾国藩能够战胜太平军，与毛板船有着密切的关系。而曾国藩及一大批湖湘人物在中国近代舞台上的兴起，又与曾国藩能够战胜太平军是分不开的。

第二，毛板船影响了近代教育。

新化籍著名教育家陈润霖的祖辈曾经营三昧堂书局，三昧堂书局出版的《海国图志》等书，直接影响了日本的明治维新。因为当时日本人读西方思想文化的书，不是直接从英文翻译为日文，而是从汉语图书翻译为日文书。陈润霖的父辈又办城厢书院，后又与邹代钧一起办新化实学堂。

这都是受毛板船经济的影响。陈润霖老家在新化青石街陈家大院，他的祖辈就是因毛板船从外地拖来了盐，经营盐业才建了陈家大院，才有钱办书局和办学校。陈润霖在办学过程中，也多次受到毛板船商的资助，陈润霖还动员自己亲属，支持过赴法勤工俭学的同学。这些都将会在我的长篇报告文学《东方的曙光——陈润霖传》中有详细描述。

1898年，新化实学堂开学。同一年，北京的京师大学堂建立。新化教育因新化实学堂的建立翻开了崭新的一页，这所学校直到今天还存在，就是今天的新化一中。新化办实学堂，开湖南七十二州县新学之先声，在省内与长沙时务学堂不分伯仲。

新化在20世纪80年代以后成为国家级贫困县。很难想象，这样一个贫困县在近一个世纪前能开全省风气之先，这得益于什么？答案还是毛板船。

先说邹代钧为什么能够留学。邹代钧出生于1854年，他出生的时候，毛板船已经发明了半个多世纪。显然，毛板船发明半个多世纪以来，梅山地区出现了不少先富起来的人。他们眼界开阔，观念新奇，经济实力雄厚。他们中的一部分优秀分子，走出国门，追求先进的科学技术是水到渠成的事。

所幸的是，邹代钧不是那种"独乐乐"的人，他喜欢"与民乐乐"。他充分认识到兴教的重要意义，于是才有上述兴学之举。

振臂一呼其实不难，但如果等于在空旷的旷野中叫喊，无人应答，又有什么作用？

所幸的是，邹代钧这振臂一呼，马上有开明贤达人士的响应。

新化年轻学子受到新学熏陶，认识到清王朝的腐败，纷纷研求救国之道。20世纪初，新化籍赴日留学生达170多人，为湖南各县之冠。

什么样的"开明贤达人士"才能响应？显然，必须是有经济实力，又有见识之人。

我手上没有充分的证据，证明响应邹代钧办学的人家里有人驾过毛板船，但可以断言，当时梅山地区搞活经济的方法，只有驾船，特别是放毛板。毛板船经济是梅山的主要经济。地主当然也有钱，但与毛板船相比，按新化土话来说，就是烂眼皮打架了。一个中等地主一年的收入，只相当于一条鳅船三个月（旺季）的收入。一条鳅船最多能载50吨煤，一年只能去一次汉口，返回还要背纤。这收入，与一条毛板船是无法相比，毛板船最重可载160吨，而且不需要返回成本，船本身还可卖个好价钱。并且毛板船老板一年可放两至三趟到汉口。毛板船商的收入，是只会坐地收租的"土财主"无法比拟的。"土财主"这个称号本身就是对传统地主的一种贬称，当时真正受人尊敬的，有地位的，还是这些靠本事、靠勇敢创造了财富，并且带大家"共同富裕"的毛板船商。

再说，一个偏远的、北宋才建县的小县城，为何可以与北京同时开办学风气之先？可想而知，新化这个地方当时经济的发展、思想的进步到了什么程度。梅山人不但因毛板船搞活了经济，也因毛板船开阔了眼界，接受了新的思想。

令人惊喜的是，新化实学堂第一期的50多个学生中，真可谓英才辈出：杨源浚、高兆奎、袁华选成为国民党中将；曾鲲化时任交通部长；陈天华、曾广轼、苏鹏、袁华选、曾鲲化、杨源浚、高兆奎等七人最早加入同盟会；罗元鲲后来担任毛泽东的老师；杨卓新曾代理湖南大学校长，是著名数学家；晏孝逊后来创办上梅中学；唐汉三办实业，是个化学家；唐吉俊当过县长……


第三，毛板经济影响了辛亥革命。

辛亥革命时期，新化一扫先前"巍科显秩者寥若星辰"之陈腐颓废，出现了新化历史上第一个人才鼎盛时期，辛亥志士尤为令人钦佩。

邹代钧还在上海发起成立"强学会上海分会"，发行《强学报》传播民主新思想，提倡变法强国；陈天华著《警世钟》《猛回头》，唤醒国人；谭人凤促成和保卫了武昌起义成果，被黄兴誉之为"能争汉上为先着，此复神州第一功"；曾继梧任炮兵司令，卿衡任标统，方鼎英、袁华选、高兆奎、周来苏、杨源浚等或参与戎机，或冲锋陷阵，战功赫赫……

革命军攻克南京时，邹序彬为江宁光复军参谋长，不久改任沪宁联军混成旅旅长，新化籍的张斗枢、邹天山、周来苏、余焕东同为李燮和沪宁革命军的"四参谋",为各路革命军出谋划策;湖南中部重镇宝庆府(今邵阳市)光复时,所依赖的部队主要是谭二式在新化组织的会党势力。

此外,罗树苍在广州新军中发放"保亚票"密助谭馥组织"保亚会";罗仪陆奔走东北,助东北革命党起事;周岐战死山东烟台;李一球就义于汕头;戴哲文、曾广轼等众多新化人在广西和云南等地协助蔡锷开展革命活动……新化籍的同盟会会员和革命义士奔走呼号于神州大地,几乎有革命烽火的地方就有新化人,形成一股声势浩大的"辛亥新化潮"。

新化人在日本加入同盟会的就多达30多名,是同盟会会员最多的县,占湖南籍同盟会会员三分之一。他们是:陈天华、曾继梧、周咏曾、邹毓奇、张斗枢、周叔川、陈廷柱、曾广轼、伍任钧、高霁、谭人凤、谭一鸿、谭二式、方鼎英、邹代藩、邹永成、曾杰、苏鹏、袁华植、袁华选、曾鲲化、杨源浚、周来苏、戴石屏、谢介僧、高霖、曾继焘、曾继略、邹代烈、刘鑫、彭作楷、刘华式。至于同盟会新化分会发展的会员无原始资料可考,略而未录。梅山人在近代中国的政治舞台上空前活跃。因此曾被孙中山先生亲切地称为"同盟会荟萃之乡",新化为推翻封建帝制立下了旷世功勋。


第四,毛板船带动了梅山经济的快速发展,加大了资水流域人口和资金的流动、集聚。

随着资江船运业的发展,资江上很快形成了一些大型港口和码头,其中宝庆(邵阳)、益阳、新化、汉口建起的商铺达300多万间。邵阳港是资江上最大的港口之一。据记载，从明末清初起，邵阳境内新增了5个大码头。邵阳港位于今水府庙一带，极为热闹，码头装满茶叶的货船、木排挤满资江和邵水，长达数里，货船、木排浩浩荡荡驶向汉口码头，再北运往山西、内蒙古、宁夏、青海，东运往江浙以茶换盐，南运往广州直下南洋，西去洪江再达云贵川。

新化县城更是被毛板船带到了全国一流县城。

在新化县，"街上的"和"乡里的"那就是二元世界，"街上的"不仅仅有"吃国家粮的"这份优越，更有"姓得好不如住得好"的优越感。

我读高中时，班上始有"街上的"同学。说实话，"街上的"男同学我们（乡里的男同学）还偶尔打交道，但"街上的"女同学我们是不敢与之说话的，看她们穿红戴绿，看她们欢声笑语，看她们追逐打闹，我们都只像傻子一样看着。有羡慕、有暗恋、有自卑、有无奈。在我们心中，她们跟我们完全是两个世界的人。

直到接到大学录取通知书后，走在新化的青石板上，我才抬起头来，大胆"直视"我经常走过却很少看过的"街上"，看着街上的红男绿女，看着街上的熙熙攘攘，看着街上的琳琅满目，我的自信心油然而生：今后，这些也是属于我的了。

新化"街上"，曾经是民国时期的一流县城。而新化县，长期都是国家级贫困县。这怎能不让"街上"的人有优越感呢？

新化县城建城很早，在宋绍圣年间，就建成了一座十字形的土城。明朝正德年间，以"十字街"为中心，建成了"四街九巷"。清朝康熙十二年（1673）以后，县城建成了"九街十八巷"。

以上建设，都与毛板船没有关系。但这"九街十八巷"都很窄。

随后，民国时期的改造就与毛板经济关系甚大了。

民国时期，由于毛板船经济的影响，民国二十七年至二十九年（1938—1940）对县城进行了三期改造，两边住房各"后退"五尺。

请注意，是"住房"后退而不是人后退，那就意味着，所有的房屋全部推倒重建。这需要多大的资本？

这样，街道拓宽至6.5米，总长达2257米。路面全部用青石板，而且砌的时候是很讲究造型的，就像现在的人们进行室内装修一般。路面的造型是龟背型。至于为什么造成龟背形，我还没有查到明确的解释。是象征长久，还是基于牢固、排水、防滑等考虑，不得而知。但确实很漂亮，我小时候多次走过青石街、向东街、南正街、十字街、横街等石板路，感觉真的很漂亮。

县城的排水做得很好，不像今天的有些大城市，下大雨半个小时就满城是水，下水道还冒脏水出来。深圳一场大水，还有人开车通过时被淹死在涵洞里。这样的悲剧，在新化县城是不可想象的。街道两旁都设有下水道排水沟，沟很深，铺路的青石板长三尺，宽一尺，每隔三五户铺一块盖板石。盖板上凿有梅花孔，以防雨水积街道。一旦下大雨，雨水就会从梅花孔上落入下水道。孔也很漂亮，呈满月形，上大下小，孔眼寸方，一朵四孔，能防杂物入内。雨止路干。这样的排水技术，可惜没有被现代的建筑设计师们学到。除了1996年新化涨洪水，县城被淹，我从没见过街上积过寸深的水。

新化县城因此被誉为"民国一流县城"。也就是民国时期"全国一流的县城"。

有过如此辉煌历史的新化县，在20世纪80年代改革开放后，却沦为国家级贫困县，真让人感慨万千。

　　当然，"全国一流的县城"，并不只是它建得漂亮，徒有其表。更在于它经济发达、市场繁荣。民国三十四年（1945），前来县政府登记的行业就有25个、商户2452户。工农业产品远销国内外。民国前期，锡矿山出口的锑品就达2万吨。外地商人云集新化，抗战初期，在新化经营百货、布匹的湘乡人开的店铺就达60多家。茶业十分发达，民国十三年（1934），宝聚祥茶厂生产的"珍宝"红茶在巴拿马赛会上获优质产品奖。同一年，新化全县制茶12143箱（8500担）。所以新化流传"千猪百羊万石米，城内城外一船茶"的俗语。新化玉兰片远销全国。还有冶铁业、铸锅业、金矿业、铅锌矿开采业、造船业、造纸业、印刷业、制陶业、瓷器业、织染业、针织业、石灰业等都十分发达。新化美食更是声名远播，向东街面条备受追捧，杯子糕、油炸粑、比智糕、牛打滚（也称马炼王）风行城乡。"乡里"人和外地人到了新化县城，先吃一碗向东街的面，再"批量"买这些美食回去品尝。

　　第五，毛板船影响了新化人的语言习惯。

　　我小时候听人说："我聘你！"意思是："我问你。""聘"和"问"的发音也相差太远了，这是为什么呢？原来，"问"和"淹"在新化语音里同音，船工们对"问"字很忌讳。于是，全县的人都把"问"说成"聘"。我小时候经常听人说："到新化浮里去。"意思是到新化城里去。为什么把"城"说成"浮"呢？原来，船工们忌讳说"城",因为"城"与"沉"同音。所以全县的人都将"新化城里"说成新化"浮"里。就连人的姓都改了,如姓成的,不读"成",而读"常"。成仿吾,在新化被说成"常"仿吾。

都影响到语言习惯了,毛板船对梅山人生活的影响可见一斑。

毛板船对中国航运史、对中国近代经济、对大梅山的文明史影响是深远的,不过,这些不是本书的研究范围,或者说超越了我的研究水平和能力。我只能点到为止,"以俟乎观人风者得焉"!

# 后 记

不知不觉，写《毛板船》也已进入第三个年头。

乍一想，好不惊叹时光流逝之快。写《随园流韵——袁枚传》花了我五年时间，我原来以为，我再也不会为写一本书花数年时间了。

1986年10月，在冷水江市挂职任市委副书记的谭谈组织韩少功、莫应丰、水运宪、骆晓戈、叶梦等，到冷水江、新化与市民交流。莫应丰在交流中听说毛板船的故事后，对这个题材发生了浓厚的兴趣。他决心要写这个题材。那个时刻，毛板船时代的结束还不到三十年。驾过毛板船的人，有许多还健在。如果那时刻写，真是一个最佳的时候。可惜，莫应丰还没有写完，或许还没有动笔，就因病英年早逝。

这是2018年11月的一天，谭谈当面告诉我的。

而我打算写毛板船，已到了2017年。这时，已很难找到"活口"。莫说驾过毛板船，就是见过毛板船的也不多见了。

《毛板船》是2018年获得湖南省作家协会定点深入生活项目的，按照协议，要两年内完成。我本想用一个长篇来结题，一年下来，也写了近二十万字。但我对书稿很不满意，出书周期又长，成本又高。

正着急间，我看到一个作家朋友将2018年的定点深入生活项目创作成果在国家级报纸发表出来，这就是结题了。于是，我赶紧创作了一个《毛板船》的长篇压缩版《梅山毛板船》，通过微信发给《中国报告文学》杂志的副主编魏建军。他第二天就打电话给我，说就在下期（2018年第7期）发表。我登时心花怒放：因为我终于可以结题了，我便可以更从容地创作长篇《毛板船》。

后来我将《梅山毛板船》发给《娄底日报》副刊主编曾亦云，我是抱着试试看的心理的，因为一万多字的稿子在《娄底日报》一个整版还发不完。没想到曾主编非常重视，做三个副刊头条连载发了出来，这在该报副刊史上是破天荒的。这也表明了娄底日报社对这个选题的重视程度。娄底市文联主席张湘平看到报纸后，拍照发给我表示祝贺！娄底市委常委、宣传部长吴建平在2019年4月3日为2018年度娄底文艺奖颁奖（因为我的《随园流韵——袁枚传》获得2018年度娄底市文学艺术奖文学类一等奖第一名，受邀参加了颁奖活动，并代表娄底市作协发了言）后的讲话中，花了近20分钟的"篇幅"来谈毛板船。可见当过新化县委书记的他对毛板船的了解和对这个选题的重视。

2018年下半年，我几乎停止了《毛板船》的写作，在一个劲地看各种书，给自己充电。看得最多的就是梁晓声的《人世间》。皇皇三大卷，我慢慢地看。说实话，这部小说最大的特点，在我看来就是"淡"，简直要淡出"鸟"来。

不论是写法还是语言，我觉得都很淡。这不禁使我想起了《平凡的世界》，那也很淡，一读之下，觉得这样的文章我也写得出，甚至比其文采还要好呢。我又想起我中学时读的巴金的《随想录》，也觉得淡。怎么可以如此之淡而成为经典名著？

我想起了那些有营养的菜肴都是淡的，而那些味很重的菜肴虽然一时爽口，却可能对身体有害。也许，真正好的文学作品不需要那么重的口味。这也许正是优秀文学作品的品质。

这一年的下半年，我从娄底跑到长沙听了王跃文的一个讲座。讲座时间不长，也很淡，讲座中途压根就没有什么"热烈的掌声"。看来，好的讲座也很"淡"啊。并不是从头至尾"热烈掌声"的就是好讲座，也许那是媚俗的讲座，热则热烈，过后却是索然不愿再想起。好的讲座是淡的，润物细无声。

有一句话我听进去了：不要怕丑。

名家的作品应该是到了"无技巧"的至高境界，所以让人觉得淡。而我，也可以"不怕丑"呀。写散文，可以直抒胸臆。写报告文学，也可以尽自己的水平写。只要不怕丑，自己觉得认真了，写出来了就总有读者。

最初写"毛板船"的时候，一种浓重的"精品意识"把我压得喘不过气来，不敢动笔。我甚至想要租一条船，沿着先人放毛板的河道再划一遭，甚至再背一次纤。这也许是有好处的，但我还是觉得这样成本太高、太吃力。几个文友听我的想法后都劝我放弃，说这样做也有可能费力不讨好。

写报告文学，最关键的还在于把事实弄清楚，表达得丑一点，只要读者能够理解，只要抓住了事物的精神实质，不就可以了吗？就好比一个人委婉地笑着说"先生，您银行的余额不够了"与一个人随意的一句"钱不够"难道有很大的区别吗？

我这样说，不是说文采没用，而是说最重要的是事实、思想本身。

在一个温馨的家里，哪怕默默无语地烤着火，也是彼此默契的，家庭的感觉是温馨的。而在一个尔虞我诈的娱乐场所，不管营造出怎样夸张的浪漫氛围，如果心不相印，也是令人觉得别扭的。

想清了这些，我的胆子变得大了起来，我就献丑吧，就把所知的，我所理解的，尽意而哪怕丑陋地表达出来。不要怕。不要刻意追求写什么"经典"。

这个想法的产生，也许与我长期吃"粗粮"有关。但不是很多人都说吃粗粮有营养吗？于是，我又变得"阿Q"起来了。

放弃了经典的追求后，我变得轻松了许多。写作的速度也快了起来。多的时候一天就能写一万多字。

在结构上，我重点借鉴了梁晓声的《人世间》，《人世间》跨越七十年，结构上是颇值得费一番脑筋的。梁晓声抓住了几个时间点，由此上溯，便把几个普通工人家庭七十年的变迁写出来了。没有顺时漂的无奈，时间段清晰，内容丰富而不芜杂。《毛板船》也以毛板船发明、射界、丙辰盛会、穿烧红铁鞋、武师护驾、抗战等几个重大事事件为时间节点，由此上溯，讲述毛板船从起源、发明、发展、争斗到消失的全过程。这样一来，我觉得就把160年间的"毛板船那些事"理清了脉络。

因为毛板船是中国所独有的，所以我在申报时定名为《中国毛板船》。后来我觉得这是古梅山地区所独有，说成中国毛板船给人以过于夸张的感觉，还是实诚一点吧，就改名为《梅山毛板船》。

一个偶然的机会，我听一位诗人说，所有获茅盾文学奖的作品书名，以两个字和三个字为主，很少有超过三个字的。

我有种豁然开朗的感觉。是啊，说话以简明为好，书名当然更应以简明为好。何况，很多人都说在公众号里看我的"毛板船"，没有谁说是"梅山毛板船"。

毛板船，这是多么简洁的书名啊！就这样，我把书名改名为《毛板船》。我喜欢这个名字，我也希望它卖得火。当然，如果能成为经典，更是喜出望外。

我的书稿还在写作中的时候，新化县文联负责人付城杰主动提出，将此书作为新化县文联2020年度重点支持的作品。虽然资助经费对于出书来说无异于"杯水车薪"，但对我的鼓励还是蛮大的。疫情期间宅在家里，我一鼓作气便将初稿写完了。

初稿完成后，我抱着试试看的心情去找新化县梅山古镇开发建设有限公司董事长刘元清，刘董事长曾在我的微信公众号《杰伟兄杂谈》上看过我发的《毛板船》部分章节，曾当面夸奖"写得好！"听完我说明来意和"报价"，刘董事长没有犹疑，一口气答应了："可以！"

因为他这句话，你现在可以看到这本书。否则，它可能在我的电脑里，也许到猴年马月才能面世，也许永远不能面世。

我要衷心地对刘元清董事长以及像刘董事长一样对支持作家的有识、有情、有缘之士道一声：谢谢！

应该还是八年前，百花洲文艺出版社的郝玮刚老师跟我通过电话，当时想把我的一个稿子做成书，后因种种原因没有成功。但与郝玮刚老师不多的交流中，我感到她是一个非常优秀的编辑。

本书定稿后，我便试着与她联系。郝老师以最快的速度审定，决定签约出版，并给我争取到较高的版税。

历史是一个眼神，每一个书稿也都有它的命运。《毛板船》是幸运的，因为它遇到了刘元清和郝玮刚。

毛板船是梅山的一个经典，但我知道，这本书离经典还有很远的距离。我希望读者给我提供采访线索和相关资料，以便本书在一次次的再版时无限接近经典，无限还原历史真相。

# 主要参考资料

1. 李新吾，姜世星，刘元清，吴光权，龚蜀雄主编.大梅山研究（三卷本）：第二辑.长沙：中南大学出版社，2019

2. 陈佑湘主编.汉正街志.武汉：湖北人民出版社，2009

3. 硚口区地方志办公室编著.汉正街与汉口城市.武汉：武汉出版社，2017

4. 新化县政协学习文史委员会编.新化文史：第二十六辑，新化辛亥人物，2009

5. 新化县文史学习委编.新化文史：第二十七辑，新化民俗文选：李典辉，船家习俗，2017

6. 朱文尧主编.汉正街市场志.武汉：武汉出版社，1997

7. 邹息云.宝庆码头和毛板船，2004

8. 曾长青.血舟.长沙：湖南文艺出版社，1975

9. 游家镇人民政府编.游家风物，2012

10. 邹伯科.传承：一百多年来，梅山武术几度兴衰.潇湘晨报，2014-11-18

11. 张志超.谭人凤的一段鲜为人知的故事.文史杂志，1996（2）

12. 邵阳市地方志编纂委员会编.邵阳市志：第六册，人物社会类.长沙：湖南人民出版社，1997